WUT AUF NORDERNEY

Die Insel-Ermittlerin

ELLA LORENZ

Einführung

Die wichtigsten Personen und Orte:

Kriminalhauptkommissarin Lea Landgraf

Dr. Carsten Maibach · Staatsanwalt, Aurich

Kriminalhauptkommissar Frank Eggers · Aurich

Hauptkommissar Dennis Fleischmann · Aurich

Sabine Kirsch · Verwaltungsfachangestellte

Polizeihauptmeister Johann Flessner

Polizeimeister Jan Lankow

Polizeimeister Marco Doyen

Polizeimeisterin Melanie Bruns

Andreas Heyen · Kriminaltechniker

Sven Kreutzer · freier Journalist/Fotograf

Bürgermeister Udo Redenius

Martha Hinrichs · Rentnerin und Vermieterin

Doktor Kaßmann · Notarzt

Stella Lipski · beste Freundin · Hannover

Aurich · Kreisstadt Ostfriesland

Norderney · zweitgrößte ostfriesische Insel

Das Buch

Was sie vor hatten, war riskant und nicht ganz legal. Zwei Frauen, Johanna und Andrea, beide Mitte vierzig, hatten einen Plan.

»Wir ziehen das durch«, sagte Johanna. »Wir benötigen handfeste Beweise. Ohne bist du am Arsch.«

»Und wenn etwas schief geht?«, fragte Andrea unsicher.

»Was soll schon schief gehen?«

An einem sonnigen Dienstagnachmittag setzten sie ihr Vorhaben um. Was anfangs einfach und problemlos erschien, erwies sich als ein gefährliches Unterfangen. Johanna kam in Bedrängnis. Andrea wollte helfen, wusste aber nicht wie. Dann hatte sie urplötzlich eine Idee.

Wenige Tage später fand ein Radfahrer im Südosten der Insel eine Frau. Schwerverletzt lag sie in einem Vogelschutzgebiet. Was war passiert?

Auf Drängen des Norderneyer Polizeihauptmeisters Johann Flessner übernimmt Hauptkommissarin Lea Landgraf widerwillig den Fall, ohne zu ahnen, auf was sie sich einlässt. Nicht nur, dass sich Lea mit der Staatsanwaltschaft Aurich auseinandersetzen muss, sie trifft auch auf einen Widersacher, den sie nicht erwartet hat. Der Fall entpuppt sich mit der Zeit als einer der schwierigsten ihrer Karriere.

Kapitel 1

Er stand vor der Tür. Dieser dunkle Schatten, der ihr nicht zum ersten Mal Sorge bereitete. Er kam in den letzten Wochen immer häufiger. Wann würde er an ihrer Haustür klopfen? Hatten sie und ihr Mann eine Chance? Was sollte sie tun? Ihre Augen füllten sich mit Tränen. »Ich werde das durchstehen«, sagte sie angsterfüllt, »auf irgendeine Weise werde ich das durchstehen. Ich gebe nicht auf. Niemals.«

ES WAR die letzte Woche im Juni. In einigen Bundesländern begannen die Sommerferien. Wie so oft saß Andrea Hentsch zu Hause am Küchentisch. Nach draußen ging sie nur wenig. Ab und an lief sie durch den Garten oder spazierte mit dem Hund zum nahe gelegenen *neuen Kurpark*. Selten ging sie noch in die Stadt. Was sollte sie dort? Geld, um einkaufen oder shoppen zu gehen, fehlte ihr. Das wenig Ersparte, was ihr geblieben war, reichte gerade für das Nötigste. Mit einem Becher Tee und einer Scheibe Brot hockte sie in der Küche, während ihr Mann nebenan schlief. Sie sah nach draußen. Dunkle Wolkenberge zogen über die Insel. Dicke Regentropfen rannen die Scheiben hinunter. Vor ihr auf dem

Küchentisch lagen ungeöffnete Briefe, daneben stand ihr Laptop. Sie hatte den alten, mobilen Computer soeben gestartet. Lustlos öffnete sie mit einem Doppelklick den Browser. Nachdem sich ein vertrautes Fenster geöffnet hatte, gab sie einen Suchbegriff ein, der ihr spontan in den Sinn kam. Mehrfach klickte sie mit dem Mauszeiger auf das, was ihr angeboten wurde. Die ersten Einträge, die ihr angezeigt wurden, waren ihr bereits bekannt. Dann sah sie etwas, was sie noch nicht gesehen hatte. Die Wortwahl und die Aussagen klangen vielversprechend. Sie klickte und war überrascht. Endlich war sie fündig geworden. Sie lächelte, was sie seit Tagen nicht mehr getan hatte. Ein Weblog, den sie bislang nicht kannte, weckte ihr Interesse. Die Bloggerin, so erfuhr sie, war 32 Jahre und bezeichnete sich selbst als investigative Journalistin. Mehr als eine Stunde las sie die Einträge. Und mit jedem Eintrag begann ihr Herz heftiger zu schlagen. Noch am gleichen Tag versuchte sie mit der Bloggerin Kontakt aufzunehmen. Zwei Tage vergingen. Fast stündlich nahm Andrea Hentsch ihr Smartphone zur Hand. Die ersehnte Nachricht fand sie nicht unter den Mitteilungen.

Kapitel 2

Es war an einem Dienstagmorgen. Nach dem Frühstück mit ihrem Mann überflog Andrea wie üblich die Eingänge in ihrer Mailbox und entdeckte eine Nachricht, die ihr ein Strahlen ins Gesicht zauberte.

Ich melde mich heute um 11 Uhr 20 telefonisch bei Ihnen. Seien Sie zuhause und legen sie sich etwas zu schreiben zurecht, lautete die kurze Mail, die sie erhielt.

Ihr Mann hatte sich wieder hingelegt, als sie in der Küche das Telefonat entgegennahm.

»Hallo! Ich rufe aufgrund Ihrer Mails an«, hörte sie eine sachlich, fast bürokratisch anmutende Stimme.

»Moin! Sie sind Moskito? Die Bloggerin?«

»Ja, das bin ich. Sie können ‚du' und ‚Mia' zu mir sagen.«

»Ich bin Andrea. Schön, dass wir sprechen können. Fast täglich lese ich deine Blog-Einträge. Bewundernswert, wie mutig und unerschrocken du schreibst. Hast du keine Angst, dass dich jemand aufgrund deiner Äußerungen angreift?«

»Die Angst habe ich vor Jahren abgelegt. Wer Angst hat, sollte einen derartigen Weblog nicht betreiben. Angst ist kein guter Ratgeber. Vorsicht ist angebracht und Mut ist Voraussetzzung.« Mia machte eine kurze Pause. »Einiges habe ich aus deinen Mails erfahren. Ich war erstaunt. Du hast viel durchgemacht. Ich möchte dir helfen, deshalb dieses Telefonat. Derartige Gespräche führe ich sonst nie. Ich bin neugierig, was du noch zu berichten hast.«

Fast eine Stunde unterhielten sich die beiden Frauen.

»Ich denke, ich habe dir alles geschildert«, endete Andrea.

»Das war sehr aufschlussreich. Darf ich alles, was du mir erzählt hast, für meinen Weblog verwenden?«

»Ja. Natürlich. So war es vereinbart. Wie geht es jetzt weiter?«

»Es ist unbestreitbar, dass man dich, beziehungsweise euch, betrogen hat.«

»Ich weiß nicht mehr weiter«, sagte Andrea. In ihrer Stimme lag Traurigkeit und Frust. »Sie haben uns um unser ganzes Geld gebracht, für nichts«, schluchzte Andrea.

»Diese Leute, diese Firma, sollten wir während unserer gesamten Kommunikation nicht beim Namen nennen. Bezeichnen wir sie zukünftig nur als ‚*das Unternehmen*'.«

»Weshalb?«

»Falls jemand mithört oder liest. Reine Vorsichtsmaßnahme.«

»Glaubst du ...?« Andrea stockte. »Hast du ...?«

»Meine Erfahrungen sagen mir, man kann nie vorsichtig genug sein.«

»Gut. Sprechen wir jetzt nur noch vom ‚*Unternehmen*'«, erwiderte Andrea.

»Uns fehlen Fakten.«

»Das hat ein Anwalt, den ich konsultiert habe, auch gesagt.«

»Du hast einen Anwalt beauftragt?«

»Nur angefragt. Für einen Rechtsbeistand vor Gericht

fehlt mir das Geld. Wie gesagt, er hat mir abgeraten gegen das Unternehmen vorzugehen.«

»Der Anwalt hat recht. Ohne Beweise bist du am Arsch. Deshalb musst du sie besorgen. Andrea! Wir benötigen Beweise. Handfeste Belege. Ohne stichhaltige Fakten können wir nichts ausrichten.«

»Ich soll Beweise besorgen? Wie denn?«

»Suche Kontakt zu einer der Angestellten«, sagte Mia bestimmend. »Schmiere einer dieser Angestellten Honig um den Mund. Mit etwas Glück kommst du so an die notwendigen Beweise heran. So handhabe ich das immer. In der Regel funktioniert diese Vorgehensweise optimal.«

»Muss das sein? Ich kann so etwas nicht.«

»Du kannst es. Du musst es versuchen.«

»Unsere Zusammenarbeit hatte ich mir etwas anders vorgestellt.« Andrea schluckte hörbar.

»Andrea, du musst kämpfen, sonst wird sich kein Erfolg einstellen. Ich weiß, von was ich spreche. Ich habe Scheiße gefressen um ganz nach oben zu kommen. Mittlerweile konsumieren über 2,8 Millionen Follower meine Threads. Mein Wort hat Gewicht. Wenn ich etwas Kritisches poste, werden sogar Politiker hellhörig.«

»Ich verstehe«, sagte Andrea leise.

»Sobald du genügend Fakten hast, melde dich bei mir. Unser nächster Diskurs wird auf jeden Fall auf Norderney stattfinden. Tschüss!« Ohne ein weiteres Wort beendete Mia das Gespräch.

Andrea seufzte. Sie hatte sich alles einfacher vorgestellt. Ihr Mann war schwer krank, sie ohne Arbeit und mittlerweile wusste sie nicht, wie sie die Stromrechnungen noch bezahlen sollte. Was sie in Mias Blog gelesen hatte, machte ihr Mut. Doch was die Bloggerin jetzt von ihr verlangte, war eine Herausforderung, der sie sich nicht gewachsen fühlte. Was, wenn sie versagen würde?

Kapitel 3

Sie sah, wie ihr Mann litt. Sie wollte ihm helfen, wusste nur nicht wie. Tagelang recherchierte sie im Internet, sprach mit anderen Betroffenen und kaufte sich unzählige Bücher. Dennoch blieb ein Erfolg aus. Die Lösung ihres Problems schien unabsehbar, bis sie mit der Bloggerin aus Hannover sprach. Andrea Hentsch schöpfte neue Hoffnung. Wenig später traf sie Johanna Ottersberg. Endlich hatte sie eine hilfreiche Verbündete gefunden. Johanna Ottersberg war eine attraktive, resolute Frau von 44 Jahren. Ihre Wege kreuzten sich in einer Norderneyer Buchhandlung. War es Zufall? Gleichzeitig stöberten die beiden Frauen zwischen den angebotenen Sachbüchern. Sie kamen ins Gespräch und stellten Gemeinsamkeiten fest. In Folge dessen trafen sie sich regelmäßig, tauschten Gedanken und Wissen aus und wurden beste Freundinnen. Immer wieder verabredeten sie sich in Cafés oder Bistros der Innenstadt. Sie plauderten, tranken Kaffee oder Tee und sprachen über dies und das.

»Da gehe ich einmal in meinem Leben in eine Buchhandlung und komme mit einer Frau ins Gespräch, die mich total gut versteht.« Andrea sprach leise, zaghaft und unsicher. Ein schüchternes Lächeln huschte über ihr Gesicht. Es war nicht ihre Art, Emotionen in der Öffentlichkeit zu zeigen.

»Ich denke, wir sind auf einer Wellenlänge. Immerhin haben wir nach Büchern mit dem gleichen Thema gesucht. Ehrlich gesagt, es ist ein langweiliges Thema. Es gibt durchaus Bücher, die mehr Pfeffer haben.« Johanna lachte herzhaft und laut.

JOHANNA UND ANDREA hatten sich zum Essen verabredet. Es gab Wichtiges zu besprechen. Ein kräftiges Hoch vertrieb das Tief *»Birte«*. Nach langanhaltenden Regenschauern folgte ein wolkenloser Himmel mit strahlendem Sonnenschein und Temperaturen von 27 Grad. Draußen, im Schatten eines Sonnenschirms, ließ es sich aushalten. Johanna bestellte den großen italienischen Salat mit Hausdressing sowie ein alkoholfreies Bier. Es war der letzte freie Tisch, an dem sie Platz fanden.

»Ich nehme das Gleiche.« Ihre Stimme klang leise, ohne jeglichen Elan.

»Was ist los mit dir, Andrea?«

»Es ist ... wie soll ich es sagen.«

Johanna spürte, wie schwer es ihrer Freundin fiel, über das Thema, das ihr auf der Seele lag, zu reden.

»Was beschäftigt dich? So niedergeschlagen kenne ich dich gar nicht.«

»Ich ...« Sie hob langsam den Kopf. Ihre Atmung flach und ihre Augen müde, zeugten von großen Sorgen, die auf ihr lasteten.

»Entschuldigung. Heute ist nicht mein Tag.«

»Andrea! Was ist los? Du kannst mir alles erzählen.«

»Ich will dir mit meinen Sorgen nicht den herrlichen Tag verderben.«

»Erzähle mir alles. Es ist besser. Es wird dir guttun.«

Johanna hielt für einen Moment die Hand ihrer Freundin. Ein zaghaftes Lächeln zeigte sich auf dem Gesicht der hageren Frau. Ohne eine weitere Aufforderung seitens ihrer Freundin begann sie zu erzählen und endete in dem Moment, als die freundliche Bedienung mit dem osteuropäischen Akzent die Salate brachte.

»Das ist die ganze Geschichte«, endetet Andrea.

»Seit wann weißt du davon?«

»Seit einigen Wochen. Ich fand einen Blog im Internet. Die Bloggerin nennt sich *Moskito*. Ihr Motto: Suchen, finden und gezielt zustechen. Sie ist 32 Jahre und bezeichnet sich selbst als investigative Journalistin. Unlängst nahm ich mit dieser Frau Kontakt auf. Sie kommt aus Hannover und hat mir einiges zu dem Thema erzählt. Jetzt verstehe ich endlich die Zusammenhänge. Mein Mann und ich wurden betrogen. Mit falschen Versprechungen hat man uns das Geld aus der Tasche gezogen. Unsere ganzen Ersparnisse sind weg. Und jetzt ...« Tränen rannen über ihre Wangen. »Ich weiß nicht, wie es weitergehen soll.« Sie hatte nur wenig von ihrem Salat gegessen. Ihr Appetit ließ zu wünschen übrig.

»Beruhige dich, Andrea«, sagte Johanna mitfühlend. »Wer hat dich betrogen?«

Andrea nahm ihre Handtasche und holte mit zittriger Hand einen Zettel von der Größe einer Postkarte hervor. »Das ist die letzte Quittung, die ich erhalten habe. 1.874 Euro. Das Kleingedruckte habe ich nie beachtet.«

»Was ist mit dem Kleingedruckten?«

»Die Firmenadresse. Die Firma hat ihren Sitz in Island. Das ist doch merkwürdig, oder?«

»Das ist wirklich merkwürdig.«

»Ich dachte, du hättest die Produkte hier vor Ort bekommen.«

»Ich ging davon aus, dass ich es mit einem hiesigen Unternehmen zu tun habe. Das hat man mir im Beratungsgespräch auch so gesagt. Hätte ich gewusst, dass da eine Briefkastenfirma dahinter steckt, wäre ich vorsichtiger gewesen.« Andrea wirkte ungewohnt erregt.

»Ich habe diese Firma angeschrieben. Mehrfach. Ich habe ihnen immer wieder mitgeteilt, dass die Produkte ohne Wirkung seien und wir unser Geld zurückhaben wollen. Vor einer Woche bekam ich endlich eine Antwort. Sie haben alle Vorwürfe zurückgewiesen. Von einer Entschädigung kein Wort. Daraufhin habe ich ein Foto der letzten Quittung zu der Bloggerin nach Hannover gesendet. Sie hat recherchiert. Laut ihren Nachforschungen handelt es sich bei dieser Firma um ein Vertriebsunternehmen. Ihre weiteren Recherchen ergaben, dass der Inhaber dieses Unternehmens hier auf Norderney lebt. Er ist Inhaber einer Privatklinik. Die Privatklinik, in der mein Mann drei Monate verbracht hat. Drei Monate, die viel Geld gekostet und absolut nichts gebracht haben. Er ist kränker als zuvor. Von dieser Klinik fordere ich eine Entschädigung. Eine Art Wiedergutmachung.«

»Was für eine Privatklinik? Und wer steckt hinter dieser Briefkastenfirma?«, fragte Johanna.

Andrea griff erneut in ihre Handtasche. Hervor kam ein DIN A4 großer Zettel. Sie reichte ihn Johanna.

»Das ist der vollständige Name des Inhabers. Die Bloggerin hat mir diese Info gestern Abend gemailt.«

»Das glaube ich nicht!«, kam es aus dem Mund von Johanna geschossen. So laut, dass Gäste, die in ihrer Nähe saßen, sich erschrocken umdrehten.

Kapitel 4

»Was meinst du?«, ungläubig blickte Andrea zu ihrer Freundin.

»Dort habe ich gearbeitet. Das ist ja verrückt.«

»Ich kann dir nicht so ganz folgen. Was ist verrückt?«

»Der Typ, der euch betrogen hat, war mein Chef. In dieser Klinik, bei seinem Vater, habe ich meine Ausbildung absolviert. 23 Jahre habe ich dort gearbeitet. Der Seniorchef verstarb vor vier Jahren, seine Frau ein Jahr später. Seit der Junior das Erbe angetreten hat, weht dort ein anderer Wind.«

»Inwiefern?«

»Das Familiäre existiert nicht mehr. Zahlen, Zielvorgaben und Bilanzen bestimmen den Alltag in der Klinik.«

»Seltsamer Zufall, dass ich ausgerechnet eine Mitarbeiterin kennen lerne, die in der Privatklinik beschäftigt war, die mich betrogen hat«, klagte Andrea.

»Von Betrug weiß ich nichts. Ich habe in einer seriösen Klinik gearbeitet. Sie gehört zu den angesehensten Unternehmen auf Norderney«, antwortete Johanna leicht pikiert.

»Entschuldigung. So war das nicht gemeint.«

»Von irgendwelchen Machenschaften meines Chefs weiß ich nichts.«

»Ich wollte dich in keiner Weise diffamieren. Ich freue mich, dass wir uns gefunden haben. Dennoch, mit meinen Problemen muss ich alleine fertig werden.«

»Freundinnen sind da, um zu helfen«, sagte Johanna.

»Das ist lieb. Danke! Kannst du mir etwas über dieses Unternehmen erzählen?«

»Eigentlich kann ich dir nur Gutes über die Klinik berichten. Ich habe dort gerne gearbeitet. Wir hatten ein tolles Betriebsklima.«

»Warum musstest du gehen?«

»Auf der Weihnachtsfeier bin ich meinem Chef etwas zu nahe gekommen. Das passte der Chefin nicht. Im Januar bekam ich die Kündigung.« Johanna nahm einen kräftigen Schluck aus dem Bierglas und begann zu erzählen. Gespannt folgte Andrea ihren Ausführungen.

»Finanziell geht es mir gut. Seit mein Mann mich verlassen hat, wohne ich in einer schicken Drei-Zimmer-Wohnung. Ich kann mich nicht beklagen. Von einer Briefkastenfirma weiß ich nichts. Und ehrlich gesagt, ich glaube es auch nicht.«

»Diese Briefkastenfirma existiert. Ein dubioses Unternehmen mit undurchsichtigen Geschäften. Dein ehemaliger Chef ist vermutlich darin verstrickt.«

»Du redest von einer Entschädigung. Hast du Beweise? Ich meine, kannst du einen Betrug nachweisen? Niemand wird dir auch nur einen Cent zahlen, wenn du nichts in der Hand hast«, sagte Johanna energisch.

»Ich habe nur diese Belege. Um nachzuweisen, dass hier ein Betrug vorliegt, bräuchte ich einen Sachverständigen und einen sehr guten Anwalt. Dafür fehlt mir das Geld.«

»Wir benötigen etwas, womit wir diese Firma belasten können.«

»Wir? Bist du dir sicher, dass du mir helfen willst?«

»Du bist meine Freundin. Offenbar war es Schicksal, dass

wir uns getroffen haben. Ist doch klar, dass ich dir helfen werde. Ich habe noch ein Hühnchen mit meinem ehemaligen Chef zu rupfen.« Johanna lachte. »Wer kennt diese Privatklinik besser als ich?«

»Und wie stellst du dir das vor? Willst du deinen alten Arbeitgeber zur Rede stellen?«

»Nein. Wir setzen ihm die Pistole auf die Brust.«

»Das meinst du doch nicht wörtlich?«, fragte Andrea.

»Natürlich nicht. Ich werde zu meiner alten Wirkungsstätte zurückkehren und dir alles besorgen, was du benötigst. Wenn alles nach Plan verläuft, hast du bald genügend Material in der Hand um Druck auszuüben.«

»Du kannst doch nicht einfach in die Klinik hineinspazieren und Unterlagen stehlen.«

»Ich kann. Du vergisst, wir leben im 21. Jahrhundert. Ich muss keine Unterlagen entwenden. Beweise werde ich auf dem Rechner des Firmenchefs finden. Da bin ich mir sicher. Ich werde die Daten kopieren und niemand wird etwas merken.«

»Das klingt so einfach.« Ungläubig blickte Andrea zu ihrer Freundin.

»Es ist auch einfach. Ich kenne die Haushaltshilfe. Sie wird mir Zugang zum Haus verschaffen. Lass uns übermorgen das Thema vertiefen. Treffen wir uns wieder hier? 10 Uhr 30 ? Zwischenzeitlich werde ich einen alten Kontakt wieder auffrischen.«

»Natürlich können wir uns hier wieder treffen. Nur was du vorschlägst, gefällt mir ganz und gar nicht. Ich habe nie etwas Unrechtes getan.«

»Ich kann dich verstehen, Andrea. Denk darüber nach. Übermorgen reden wir weiter. Wenn dir meine Idee nicht zusagt, vergessen wir alles. Ich habe damit kein Problem.«

Fast eine Stunde saßen sie noch an der Wilhelmstraße,

plauderten, tranken einen Espresso und redeten über dies und das.

ES WAR BEREITS MITTAGSZEIT, als Andrea Hentsch nach Hause kam.

»Was ist los, Andrea?«, fragte ihr Mann mit leiser Stimme, als sie an sein Bett herantrat.

»Es ist alles gut, Liebling. Ruhe dich aus. Ich mache uns gleich etwas Leckeres zu essen.«

»Hast du dich mit deiner neuen Freundin getroffen?«

»Fast zwei Stunden haben wir geplaudert. Sie ist sehr nett und sehr gesprächig. Ich mag sie. Hast du mich vermisst?«

»Ich habe geschlafen. Was hat sie dir erzählt? Gibt es Neuigkeiten auf Norderney?«

»Das Wetter ist wieder sommerlich schön. Die Stadt ist voller Menschen. Soll ich dich nach dem Essen im Rollstuhl auf die Terrasse fahren?«

»Ich fühle mich nicht gut. Vielleicht morgen.«

»Was möchtest du zu Mittag? Ich kann dir ein Schnitzel braten oder möchtest du eine Suppe?«

»Du hast feuchte Augen. Was ist los, Liebes?« Klaus Hentsch richtete sich im Bett auf und betrachtete seine Ehefrau, die das Oberbett aufschüttelte.

»Es ist ... wir haben ...«, stammelte sie. »Ich koche uns jetzt eine Suppe. Später reden wir.« Eilig lief Andrea in die Küche. Dort angekommen, brach sie in Tränen aus.

Kapitel 5

»Ohne die Daten haben wir keine Chance.«

»Bist du dir sicher?« Andrea blickte sorgenvoll zu ihrer Freundin.

»Ich bin mir ganz sicher. Der Rechner steht in seinem Arbeitszimmer. Niemand, mit Ausnahme seiner Frau, darf diesen Raum betreten. Dieses Zimmer ist immer verschlossen. Nach Feierabend, wenn alle das Gebäude verlassen haben, arbeitet er dort bis spät in die Nacht.«

»Das muss ja nichts heißen, Johanna.«

»Doch. Der Mann hat etwas zu verbergen.«

»Setz dich, Andrea. Ich habe ein kleines Frühstück für uns bestellt. Kaffee ist doch okay, oder?«

»Ja. Ich trinke gerne eine Tasse Kaffee. Hunger habe ich eigentlich nicht.«

»Andrea, entspann dich. Wir bekommen das hin. Ich habe gute Neuigkeiten.«

Die beiden Frauen saßen draußen. Unweit des Kurplatzes fanden sie einen Platz unter einem überdimensionalen grünen Sonnenschirm. Ein Azorenhoch sorgte für eine stabile Wetterlage. Seit Tagen kletterten die Temperaturen. Sommerlich gekleidete Menschen flanierten über Straßen und Wege, saßen in Cafés oder aalten sich am Strand in der Julisonne. Freie Betten gab es nur noch wenige auf Norderney.

Das Frühstück kam schnell. Andrea legte ihre graue Windjacke über einen der Stühle. Ein sonnengebräunter junger Mann, Johanna schätzte ihn auf 28 Jahre, servierte Brötchen, Käse, Wurst und Konfitüre.

»Kaffee kommt sofort.« Er lächelte, als er bemerkte, wie Johanna ihn von Kopf bis Fuß musterte.

»Toller Typ, oder?« Verzückt folgten Johannas Blicke dem sportlich maskulinen Körper. »Eine Augenweide. Jetzt müsste man noch einmal 20 Jahre sein.«

Andrea lächelte verlegen. »Du kannst dich mit Mitte 40 noch gut sehen lassen. Schau mich an. Ich bin eine graue Maus.«

»Du musst mehr unter Leute. Ziehe dir etwas Farbenfrohes an. Sei mutig in der Wahl deiner Kleidung.«

»Dafür bin ich nicht der Typ. Außerdem fehlt mir das Geld für neue Sachen. Was hast du für Neuigkeiten? Du wolltest mir etwas erzählen.«

Johanna nahm sich ein Brötchen, zerteilte es und belegte es mit Salat und Käse.

»Zu deiner Frage: Ja, es gibt Neuigkeiten«, sagte Johanna und biss von ihrem Brötchen ab. »Ich habe mit der Haushaltshilfe gesprochen. Es sieht gut aus. Mein Plan wird aufgehen«, sagte Johanna selbstbewusst.

»Was hat sie dir erzählt?«

»Dienstags ist neuerdings Ruhetag. Das gab es zu meiner Zeit nicht. Das Personal hat seinen freien Nachmittag. Ab Mittag sind alle außer Haus, bis auf eine Notbesetzung. Ich kann somit unbemerkt das Haus betreten und uns die Daten besorgen.«

»Und wenn dich jemand sieht? Was ist mit dem Inhaber? Ich dachte, die Familie wohnt dort? Das Risiko, gesehen zu werden, ist doch viel zu groß.«

»Es wird mich keiner sehen. In dem großen Haus lebt nur der Juniorchef mit seiner Gattin. Dienstags fliegt dieser regelmäßig mit der eigenen Cessna zum Festland. Seine Frau besucht währenddessen das Thalassobad hier auf Norderney. Gewöhnlich bleibt sie bis zum Abend fort. Die Haushaltshilfe reinigt an diesem Tag die Räumlichkeiten. Eine ehemalige Krankenschwester macht den Notdienst. Sie sitzt im Büro, gleich hinter dem Empfang. Wenn sie sich nicht um die Patienten kümmert, schaut sie Fernsehen. Eine bessere Gelegenheit gibt es nicht. Mir bleibt für die Aktion ein Zeitfenster von vier bis fünf Stunden. Das müsste ausreichen.«

»Hast du der Haushaltshilfe von deinem Vorhaben erzählt?«

»Nein, natürlich nicht. Ich habe nur gefragt, wann die beste Zeit wäre, um meine Sachen zu holen, ohne dass ich dem Inhaber begegnen würde. Sie begann zu plaudern und hat mir mehr erzählt, als ich eigentlich wissen wollte.«

»Und wie kommst du ins Haus?«

»Sie lässt die hintere Tür, die zum Garten führt, auf. Das hat sie mir zugesagt.«

»Und das Chefbüro? Das ist doch sicherlich abgesichert.«

»Das wäre dem Junior viel zu kostspielig gewesen. Die Türen, wie auch das gesamte Gebäude, stammen noch aus der Gründerzeit. Die alten Schlösser gegen Sicherheitsschlösser auszutauschen, wäre ein Riesenaufwand und sicherlich nicht im Sinne des Denkmalschutzes. Ganz zu schweigen von Überwachungskameras.«

»Alarmanlagen?«

»Nur für den Eingangsbereich und für das Medikamentenlager existieren Kameras und eine Alarmanlage. Das Büro des Chefs befindet sich in den Privaträumen, dort gibt es definitiv keine Sicherheitsvorkehrungen.«

»Du bist sehr gut informiert.«

»Das ist der Vorteil, wenn man alte Kontakte wieder

auffrischen kann.« Johanna lachte, als hätte sie einen guten Witz erzählt. »Jetzt kann die Sache starten.«

»Das ist doch illegal, was du vor hast.« Andrea blickte sorgenvoll zu ihrer Freundin.

»Illegal? Wie nennst du sein Handeln? Er hat mich gefeuert und er hat dich betrogen. Du hast ein Anrecht auf Entschädigung und ich auf ein wenig Rache.« Johanna lachte erneut. »Ja, aber ...« Andrea legte ihr Brötchen zurück auf den Teller und nippte kurz an ihrer Kaffeetasse. »Ich könnte ihn anrufen und ihm mein Anliegen schildern, das wäre doch einfacher als diese riskante Aktion. Eventuell kann ich ihn überzeugen, mich mit einem gewissen Geldbetrag zu entschädigen.«

»Andrea, du hast es mit einem gerissenen Unternehmer zu tun. Dass er dir Unrecht angetan hat, das wird ihn kaum tangieren, solange du keine triftigen Beweise vorlegen kannst. Ohne Beweise bist du so unbedeutend wie eine Fliege auf dem Hintern einer Kuh. Du brauchst Beweise! Diese Beweise befinden sich auf seinem Rechner. Da bin ich mir sicher und deshalb müssen wir sein Büro aufsuchen.«

»Wenn du meinst.«

»Wenn du dein Recht einfordern willst, musst du diesem Typen ein Messer an die Kehle setzen.«

»Das kann ich nicht, Johanna.«

»Doch, Andrea. Du benötigst dringend Geld. Hole es dir von ihm.«

»Ich weiß nicht. Bist du sicher, dass es der richtige Weg ist?«

»Selbstverständlich! Wir ziehen das gemeinsam durch. Dienstag Nachmittag wirst du das Haus beobachten, während ich mich mit dem Computer des Klinikchefs beschäftige. Falls wider Erwarten jemand zurückkommen sollte, rufst du mich an. Ich hoffe, du hast meine Handynummer gespeichert.«

»Natürlich«, antwortete Andrea. »Wird irgendjemand vorzeitig nach Hause kommen?«

»Nein. Die Haushaltshilfe hat es mir versichert.« Johanna klang selbstbewusst. »Ich ziehe das durch, das bin ich dir schuldig.«

»Du bist mir nichts schuldig, Johanna.«

»Doch, Andrea. Du hast mir geholfen und jetzt helfe ich dir.«

»Das war doch etwas ganz anderes. Ich habe nur ein paar Anrufe getätigt, sonst nichts.«

»Ohne deine Kenntnisse, deine Kontakte und deinen unermüdlichen Einsatz hätte meine Mutter keinen Platz im Alten- und Pflegeheim bekommen. Dafür bin ich dir sehr dankbar und jetzt revanchiere ich mich für deine Hilfe.«

»Wie willst du an die Daten gelangen?«

»Ich werde ein Backup vom Rechner erstellen.«

»Das ist doch viel zu riskant, Johanna.«

»Mach dir wegen mir keinen Kopf. Er wird nichts merken.«

»Was, wenn das Arbeitszimmer verschlossen ist?«

»Es gibt zwei Schlüssel. Den einen trägt er immer bei sich. Der zweite Schlüssel befindet sich in der Handtasche seiner Frau. Und den werde ich mir borgen.«

»Wie willst du das anstellen?«

»Wenn sie ins Thalassobad geht, bleibt die Handtasche zu Hause. Das weiß ich von der Haushaltshilfe. Außerdem sind mir die privaten Räume bestens bekannt. Als die Alten noch lebten, war ich oft oben bei ihnen. Sie luden mich zum Tee ein.«

»Willst du das wirklich für mich machen?«

»Ja, Schätzchen. Es ist alles easy. Erst holen wir uns die Daten, dann das Geld.«

Kapitel 6

Die Haushaltshilfe hatte Wort gehalten. Die rückwärtige Tür, die zum Garten führte, war nicht verschlossen. Johanna kam zu Fuß. Andrea wartete 50 Meter von der Villa entfernt. Jedes Auto, jeden Radfahrer und jeden Spaziergänger verfolgte sie mit ihren Blicken.

Vorsichtig öffnete Johanna die hintere Tür, die von dem gepflegten Garten in einen Abstellraum und von dort in einen längeren Flur führte. Sie horchte. Ein Geräusch, das an einen Staubsauger erinnerte, drang an ihre Ohren. Langsam lief sie weiter. Alles war so vertraut, als wäre sie keinen Tag fort gewesen. Schritt für Schritt lief sie von den Wirtschaftsräumen zu den vorderen Klinikräumen. Sie sah eine offene Tür. Der Geräuschpegel hatte deutlich an Intensität zugenommen. Dort saugte die Haushaltshilfe. Johanna kannte den Raum. Er diente als Aufenthaltsraum für die Angestellten. Gerne hätte sie einen Blick riskiert, sich auf ihren alten Platz gesetzt und über alte Zeiten nachgedacht. Plötzlich verstummte der Staubsauger. Eilig verschwand sie hinter einem Mauervorsprung. Sie wollte nicht gesehen werden. Unweigerlich begann ihr Herz zu pochen, als die Haushaltshilfe stöhnend und schwer bepackt durch die offene Tür kam und an ihr vorbei lief. Eine gefühlte Ewigkeit benötigte sie, um Staubsauger, Eimer und Putzutensilien zum nächsten Einsatzort zu schaffen.

Während die Haushaltshilfe in einem der Räume im Erdgeschoss verschwand, eilte Johanna den Flur entlang und schlich vorsichtig Stufe für Stufe die Treppe hoch zum Obergeschoss. Die Notbesetzung befand sich unweit vom Empfangsbereich. Sie würde Johannas unangemeldeten Besuch mit Sicherheit nicht tolerieren.

Im Obergeschoss befanden sich die privaten Räume. Zwei Schlafzimmer, ein Ankleidezimmer, das große Bad des Paares und das Büro des Unternehmers. Sein ehemaliges Kinderzimmer baute der Junior nach dem Tod seines Vaters zum privaten Büro und Arbeitszimmer um.

Vorsichtig drückte sie den Messinggriff. Die Tür blieb verschlossen. Eilig lief sie zum Schlafzimmer, in der Hoffnung, dort die Handtasche der Chefin zu finden. Sie wusste, dass sie Taschen und Schmuck in einer der Schubladen der alten Kommode aufbewahrte. Das aus Eiche gefertigte Möbelstück hatte bereits zwei Weltkriege überstanden. Nach einer Restaurierung, die noch der Senior in Auftrag gegeben hatte, erstrahlte sie wieder in alter Schönheit. Eine der sündhaft teuren Markenhandtaschen lag geöffnet, neben Schals und diversen Seidentüchern, in der untersten Schublade.

Hier müsste dringend aufgeräumt werden, dachte Johanna und griff nach der Handtasche. Sie fand, was sie suchte im Inneren zwischen Kosmetikartikeln und Haarbürsten.

Während die Haushaltshilfe im Erdgeschoss wieder am Saugen war, nahm Johanna den Schlüssel an sich, eilte den Flur entlang, bis zu der Tür, die gewöhnlich auch für die Haushaltshilfe verschlossen blieb. Der Schlüssel passte wie erwartet. Mit Bedacht öffnete Johanna die Tür zu dem fast 30 qm großen und mit hellen Buchenholzmöbeln ausgestatteten Raum. Der Boden knarrte, als sie ihren Fuß auf die alten

Holzdielen setzte. Die Vorhänge zugezogen, drang nur wenig Licht in das nach herbem Rasierwasser riechende Arbeitszimmer. Alles wirkte aufgeräumt, sachlich und kühl. Eine blinkende Leuchtdiode zeigte ihr den Weg zum Rechner. Der Computer stand auf einem wuchtigen Schreibtisch, der das Arbeitszimmer dominierte. Der Rechner, ausgestattet mit zwei Monitoren, befand sich im Stand-by-Modus. Zum Starten war ein Passwort erforderlich. Johanna wusste, dass er den Namen seiner Mutter nutzte, um den Rechner vor unliebsamen Zugriffen zu schützen. Neun Buchstaben tippte sie in Folge ein, danach hatte sie Zugriff auf sämtliche Daten. Erleichtert über diese Tatsache, griff sie in ihre Jackentasche und holte eine mobile Festplatte hervor. Was jetzt folgte, war für sie ein Kinderspiel. Nach weniger als drei Minuten startete sie den Kopiervorgang. Jetzt hieß es Ruhe bewahren. Sie setzte sich auf einen Stuhl und wartete geduldig. Die Zeit vertrieb sie sich mit dem Smartphone und dem Angebot eines Internet-Streaming Dienstes. Fast drei Stunden waren vergangen, immer wieder hörte sie den Staubsauger der Haushaltshilfe. Sie erschrak, als dieser verstummte und ihr Smartphone zeitgleich unerwartet vibrierte.

»Er ist zurück«, flüsterte eine aufgeregte Stimme. »Johanna, hörst du mich? Er ist zurück! Du musst verschwinden.«

Noch war das Backup nicht abgeschlossen. 93 Prozent. Gebannt blickte sie auf den Monitor. Sollte sie den Kopiervorgang abbrechen? Bisher hörte sie weder Türen schlagen, noch vernahm sie Schritte auf der Treppe. 95 Prozent. Johanna schob den Vorhang zur Seite und schaute nach draußen. Tatsächlich. Draußen stand ein weißer *Porsche 911*, der dort nicht gewesen war, als sie das Grundstück vor gut drei Stunden betreten hatte. Der Juniorchef war zurück. 97 Prozent. Der Staubsauger brummte wieder, lauter als zuvor. 98 Prozent. Der Staubsauger verstummte erneut. Johanna hörte Stimmen. Redete der Junior mit der Haushaltshilfe? Würde sie ihren Namen erwähnen? 99 Prozent. Das Backup war nahezu abgeschlossen. Die Stimmen im Treppenhaus wurden lauter. Nicht nur der Juniorchef war zurück, auch seine Frau. Es wurde höchste Zeit, den Kopiervorgang abzubrechen und das Weite zu suchen. Hastig verstaute sie die Festplatte in ihrer Jackentasche. Überstürzt verließ sie das Arbeitszimmer, als sie Schritte auf der Treppe vernahm. Sie riss die Tür vom Schlafzimmer auf, als eine Person den oberen Flur betrat. Eilig versteckte sie sich hinter einem viertürigen Kleiderschrank, einem Erbstück, wie die Kommode. Das wusste sie von den Alten. Früher roch der Schrank nach Mottenkugeln, heute nach Chanel. Johanna kannte das Zimmer. Oft hatte sie der alten Hausherrin Tee ans Bett gebracht, wenn sie sich nicht wohl fühlte.

Die Schritte entfernten sich. Geschwind eilte sie zu der Kommode, legte den Schlüssel zurück und schloss die Schublade. Plötzlich hörte sie Schritte. Die Schritte kamen schnell näher. Sehr schnell. Johanna drückte sich eng an den Schrank. Schweißperlen rannen von ihrer Stirn, als ihr bewusst wurde, dass sie die Tür zum Arbeitszimmer nicht wieder verschlossen hatte. Was würde passieren, wenn man sie hier im Schlafzimmer entdecken würde? Sie musste sich eine Ausrede zurechtlegen. Dann öffnete sich die Tür. Ihre Atmung wurde schneller. Sie sah eine Person. Sie näherte sich dem Kleiderschrank. *Wenn sich jetzt mein Smartphone bemerkbar macht, bin ich verloren,* dachte Johanna. Die Schranktüren wurden geöffnet. Johanna hielt die Luft an.

UNWEIT DER PRIVATKLINIK harrte sie geduldig aus. Seit dem der Hausherr und dessen Ehefrau zurückgekehrt waren, hatte sie keine Nachricht von Johanna erhalten. Andrea lief die Straße auf und ab, schaute immer wieder auf ihre Uhr und wartete. Als leichter Regen einsetzte und Johanna immer noch nicht aus der Villa herausgekommen war, beschloss sie nach Hause zu gehen. *Was, wenn Johanna morgen nicht zum vereinbarten Treffen kommt?,* dachte sie, zog die Kapuze ihrer Jacke über den Kopf und eilte schnellen Schrittes davon.

Kapitel 7

Er zählte zu den renommiertesten Bürgern und Geschäftsleuten der Insel. Niemand ahnte, zu welchen Handlungen dieser charmante, liebenswerte und stets freundliche Mensch fähig war. Seit dem frühen Morgen saß Doktor Kunert, Inhaber, Leiter und Geschäftsführer der *Nordsand Privatklinik,* hinter seinem Schreibtisch. Sein Büro, abgeschirmt vom Klinik-Alltag, befand sich im ersten Stock der Villa. Hier konnte er sich zurückziehen und ungestört arbeiten. Sein Urgroßvater legte zur Kaiserzeit vor über 100 Jahren den Grundstein für diese Einrichtung. Später, nach dem Zweiten Weltkrieg, wurde das Gebäude von seinem Vater umgebaut und erweitert. Nach dem Tod der Eltern übernahm Thomas als einziges Kind und Erbe das Unternehmen. Er baute es zu einer Lifestyle-Klinik für anspruchsvolle Kundinnen und Kunden aus dem In- und Ausland um. Ein Wellness-, Sauna- und Fitnessbereich hielten Einzug in das denkmalgeschützte Gebäude. Seine Philosophie: *Das Innere des Menschen braucht eine positive Atmosphäre. Nur so ist Heilung und Genesung möglich.*

Britta, seine Frau, betrat, ohne zu klopfen, das Büro ihres Mannes. Selten war sie dermaßen aufgebracht, wie an diesem

Morgen. Er bemerkte es nicht. Sein Blick haftete auf dem Monitor seines Rechners.

»Thomas, ich habe mehr oder weniger wahllos im Internet gestöbert und das hier entdeckt.« Britta Kunert lief mit einem Laptop, den sie in den Händen trug, geradewegs auf den Schreibtisch ihres Mannes zu.

»Bestell dir die Sachen, aber störe mich nicht bei der Arbeit«, antwortete er barsch.

»Thomas, das solltest du dir ansehen.« Ihre Stimme, wenig melodisch, trug eine Spur Besorgnis in sich, was er nicht registrierte.

»Was soll ich mir ansehen?«, erwiderte er, ohne dass er den Blick vom Monitor seines Rechners nahm. »Hast du dir schon wieder diese sündhaft teuren Klamotten ausgesucht?«

Demonstrativ stellte sie ihren Laptop unmittelbar vor seinen Computer und zeigte mit dem Finger auf den kleinen Monitor des Gerätes. »Lies das!«, fauchte sie ihn an.

Erschrocken blickte er zu seiner Frau, dann auf den kleinen Monitor. Er sah die Überschrift und überflog kurz den Text, den sie ihm präsentierte.

»Scheiße«, schoss es ihm aus seinem Mund. Eine Wortwahl, die er selten benutzte.

»Sind wir damit gemeint?«, wollte sie wissen. Britta Kunert stand mit verschränkten Armen vor dem Schreibtisch ihres Mannes.

»Nein, natürlich nicht«, beschwichtigte er sie.

Die Antwort stellte sie nicht zufrieden. »Wovon spricht diese Bloggerin in ihrem Beitrag?«

»Sie schreibt allgemein über das Gesundheitswesen. Na und?«

»Weshalb hast du so überrascht reagiert?«, fragte Britta Kunert.

»Keine Ahnung. Als ich die Überschrift las, dachte ich, es wäre etwas Ungewöhnliches vorgefallen. Entschuldige bitte.

Ich wollte dir keine Angst machen«, antwortete Thomas Kunert.

»Aus dem Beitrag geht hervor, dass sie nach monatelangen Recherchen endlich eine Spur gefunden hat. Weiter schreibt sie: Diese Spur führte mich zu einer Privatklinik in Ostfriesland. Weißt du, wen diese Frau meint?«

»Es gibt zahlreiche Privatkliniken in Ostfriesland. Wer hat diesen Text verfasst?«

»Eine Bloggerin. Ihr Pseudonym ist *Moskito*«, antwortete Britta Kunert.

»Moskito? Seltsamer Name. Wer steckt hinter diesem Pseudonym?«

»Ich weiß es nicht. Es ist eine Frau und sie ist sehr aktiv in den sozialen Medien. Mehrere Millionen Menschen folgen ihr regelmäßig. Muss ich mir Sorgen machen?«

»Nur weil eine Bloggerin über eine Klinik berichtet, musst du dir doch keine Sorgen machen. Bestelle dir etwas Schönes im Internet, Schatz. Ich muss jetzt arbeiten.« Die Arme aufgestützt und die Hände vors Gesicht gelegt, saß er nachdenklich am Schreibtisch.

»Du glaubst, diese Person kann uns nicht schaden?«, fragte sie besorgt.

»Nein.«

»Wirst du unseren Geschäftspartner informieren?«, fragte sie vorsichtig.

Mit einem Seufzer nahm er die Hände vom Gesicht und blickte zu seiner Frau. Er redete leise und mit Bedacht. Seine Stimme hatte deutlich an Aggressivität verloren.

»Nein, Liebling, dazu gibt es keinen Anlass.«

»Wirst du etwas unternehmen?«

Thomas Kunert tat so, als hätte er die Frage nicht vernommen. Ohne zu antworten, klappte er den Laptop zu und schob das Gerät von sich weg, als bräuchte er Platz zum Arbeiten.

»Britta, es ist alles in Ordnung. Der Blogeintrag hat nichts mit uns zu tun.«

»Okay, wenn du das sagst. Ich hatte ein ungutes Gefühl, als ich von einer Privatklinik las, die angeblich in kriminelle Machenschaften verstrickt sein soll.«

»Britta! Liebes! Was reimst du dir da zusammen? Wir sind ein seriöses Unternehmen in vierter Generation. Kaiser Wilhelm holte sich hier seine Arznei, als er auf Norderney verweilte. Diese Bloggerin meint uns nicht. Vergiss diesen Artikel. Wie gesagt, mach` dir einen schönen Tag.«

»Ja, das mache ich. Wenn ich mich beeile, erreiche ich noch die 11 Uhr Fähre. Ich fahre nach Norddeich. Bis zum Abendbrot bin ich wieder zurück. Tschüss.«

Sie nahm ihren Laptop, gab ihrem Mann ein Küsschen auf die Wange und verließ wortlos das Büro. Kaum, dass sie den Raum verlassen hatte, griff er zum Telefon.

»Hallo! Ich habe dir gerade einen Link gesendet. Das musst du dir anschauen. Eine Bloggerin will uns an den Karren fahren. Ich muss wissen, wer dahinter steckt. Ruf mich an, sobald du etwas in Erfahrung gebracht hast.« Wütend schlug er mit der Faust auf den Tisch, nachdem er das Gespräch beendet hatte. »Diese Bloggerin wird mich kennen lernen!«

Kapitel 8

»Moin! Die Tür stand offen.«

»Moin, Herr Flessner. Kommen Sie rein. Möchten Sie einen Kaffee?«

»Ich wollte zu Frau Landgraf.«

»Geht nicht«, antwortete Sabine. In den Händen hielt sie mehrere Aktenordner. Vor ihren Füßen stapelten sich Umzugskartons, gefüllt mit weiteren Ordnern.

»Ich hasse dieses Durcheinander«, sagte Sabine und trat verärgert gegen einen Karton, der ihr im Weg stand.

»Soll ich helfen?«, fragte Flessner.

»Geht schon. Ich mache das bereits seit zwei Tagen. Es nimmt kein Ende. Jede Menge Papier, Ordner und Mappen. Dabei leben wir im digitalen Zeitalter.«

»Was ist mit Frau Landgraf? Hat sie keine Zeit? Hat sie verschlafen?«

»Lea und verschlafen. Das wird in diesem Jahrhundert nicht vorkommen.«

»Richten Sie ihr aus, dass ich hier bin und mit ihr sprechen möchte.«

»Geht nicht«, wiederholte Sabine.

»Weshalb geht das nicht?«

»Sie ist nicht da.«

»Darf ich fragen, wo sie ist?« Polizeihauptmeister Flessner wurde ungeduldig, was Sabine nicht sonderlich tangierte. Zu sehr war sie mit dem Ablegen der Ordner und dem Auspacken der Umzugskartons beschäftigt. »Nebenan stehen noch sieben Kartons und im Keller noch mindestens fünf.«

»Frau Landgraf könnte Ihnen beim Auspacken der Kartons doch behilflich sein.«

»Nee!«

»Weshalb nicht?«

»Sie ist zu einer Fortbildung«, antwortete Sabine schroff.

»Fortbildung? Weshalb muss Frau Landgraf zu einer Fortbildung?«

»Ich denke, damit Lea Sie zukünftig noch besser beraten und unterstützen kann.«

»Das könnte ein Grund sein«, erwiderte Flessner.

Sabine lief zwischen den Kartons hin und her, schaute auf die Beschriftungen, fluchte, griff nach dem Inhalt, warf dutzende Ordner auf den Boden, bis sie freudestrahlend einen grünen in die Hand nahm, über Kartons stieg und zum Nachbarraum eilte.

»Wann ist Frau Landgraf zurück?«, rief Flessner ihr hinterher.

»In einigen Tagen«, hörte Flessner sie rufen, »sie sagte, sie würde das Wochenende noch in ihrer alten Heimat verbringen.«

Sabine kam mit zwei leeren Umzugskartons zurück.

»Dann kann ich sie nicht vor Montag hier im Büro antreffen?«

»Korrekt, Herr Flessner.«

»Wenn das so ist, dann trinke ich doch einen Kaffee«, sagte er und setzte sich auf einen, in Plastikfolie eingepackten Bürostuhl, der noch im Flur stand.

Sabine lächelte, schob zwei Kartons zur Seite und bahnte sich einen Weg zur Kaffeemaschine. Das Gerät stand auf der Fensterbank, Tassen, Becher und Zucker daneben.

»Sie müssen mit dem Umzugskarton als Tischersatz vorliebnehmen, Herr Flessner.«

»Kein Problem. Ich bin einiges gewohnt. Zur Not trinke ich den Kaffee auch im Stehen.«

»Trotz Chaos bekommen Sie bei mir den besten Kaffee der Insel.« Sabine lachte, als sie Flessner den Becher reichte.

Kapitel 9

Es war an einem Dienstag. Johanna hatte Andrea in ihre Wohnung eingeladen. Was Andrea Hentsch in den letzten Tagen bei Kaffee und Kuchen erzählt hatte, verschlug Johanna Ottersberg die Sprache. An diesem Tag wollte sie noch einmal mit ihr über alles in Ruhe reden und gemeinsam Pläne schmieden. Deshalb die Einladung. Zudem lag Johanna viel daran, ihre Freundin aus ihrem Alltag heraus zu holen, um sie etwas aufzuheitern.

»Johanna, du kennst diese Privatklinik und du kennst den Chef dieser Klinik. Was ist das für ein Mensch?«, wollte Andrea wissen.

»Thomas?« Johanna machte eine kurze Pause. »Doktor Thomas Kunert müsste ich eigentlich sagen. Er war ein verzogener Bengel. Ein Einzelkind. Die Eltern haben ihm jeden Wunsch erfüllt. Nach dem Studium und drei Jahren im Ausland ist er in das Unternehmen eingestiegen. Zusammen mit seinem Vater führte er fünf Jahre die Klinik. Nach dem Tod des Vaters übernahm er die Leitung. Ich habe ihn als einen guten Arzt und einen gewieften Geschäftsmann kennen gelernt, aber auch als jemanden, der weiß, wie man das Leben genießen kann. Er investiert viel Geld in seine kostspieligen

Hobbys. Seine Frau hat er auf dem Golfplatz kennen gelernt. Sie interessiert sich wenig für's Geschäft. Sie ist oft mit Freundinnen unterwegs auf Shoppingtour. Den Winter verbringt sie in der eigenen Finca auf Mallorca. Er zeigt sich nach außen als seriöser Arzt und Klinikboss. Seinen wahren Charakter kennen nur wenige. Wie ich dir bereits erzählte, hat er mich ohne Hemmungen gefeuert.«

»Willst du mir wirklich helfen? Ich meine, du warst mal ein Teil dieses Unternehmens.«

»Klar. Jetzt wo wir die Daten haben, werden wir diesem Halunken die Stirn bieten.«

»Halunken. Das klingt so negativ.«

»Wer Menschen schadet, sie betrügt oder belügt, ist für mich ein Halunke, Andrea. Eine andere Bezeichnung fällt mir für solch einen miesen Charakter nicht ein.«

»Höchstwahrscheinlich hast du recht. Wenn ich darüber nachdenke, wie er uns betrogen hat, muss ich weinen. Ja, Johanna, dein ehemaliger Chef scheint ein schlechter Mensch zu sein.«

»Ich mache uns einen Tee und dann schauen wir uns die Festplatte an. Ich bin gespannt.«

Andrea besorgte mehrere Stücke Erdbeerkuchen in der Stadt, ihre Freundin lieferte die Schlagsahne. Während Johanna in der Küche agierte, schaute Andrea sich in der Wohnung um.

»Du hast eine schöne, helle Wohnung. Ist es deine eigene Wohnung?«

»Ich wohne hier nur zur Miete. Teuer, aber schön. Hier möchte ich nie wieder ausziehen.«

»Kann ich verstehen«, erwiderte Andrea. »Hier könnte ich mich auch wohlfühlen.«

»Du und dein Mann bewohnen doch ein eigenes Haus?«, fragte Johanna.

»Ja. Komm uns doch einmal besuchen. Dann kannst du

Klaus kennen lernen. Wie ich bereits erwähnte, ist Klaus Kunstmaler. Zuhause haben wir eine kleine Galerie, die ich dir gerne zeigen möchte.«

»Ja, das würde mich interessieren. Sobald ich Zeit habe, komme ich vorbei. Wie du weißt, habe ich derzeit zwei Jobs. Da bleibt wenig Raum für andere Dinge.«

Sie saßen im Wohnzimmer. Johannas Laptop stand auf dem Couchtisch, daneben Kuchen und eine Glasschale mit geschlagener Sahne.

»Wie bist du aus der Villa gekommen? Ich habe mir große Sorgen gemacht.« Andrea strich unaufhörlich mit den Händen über ihren hellblauen Sommerrock mit rot-gelbem Blumendruck. Johanna hatte das Kleidungsstück, wie auch die blauen Sneaker und das unifarbene Shirt für Andrea ausgesucht.

»Ich habe sehr lange vor dem Haus gewartet. Ich wusste nicht, was ich tun sollte. Irgendwann bin ich nach Hause gelaufen. Es begann zu regnen und mein Mann brauchte etwas zu essen.«

»Es war eine verzwickte Situation. In meinem Versteck im Schlafzimmer musste ich ewig lange ausharren. Irgendwann verließ die Hausherrin endlich den Raum und begab sich ins Bad. Dort traf sie auf ihren Mann. Ich hörte sie zunächst leise reden, dann begannen sie laut zu diskutieren. Aus der Diskussion wuchs ein heftiger Streit. Sie schrien sich an. Diese Situation habe ich genutzt, um aus dem Haus zu verschwinden. Die beiden redeten sehr laut miteinander. Ich vermute, dass sie von meiner Flucht nichts bemerkt haben.«

»Ich hätte mir sicherlich vor Angst in die Hose gemacht«, sagte Andrea. Sie lächelte reserviert.

Johanna platzierte die volle Teekanne auf einem, mit einem Teelicht bestückten Stövchen. »Der Tee muss noch etwas ziehen«, sagte sie.

»Während wir auf den Tee warten, könnten wir uns doch

die Daten ansehen. Ich bin sehr neugierig, was auf der Festplatte zu finden ist«, sagte Andrea.

»Okay. Ich werde das Ding mit dem Laptop verbinden und dann schauen wir mal, was mein ehemaliger Chef für Geheimnisse auf seinem Rechner hütet.«

Johanna starrte auf den Monitor des kompakten Gerätes. Nach wenigen Sekunden erschien das Icon der mobilen Festplatte. Mit einem Doppelklick öffnete sie den Datenträger. Jede Menge Ordner, die jeweils mit einem Datum benannt worden waren, erschienen vor ihren Augen. Die beiden Frauen waren überrascht. Sie blickten auf nahezu 30 Ordner.

»Gut, dass du den Juniorchef ablenken konntest. Sonst wäre ich mit Sicherheit nicht heil aus dem Büro gekommen.«

»Es war gar nicht so einfach, den Alarm auszulösen. Mehrfach habe ich gegen den Porsche getreten, gegen die Scheiben geschlagen und an dem Auto gerüttelt.«

»Du hast es aber doch noch geschafft. So eine Aktion hätte ich dir gar nicht zugetraut.«

»Ich habe es im Fernsehen gesehen. Ich hätte nicht gedacht, dass es wirklich funktioniert.«

»Während der Alarm ertönte, hörte ich Türen knallen und jemanden die Treppe hinunter hasten. Vom Fenster aus konnte ich beobachten, wie Thomas Kunert zu seinem Wagen stürmte, als ginge es um sein Leben. Die Zeit, die er draußen war, reichte, um das Kopieren abzuschließen.«

»Was war mit seiner Frau?«

»Ich hörte Wasser rauschen. Sie wollte duschen, so mein Eindruck.«

»Dann hat alles geklappt?«

»Ja. Ich konnte alle Daten kopieren. Ich bin total happy«, sagte Johanna euphorisch. »Nur als ich das Schlafzimmer verlassen wollte, wurde es brenzlig. Die Schlampe kam aus dem Bad und machte sich am Kleiderschrank zu schaffen. Den Rest der Geschichte kennst du ja bereits.«

Während sie Tee tranken und Kuchen aßen, nahmen sie sich Ordner für Ordner vor. Es waren mehr als 1,3 Terabyte, die auf die externe Festplatte übertragen worden waren. Die beiden Frauen waren begeistert.

»Mit so vielen Daten hätte ich nie gerechnet.« Johannas Gesicht strahlte, als sie die kopierten Daten näher in Augenschein nahm. Sie öffnete einen Ordner nach dem anderen und überflog die Inhalte. »Die ganze Korrespondenz, sämtliche Rechnungen und Lieferscheine. Die ganze Lagerhaltung. Die Auflistung sämtlicher Medikamente, alle Kunden, Patienten- und Lieferantendaten, alle Einnahmen, Ausgaben und Kontobewegungen wurden auf dem Rechner des Chefs gespeichert und wir haben davon eine Kopie. Wahnsinn! Das Unternehmen liegt jetzt ausgebreitet vor uns, um es bildlich auszudrücken. Jetzt wird mir einiges klar«, sagte sie, »ich habe mich immer gefragt, wie die Kunerts ihren aufwändigen Lebensstil finanzieren können. Teure Autos, Sportflieger, Reisen, Designerkleidung, Reitpferde und Golfsport. Unsereins kann davon nur träumen. Hast du die letzte Bilanz gesehen? Wenn man alles addiert, dann liegt der Umsatz dieser Firma bei weit über 21 Millionen Euro. Das hätte ich nicht für möglich gehalten.«

»Johanna, du bist genial«, sagte Andrea bewundernd.

»Der kurze Besuch bei meinem alten Arbeitgeber hat sich gelohnt.«

»Hat dich auch wirklich niemand gesehen?« Sie konnte die Euphorie ihrer Freundin nicht zu hundert Prozent teilen.

»Nein, niemand«, flunkerte Johanna. »Die Krankenschwester saß im Büro vor dem Fernseher und die Haushaltshilfe war die ganze Zeit mit ihrem Staubsauger unterwegs.«

»Da bin ich beruhigt. Es wäre furchtbar gewesen, wenn dich jemand bei deiner Aktion beobachtet hätte. Man hätte dich für eine Diebin gehalten. Ich möchte mir nicht ausmalen, was das für Folgen gehabt hätte.«

»Keine Sorge, Andrea. Die Sache hat perfekt geklappt. Niemand hat etwas gesehen und niemand wird im Nachhinein etwas bemerken.«

»Dann kann ich diese Daten jetzt als Beweise nutzen?«, fragte Andrea vorsichtig.

»Auf jeden Fall.«

»Toll!« Fast ein wenig überschwänglich erhob sich Andrea von ihrem Platz. »Ich muss los. Gib mir die Festplatte. Mit diesem Material bringe ich diesen Betrüger vor Gericht. Das reicht für mindestens drei Jahre Gefängnis.«

»Andrea, was ist los? Bleib sitzen!« Johanna ergriff den Arm ihrer Freundin.

»Willst du mir die Daten nicht geben?«, fragte Andrea überrascht.

»Selbstverständlich gebe ich dir die Daten. Du solltest nur konkret überlegen, was du damit tust.«

»Ich habe mir das genau überlegt. Diese Personen gehören ins Gefängnis.« Andrea blickte leicht verstimmt zu ihrer Freundin.

»Andrea, du machst einen Fehler. Was nützt es dir, wenn diese Leute vor Gericht kommen? Nichts. Du wirst keinen Cent erhalten.«

»Das ist egal, Johanna. Diese Leute müssen verurteilt werden. Heute Morgen habe ich mit Mia, dieser investigativen Journalistin und Bloggerin aus Hannover, telefoniert. Ich habe bei diesem Gespräch von meinen Beweisen erzählt, die ich ihr zur Verfügung stellen kann.«

»War das nicht etwas voreilig?«

»Ich denke nicht. Sie kommt morgen nach Norderney. Ich werde ihr die Festplatte geben, das habe ich ihr bereits zugesagt. Sie ist begeistert. Mit diesem Material will sie an die Öffentlichkeit gehen, das hat sie mir fest versprochen.«

»Und was soll das bringen?«, fragte Johanna leicht verstimmt.

»Sie sagt, der öffentliche Druck würde so heftig werden, dass die Justiz keine andere Wahl hat, als gegen diese Leute vorzugehen. Über kurz oder lang wird diese Firma zur Verantwortung gezogen und die Drahtzieher werden verurteilt.«

»Das ist der falsche Weg, Andrea!«

»Entschuldigung, Johanna, wenn ich das sage, aber noch mehr krumme Sachen möchte ich nicht unterstützen.«

»Krumme Sachen? Was redest du da?«, entrüstete sich Johanna.

»Ich finde das super, was du für mich getan hast. Du hast auf nicht ganz legalem Weg Beweise besorgt, aber jetzt ist damit Schluss. Bislang habe ich mir nichts zu Schulden kommen lassen und so soll es auch bleiben.« Andrea redete sich in Rage. »Diese Leute müssen bestraft werden. Sie gehören vor ein Gericht. Mein Geld habe ich ohnehin abgeschrieben. Das werde ich nie wieder bekommen. Gib mir bitte die Festplatte, ich werde sie morgen der Bloggerin übergeben.«

»Natürlich kannst du die Festplatte bekommen. Ich habe die Daten für dich besorgt.«

»Danke, Johanna. Ich weiß deine Hilfe zu schätzen«, sagte Andrea gereizt.

»Du hast noch nicht viel von dieser Mia erzählt. Was ist das für eine Frau?«

»Mia ist sehr engagiert. Ich denke, sie macht aus diesen Beweisen eine richtig große Story. Ich habe mehr als eine Stunde mit ihr telefoniert. Sie ist nett, klug und sehr gut informiert. Wir könnten uns gemeinsam mit ihr treffen. Hast du Lust?«

»Ja, gerne, Andrea. Wie du weißt, habe ich abends, ab 19 Uhr immer Zeit, außer ich bin im Altenheim bei meiner Mutter zu Besuch. Ich freue mich, diese Frau persönlich kennen zu lernen.«

»Ich werde dich über Ort und Zeitpunkt unseres Treffens rechtzeitig informieren«, sagte Andrea.

Nach mehreren Tassen Tee und einem weiteren Stück Kuchen verabschiedete Andrea sich von ihrer Freundin mit einer herzlichen Umarmung. Mit dem Fahrrad, die Festplatte in der Tasche, fuhr sie zügig nach Hause. Es wurde Zeit, Mia zu informieren.

ES WAR STILL, nachdem Andrea gegangen war. Johanna stand in der Küche, räumte das Geschirr in die Spülmaschine, dachte über die Unstimmigkeiten nach. Gewöhnlich verstand sie sich sehr gut mit Andrea. Weshalb kam es zu dieser Spannung zwischen ihnen? Johanna wurde aus ihren Gedanken geholt, als es plötzlich an der Haustür klingelte. *Hat Andrea etwas vergessen?* Eilig lief Johanna zum Küchenfenster, zog die Gardine ein Stück zur Seite und blickte voller Neugier zur Eingangstür. Sie sah weder Andrea noch einen Brief- oder Paketzusteller. Unten vor der Tür stand ein Mann. Er stand mit dem Rücken zum Küchenfenster, so dass Johanna sein Gesicht nicht erkennen konnte. Der Mann trippelte unruhig hin und her. Sollte sie die Tür öffnen und den Unbekannten Einlass gewähren?

Kapitel 10

Nach vier anstrengenden Fortbildungstagen in den Räumen der Polizeiakademie Nienburg stieg Lea in einen Regionalexpress nach Hannover, eine Fahrt von 35 Minuten. Das Wochenende, von Freitagmittag bis Sonntagabend, verbrachte sie in der Landeshauptstadt, ein Kurzurlaub um ihre Eltern zu besuchen. Sonntag Abend begleitete ihr Vater sie zum Bahnhof. Er glaubte eine Träne in Leas Augen gesehen zu haben, als sie in den ICE einstieg, der von Hannover nach Bremen fuhr. Dort musste sie umsteigen. Von Bremen aus ging es weiter mit einem Regionalzug nach Norddeich-Mole und von dort mit der Fähre zurück nach Norderney. Leas Gemütslage wankte von Freude zu Trübsinn und von Trübsinn zu Freude. Wo war sie mehr zuhause? In Hannover, dort wo sie ihr halbes Leben verbracht hatte oder auf Norderney? Die Insel, die sie zu lieben gelernt hatte. Auf Norderney arbeitete sie seit geraumer Zeit, obwohl Ostfriesland nie auf ihrer Agenda stand. Was sie zunächst als Irrtum empfunden hatte, entwickelte sich zu einer interessanten Herausforderung. Eine Arbeit, die ihr Erfüllung brachte. Auf Norderney fand sie nicht nur ihren Traumjob, sondern auch die Liebe ihres

Lebens. Sven erwartete sie am Hafen. Lea betrat die Insel nach einer langen Woche in Nienburg und Hannover. Sie gestand sich in den ersten Sekunden ein, dass sie Sven und auch Norderney vermisst hatte.

Kapitel 11

War es ein erster Hinweis? Oder bereits eine heiße Spur? Mit niemandem sprach sie über ihre Vermutungen. Nur ihr Freund wusste, was in ihrem hübschen, dunkel gelockten Kopf vor sich ging. »Lass die Finger von dem Thema. Du weißt nicht, mit wem du dich einlässt. Diese Leute sind international vernetzt und gefährlich. Mia, du verbrennst dir die Finger. Bleib zuhause!«, hatte Marc erwidert, als sie von ihrem Vorhaben erzählte. Zuhause bleiben, das konnte sie nicht. Sie war eine engagierte Journalistin und eine leidenschaftliche Bloggerin. Sie musste raus und recherchieren.

»Marc, ich fahre nur nach Norderney. Dort treffe ich mich mit einer Geschädigten. Das ist alles.«

Sie packte ihre Reisetasche, besorgte sich Tickets im Internet und stieg am Montagmorgen in den ICE von Hannover nach Bremen. Ihr Freund lag noch im Bett, als sie die Wohnung im Stadtteil Bemerode verließ.

Bin bald wieder da. Freue mich auf das Wiedersehen und ein gemeinsames Frühstück im Bett. Ich liebe dich! Hunderttausend Küsse. Mia! Wie ein verliebter Teenager umrahmte sie ihren Namen mit einem großen Herzen, legte den Zettel auf den Küchentisch, nahm Reisetasche und Rucksack und verschwand fast lautlos.

Für ihren Job tourte sie oft durch Deutschland und Europa. Einige Reisen führten sie in den letzten Jahren auch in die USA, nach Fukushima in Japan und nach Südafrika. Angst kannte sie nicht. Ihren Freund lernte sie vor wenigen Monaten auf einer Zugfahrt nach Zürich kennen. Mit Marc an ihrer Seite bekam ihr Leben eine neue Dimension. Sie fühlte sich wohl und geborgen, wenn er in ihrer Nähe war. Ausgerechnet an diesem Montag musste er für seinen Arbeitgeber ins Ausland fliegen, so trat sie die Fahrt alleine an. Gerne hätte sie die Reise verschoben, um einige Tage mit Marc an der Nordsee verbringen zu können, doch die Geschädigte drängte Mia, umgehend nach Norderney zu kommen. Sie versprach wertvolle Informationen zu liefern. Für Mia Ansporn genug, die Reise kurzfristig und alleine anzutreten.

Ein Taxi brachte sie zum Hauptbahnhof Hannover. Eilig lief sie durch die Bahnhofshalle. Für einen Kaffee im Stehen reichte die Zeit nicht aus. Mia hastete durch die Bahnhofshalle, die Treppe hoch und kam gerade noch pünktlich auf dem Bahnsteig an. Glücklicherweise traf der ICE aus Kassel kommend mit fünf Minuten Verspätung ein.

Bevor sie ihren reservierten Platz aufsuchte, eilte sie durch die Abteile zum Bistro-Wagen. Der morgendliche Hunger und Kaffeedurst trieben sie dorthin. Zum ersten Mal fiel ihr ein Mann auf, der zeitgleich mit ihr zugestiegen war und jetzt das Bordbistro betrat. Sie kannte das Gesicht, konnte es aber weder einem Namen noch einer Begebenheit zuordnen. Sie fühlte sich kurz beobachtet, als sie sich ein Käsecroissant und einen Milchkaffee kaufte, ignorierte aber nach wenigen Sekunden den Beobachter. An einem kleinen Bistrotisch verzehrte sie ihr bescheidenes Frühstück, um danach mit Tasche und Rucksack ihren Weg durch den Zug fortzusetzen.

. . .

DER FREMDE WAR IHR GEFOLGT. Sie bemerkte ihn, als sie im Wagen 12 ihren reservierten Platz aufsuchte und per Zufall seine Spiegelung im Fenster erblickte. Er lief offenbar achtlos an ihr vorbei und verschwand in einem der nächsten Waggons. In Bremen angekommen, verließ sie den ICE. Zwei Bahnsteige weiter stieg der Mann im dunklen Outfit zeitgleich mit ihr in den Regionalzug nach Norden-Norddeich ein. War es ein Zufall?

Im Zug verlor sie ihn aus den Augen. Weshalb war sie so unruhig? Es war doch nur ein Typ, ein Mann, ein Reisender, der wie sie mit leichtem Gepäck unterwegs war. Möglicherweise hatte er sie nur aufgrund ihrer Haarpracht angeschaut. Bereits während der Schulzeit verzichtete sie auf den regelmäßigen Gang zum Frisör. Mittlerweile wucherten ihre dunklen Locken wie Kresse in einem viel zu kleinen Blumentopf. Sie liebte das Gewusel auf ihrem Kopf und Marc liebte es auch. »Die Haare hast du von deinen Vorfahren. Das waren Hugenotten«, betonte ihre Oma bei jedem Besuch.

Am späten Vormittag erreichte der Zug bei strahlendem Sonnenschein Norddeich-Mole. Von hier waren es nur wenige Schritte bis zur Fähre. Der Andrang war groß. Handwerker, Saisonkräfte, Tagestouristen mit Kindern und Urlauber mit großen Taschen drängten auf das Schiff. Jeder wollte der Erste sein und sich einen Platz auf dem Oberdeck ergattern. Drängeln war nicht ihr Ding. Mia ließ den Familien mit den Kleinkindern Vorrang und betrat als eine der Letzten die Fähre. Es herrschte heftiges Gedränge. Schnell waren die Fensterplätze im Bordrestaurant besetzt. Die Motoren begannen zu rumoren. Die Fähre legte ab. Sie deponierte ihre Reisetasche im unteren Bereich des Schiffes. Sie wollte die Überfahrt an der frischen Luft verbringen. Leider waren oben alle Plätze besetzt. Mia hatte Glück. Ein Ehepaar gab den

Drängen der Kinder nach und verließ das Oberdeck in Richtung Restaurant. »Bekomme ich ein Eis, eine Pommes und eine Cola?«, hörte sie ein Kind betteln. Genervt nahmen Vater und Mutter Taschen und Rucksäcke und verließen die Plätze an der frischen Luft. Eine Sitzbank unmittelbar an der Bordwand wurde frei. Sie setzte sich ans Ende der Bank, so dass sie einen optimalen Blick auf das Meer hatte. Befreiend schaute sie über das Wasser, das in der Mittagssonne glitzerte. Mit unüberhörbarem Gekreische folgten Möwen der auslaufenden Fähre. Mia atmete tief ein. *Was für eine wohltuende Luft,* dachte sie.

Wie viele der Reisenden verbrachte auch sie die komplette Überfahrt draußen auf dem Oberdeck. Nach den vielen Tagen und Wochen im Büro fühlte es sich hier draußen in der Sonne wie Urlaub an. Sie genoss den warmen Wind, der ihr ins Gesicht wehte, und freute sich wie ein Kind, als auf einer Sandbank Seehunde auftauchten. Den Laptop ließ sie im Rucksack. Sie wollte nicht daran erinnert werden, weshalb sie heute an Bord der *FRISIA VI* war. Ungewohnt entspannt nahm sie ihr Smartphone aus der Tasche, fotografierte einen vorbeiziehenden Kutter und sendete das Bild per WhatsApp an ihren Freund Marc. Sie musste schmunzeln, als sie den Kommentar las, den sie nach wenigen Sekunden bekam: *Hallo Maus, ich kann dich sehen. Sitze im Flugzeug auf dem Weg nach London. Kannst du kurz winken?*

Vergessen war der Mann mit dem sonnengebräunten Teint, dem merkwürdigen Blick und dem markanten Duft eines teuren Rasierwassers. Sie schaute auf die Uhr. Nur noch wenige Stunden, dann würde sie ihre Informantin treffen.

Sie wollte für eine kurze Zeit abschalten, den Kopf frei bekommen, die letzten nervenzehrenden Tage vergessen und die Überfahrt genießen. Für einen Moment schloss sie die Augen, streckte die Beine aus, atmete langsam und tief ein und aus und versuchte alles um sich herum auszublenden.

Was ihr nach wenigen Minuten gelang. Wie lange sie so gesessen und meditiert hatte, wusste sie nicht. Menschen kamen oder verließen das Oberdeck. Als sie die Augen öffnete, saßen mehrere fremde Personen unmittelbar vor ihr. Zunächst hatte sie diese Leute nur schemenhaft wahrgenommen, zumal ihr die Sonne direkt ins Gesicht schien. Zeitgleich wurde sie von einer Gruppe Jugendlicher abgelenkt, die lautstark zum Heck der Fähre torkelten. Mia reckte sich, als sie sah, dass die Insel in Sichtweite kam. Sie nahm ihren Rucksack, wollte sich von ihrem Platz erheben, als ihr Blick ein Gesicht traf, das ihr merkwürdig bekannt vorkam. Sie erschrak. Er saß ihr schräg gegenüber, wenige Meter entfernt. Der Typ aus dem Zug.

Die Jugendlichen verließen lärmend das Oberdeck. Andere folgten. Je näher die Insel kam, umso mehr Passagiere strömten zu den Treppen. Autofahrer suchten ihre Fahrzeuge auf, den Kleinen wurden die Windjacken angezogen, die Älteren kramten ihr Gepäck zusammen und im Bordrestaurant wurde abkassiert.

MIA WOLLTE MÖGLICHST SCHNELL ihren Platz verlassen, ihre Reisetasche holen und vom Schiff verschwinden. Die Person, die sie aus dem Zug kannte, verzog keine Miene, hielt sie fortwährend im Blick und achtete auf jede ihrer Regungen. Mia griff nach ihrem Rucksack, erhob sich und wollte gehen. Sie schaute sich um. Nur noch wenige Fahrgäste befanden sich auf dem Oberdeck. Sie wollte weg. Schnell weg. Plötzlich erhob sich der Mann mit der dunklen Sonnenbrille von seinem Platz. Er starrte in ihre Richtung. Getrieben von der Menge, lief auch er zu den Treppen, die nach unten führten. Der Mann verschwand aus ihrem Blickwinkel.

Wer war dieser Typ? Sicherlich kennt er mein Profil aus dem Internet, dachte Mia. In einem Satz erwähnte sie dort ihren Trip zur ostfriesischen Ferieninsel. *Hätte ich nur nicht die Ankunft auf Norderney gepostet,* grübelte sie. Mit gesenktem Kopf verließ sie das Oberdeck. Mit dem Rucksack auf dem Rücken und der Jacke in der Hand stapfte sie die blaue Stahltreppe, die zu den unteren Decks führte, hinunter. Einige Reisende, teilweise mit Taschen und Rucksäcken bepackt, liefen vor oder hinter ihr. Es war die neunte Stufe von oben, die ihr zum Verhängnis wurde. Ein heftiger Druck gegen die Schulter brachte sie ins Straucheln. *War es ein Versehen oder ein absichtlicher Rempler?* Sie verlor das Gleichgewicht, wollte sich festhalten, griff aber mit den Händen ins Leere. Zwei Personen, die nur wenige Stufen vor ihr liefen, riss sie unwillkürlich mit zu Boden. Die Alten, ein Mann und eine Frau, sommerlich gekleidet und mit Sicherheit über 70 Jahre, schrien, als sie zu Fall kamen. Sie purzelten mehrere Stufen hinunter. Stöhnend und jammernd lagen sie am Boden. Mia konnte sich unverletzt erheben. Andere Reisende kümmerten sich um die Gestürzten. Mühsam richteten sich die Alten auf. Mia entschuldigte sich, nahm Rucksack und Jacke und folgte den anderen Reisenden zur Gepäckablage.

»*In wenigen Minuten erreichen wir Norderney. Der Ausstieg ist in Fahrtrichtung links*«, hörte Mia die Borddurchsage.

Mia sah sich um. Wo war der Typ geblieben? Wollte er etwas von ihr? Sie holte ihre Reisetasche und lief zum Ausgang. Das linke Bein und ihr rechter Arm schmerzten. Noch war ihr nicht klar, was vor wenigen Minuten auf der Treppe geschehen war. Wurde sie mutwillig geschubst? War sie in Gefahr? Hatte der Typ mit der Sonnenbrille ihren Sturz verursacht? Warum hatte sie ihn nicht zur Rede gestellt? Sie war mit ihrem Verhalten absolut nicht einverstanden. *Bei der nächsten Begegnung werde ich diesem Typen meine Meinung sagen,* dachte sie und stellte sich mit ihrem Gepäck zwischen den anderen wartenden Fahrgästen, die unweit des Ausganges standen. Die Insel kam näher.

Nachdem die Fähre angelegt und sie das Terminal betreten hatte, bemerkte sie, dass sie am Unterarm blutete. Nicht dramatisch, dennoch ärgerlich. Immerhin war es der rechte Arm. Eine Schürfwunde. Mit Papiertüchern, die sie auf der Toilette des Terminals fand, stoppte sie die Blutung. Immer dann, wenn sie den Arm stark belastete, spürte sie einen leichten Schmerz. *Mit Schreiben ist heute wohl nichts,* dachte sie und verließ das Reedereigebäude.

Sie warf einen Blick auf ihr Smartphone. Die Zeit würde reichen, um das Gepäck zur Ferienwohnung zu bringen und eine Kleinigkeit in der Stadt zu essen. Mia nahm ein Taxi, das sie direkt zu ihrer Unterkunft brachte. Das Fahrzeug, das dem Taxi folgte, bemerkte sie nicht.

Kapitel 12

»Büro von Hauptkommissarin Landgraf. Mein Name ist Sabine Kirsch. Was kann ich für Sie tun?«

»Polizeimeister Jan Lankow. Guten Morgen.«

»Moin, Jan. Weshalb so förmlich?«

»Das ist Vorschrift.«

»Quatsch. Womöglich in Stuttgart oder Berlin, aber doch nicht auf Norderney. Hast du zu viele Dienstvorschriften gelesen oder war etwas in deinem Tee?«

»Sabine, ich muss ...« Jan Lankow kam nicht zu Wort. Während Jan, wie sein Chef, eher wortkarg war, musste Sabine am Morgen alles loswerden, was sie tags zuvor erlebt hatte. Und das war selten wenig. Egal wer zuhörte. Sie plauderte los, sobald sie angesprochen wurde. Von ihrem Gesprächspartner vernahm sie wenig. Sein zustimmendes Kopfnicken sah sie nicht.

»Warum bist du so schweigsam?«, fragte Sabine unerwartet.

»Ich? Ich höre dir zu. Eigentlich wollte ich .... Du lässt mich ja nicht zu Wort kommen«, stotterte Jan Lankow.

»Sag doch einfach, was du willst. Mit Schweigen kommen wir hier nicht weiter.«

»Deine Chefin. Ich muss mit ihr reden.«

»Mit Lea?«

»Natürlich. Oder hast du noch eine andere Vorgesetzte?«

»Mit Lea kannst du derzeit nicht sprechen.«

»Weshalb nicht. Schläft sie noch?«

»Ich denke nicht. Hat Flessner dich nicht informiert?«

»Was sollte Flessner mir mitteilen?«, fragte Jan Lankow verwundert.

»Sie war zur Fortbildung in Nienburg an der Weser. Ob sie heute bereits zurückkommt, kann ich nicht sagen. Übrigens Jan, es ist 7 Uhr 53. Vor acht Uhr ist Lea ohnehin nicht da.«

»Ja, den ...«

»Was willst du von Lea?«

»Mein Chef sagte, ich soll sie informieren.«

»Worüber informieren?«

»Das darf ich dir nicht sagen.«

»Spinnst du heute Morgen total?«, empörte sich Sabine.

»Wir haben eine Info aus Aurich erhalten. Auf Norderney wird derzeit ...« Lankow stockte.

»Und?«, fragte Sabine neugierig.

»Mehr darf ich dir nicht erzählen. Ich denke, ich sollte mit deiner Chefin reden.«

»Moment, Jan! Ich höre gerade ein Auto kommen. Das könnte Lea sein.«

Jan Lankow wollte antworten, hörte aber nur Türen knallen und ein entferntes Gemurmel.

»Hallo, Sabine, bist du noch da?«

»Moin, Jan! Hier ist Lea. Du wolltest mich sprechen?«

»Du? Lea? Moin. Gerade sprach ich noch mit Sabine.«

»Sabine ist draußen und sucht einen Parkplatz für meinen kleinen Dienstwagen.«

»Kannst du dein Auto nicht mit ins Büro nehmen? Der

passt doch mit Sicherheit unter deinen Schreibtisch«, spottete Jan Lankow.

»Mach dich nicht über meinen Smart lustig. Das ist das perfekte Auto hier auf Norderney. Alles was ihm fehlt, ist ein Allradantrieb, zwei weitere Sitze, ein Schiebedach, mehr PS, ein größerer Kofferraum und ein Automatikgetriebe. Ansonsten ist der Wagen okay.«

»Flessner möchte mit dir reden. Es sind Informationen vom Festland gekommen. Details sind mir nicht bekannt.«

»Ich bin gerade zurück aus Hannover. Ich hoffe, es hat noch ein wenig Zeit. Ich melde mich morgen oder übermorgen.«

»Okay. Ich werde es Herrn Flessner ausrichten. Tschüss, Lea.«

Kapitel 13

Mia ließ ihr Gepäck mitten im Wohnzimmer stehen, warf den Rucksack auf das Sofa und die Jacke auf den Sessel. Hastig kramte sie Bad- und Kosmetikartikel aus der Reisetasche, sprang unter die Dusche und eilte nach 35 Minuten in Richtung Fußgängerzone. Immer wieder blickte sie auf ihr Smartphone. Gerne hätte sie die Insel erkundet, den Strand besucht oder die Annehmlichkeiten des Thalassobads genossen. Die Prioritäten anders zu setzen, das war es, was sie sich vorgenommen hatte. Nicht die Erholung sollte den Aufenthalt auf Norderney dominieren, sondern das selbstgesteckte Ziel. Dieses Ziel hatte sie klar definiert: Informationen sammeln. Um an diese Informationen zu gelangen, musste sie diese Frau treffen, die sie vor wenigen Tagen kontaktiert hatte. Sie hieß Andrea. Mehr wusste Mia nicht. War ihre Informantin vorsichtig oder nur ängstlich? Ihr war nur bekannt, wann und wo sie diese Person treffen würde. Mia schaute auf ihr Smartphone. Sie wusste, den Termin mit Andrea durfte sie auf keinen Fall verpassen.

. . .

DAS SOMMERLICHE HOCHDRUCKWETTER lockte Feriengäste und Einheimische nach draußen. Viele verweilten in der Fußgängerzone, saßen in Cafés, in Bistros, aßen Pizza, Pommes oder genossen heimische Fischgerichte. Manche schleckten ein Eis, während sie durch die Straßen der Stadt schlenderten. Die Innenstadt war gut besucht, dennoch nicht übermäßig voll. Vermutlich hielten sich die meisten Touristen am Strand auf. Mia schaute zu dem digitalen Thermometer in der Poststraße. Es zeigte 26 Grad an. Sie transpirierte. Gerne wäre sie kurz ans Meer gelaufen, um sich abzukühlen, verwarf aber den Gedanken, als sie erneut auf ihr Smartphone blickte. In drei Stunden musste sie am vereinbarten Treffpunkt sein. Ihr Bauch rumorte. Reichte die Zeit noch für einen Kaffee und einen kleinen Snack?

In der Nähe des Kurplatzes fand sie einen freien Platz unter einem großen Sonnenschirm. Das Bistro war bis auf wenige freie Plätze nahezu voll besetzt. Sie bestellte einen Kaffee und einen kleinen gemischten Salat, als die Bedienung an ihren Tisch kam und nach ihren Wünschen fragte. Von dort, wo sie saß, konnte sie die weiße Orchestermuschel sehen, die sie nur von Fotos aus dem Internet kannte. *Schade,* dachte sie, *dass jetzt keine Musik gespielt wird.* Der Kaffee kam schnell, auf den Salat musste sie warten. Wiederholt schaute sie auf ihr Smartphone, checkte alle Eingänge und war erleichtert, als sie nur Mitteilungen zum Wettergeschehen fand. Hatte sie an alles gedacht?

Jetzt nur nicht nervös werden. Ich habe bestimmt alles dabei. Nur noch ein paar Stunden, dann habe ich das, was ich dringend benötige und kann entspannt ins Bett kriechen. Morgen, bevor ich meine Recherche fortsetze, gehe ich definitiv an den Strand.

Mia kramte nachdenklich in ihrem Rucksack, als ihre Bestellung nach langem Warten von einer fahrigen Aushilfskraft gebracht wurde. Der Salat fiel üppiger aus, als erwartet.

Während sie aß, beobachtete sie die Menschen, die durch die Straße schlenderten. Unter den vielen sommerlich gekleideten Feriengästen bemerkte sie den groß gewachsenen Mann nicht, der unweit von ihr vor der Auslage eines Souvenir- und Spielzeugladens stand. Er trug ein anderes Outfit als am Morgen. Statt dunkler Business-Kleidung zeigte er sich wie ein Tourist in Bluejeans, einem weinroten Poloshirt und weißen Sneakers. Über der Schulter trug er eine Ledertasche, schwarz und an einer Stelle leicht ausgebeult. Er verweilte kaum 30 Meter von ihr entfernt. Interessiert betrachtete er die farbenfrohen Artikel, die an einem Verkaufsständer hingen, während er sie beobachtete. Mia erschrak, als sie plötzlich angesprochen wurde.

»Ist dieser Platz noch frei?« Eine ältere Dame in einem bordeauxfarbenen Kleid und mit einer extravaganten Handtasche sah sie freundlich an. Mia nickte. Die Rentnerin setzte sich. Sofort kam die Bedienung. Die alte Frau bestellte sich einen Cappuccino und ein Stück Kirschtorte. Mia bestellte sich ein Wasser. Als die Kuchen essende Frau ein Gespräch begann, überkam Mia ein Gefühl der Unruhe. Hastig trank sie ihr Wasser aus, bezahlte und verließ das Café. Verwundert folgte ihr der Blick der Seniorin. Mia lief zum 50 Meter entfernten Conversationshaus, setzte sich dort auf die Stufen der Treppe und wartete. Sie hatte noch etwas Zeit. Sie wollte den Moment nutzen, um den kürzesten Weg zum Yachthafen zu suchen.

Der Mann mit dem weinroten Poloshirt fluchte, als er den Bistrotisch sah. Dort wo vor wenigen Minuten noch der »Wuschelkopf« gesessen hatte, schlürfte gerade eine Seniorin ihren Cappuccino. Weshalb hatte er die junge Frau aus den Augen verloren? Minutenlang beobachtete er sie, wie sie im Bistro mit der Bedienung sprach, einen Kaffee trank und einen Salat aß. Um seinen Durst zu stillen, holte er sich eilig eine Erfrischung von der nahen Eisdiele. Als er seinen Beobachtungsplatz wieder erreicht hatte, war die junge Frau verschwunden. Frustriert lief er zu der Seniorin, die sich soeben ein weiteres Kuchenstück gönnte.

»Setzen Sie sich zu mir«, sagte die ältere Dame und zeigte auf einen leeren Stuhl. Sein Blick fiel sofort auf die Handtasche. *Bisschen viel Gold* dachte er, während die Person neben ihm unbekümmert ihren Kuchen aß.

»Die junge Frau mit der auffälligen Haarfrisur, was hat sie Ihnen erzählt und wohin ist sie gegangen?«

Die Seniorin legte die Kuchengabel auf den leeren Teller, tupfte ihren Mund mit einer Serviette ab und blickte verschmitzt zu dem Mann, der neben ihr Platz genommen hatte.

»Ist sie nicht ein wenig zu jung für Sie?«, scherzte die Alte.

»Sie ist meine Nichte«, antworte er nüchtern.

»Sie ist dorthin gelaufen. In Richtung Conversationshaus. Danach habe ich sie aus den Augen verloren. Sie müssen verstehen, so gut kann ich auch nicht mehr sehen. Ich bin ja auch schon weit über 70 Jahre«, sagte sie mit einem sanften Lächeln. »Als ich sagte, dass ich auf Norderney geboren und aufgewachsen bin, wollte sie von mir wissen, wie sie zum Yachthafen kommt. Ich habe ihr den Weg beschrieben.«

»Danke, Sie haben mir sehr geholfen.«

Kapitel 14

Sie musste zum Yachthafen. Dort, wenige hundert Meter entfernt, sollte der Treffpunkt sein. Laut dem Routenplaner auf ihrem Smartphone lag der Ort 45 Gehminuten vom Conversationshaus entfernt. Mit dem leichten Gepäck, bestehend aus ihrem kleinen Rucksack mit Wasserflasche, einem Apfel und einer Windjacke, müsste sie den Weg problemlos schaffen können. Sie entschied sich dennoch gegen das Laufen, als sie erneut einen Blick auf ihr Smartphone warf.

Vom Conversationshaus lief sie, am Badehaus entlang, zur Georgstraße. Dort stieg sie in den Inselbus, der sie zum Hafen brachte. Am Wattensteg, eine beliebte Aussichtsplattform, wollte ihre Informantin auf sie warten. Der Bus hielt unweit des Fähranlegers. Endstation. Während der überwiegende Teil der Fahrgäste zum Terminal eilte, lief sie in die entgegengesetzte Richtung. Der Wattensteg lag nur vier Minuten von der Straße *»Am Hansedamm«* entfernt. *»Am Hansedamm«* befand sich, neben einer Surfschule auch ein gastronomischer Betrieb. Um dorthin zu gelangen, musste sie, vom Fähranleger kommend, fast den ganzen Hafen umrunden. Für einen ungeübten Spaziergänger eine beträchtliche Strecke, für sie als Joggerin keine Herausforderung.

Vorbei an den Werkshallen zahlreicher Firmen, erreichte sie den *Hansedamm* in wenigen Minuten. Der größere Teil des Hafens wurde gewerblich genutzt, nur der hintere Bereich stand den Seglern und Motorbootfahrern zur Verfügung. Vom Yachthafen bis zum Wattensteg waren es kaum 200 Meter. Mia ließ den Yachthafen zunächst hinter sich. Sie lief in nordöstlicher Richtung. Nach wenigen Minuten erreichte sie den Treffpunkt. Der Wattensteg offenbarte sich als ein beschaulicher, ruhiger und naturbelassener Ort. Nur wenige Meter vom Steg entfernt, stolzierten Vögel Futter suchend durch das Watt. Wenige ruhten auf den wassernahen Wiesen. Hier am Wattensteg konnte man verweilen, die Aussicht auf das Watt genießen oder Vögel bei der Nahrungssuche beobachten.

Der Blick auf das Smartphone bestätigte ihre Vermutung. Sie war viel zu früh. Statt am vereinbarten Treffpunkt zu warten, begab sie sich zurück zum Yachthafen. Dort, wo zahlreiche kleine und große Yachten lagen, gab es für ein Stadtkind wie Mia viel zu entdecken. Sie liebte Schiffe und sie liebte Bootstouren. Wehmütig schaute sie zu den Booten, die im Wasser schaukelten. Eine Yacht fiel ihr sogleich ins Auge. Sie überragte von der Größe und Länge deutlich die Anderen. Am Heck flatterte eine niederländische Flagge.

Laut einem Beitrag im Internet, veröffentlicht von *Europol*, gilt Rotterdam als Umschlagplatz für illegale Waren aus der ganzen Welt. Viele dieser Waren, insbesondere Drogen und nicht zugelassene Medikamente, kommen über den Seeweg nach Deutschland. *Diese Yacht wäre für den Schmuggel geeignet*, dachte sie. Das Schiff weckte ihre Neugier. Vermutlich fand sie dort Antworten, die ihr bislang verwehrt geblieben waren. Von der Kaimauer war es nicht weit bis zu der Yacht mit dem schönen Namen *Marike*. Ohne weiter zu überlegen, wie sie am sichersten vorgehen sollte, betrat sie den schmalen Bootssteg. Zeit hatte sie noch genügend. Fast 30 Meter lief sie die wankenden Planken entlang, bis sie die Yacht erreicht hatte. *Das Schiff muss ich für meinen Block fotografieren*, dachte sie und zückte hastig ihr Smartphone. Sie hoffte insgeheim, dass niemand sie bei dieser Aktion beobachten würde. Unmittelbar, sie hatte die Yacht gerade anvisiert, ertönte eine laute Stimme. Sie war rau, wie von einem Seemann, der Whisky zu seinem Lebenselixier erklärt hatte.

»Wat will je hier?«, hörte sie eine Person rufen. Mia sah einen bärtigen Mann mit dunkler Sonnenbrille, weißer Hose und schwarzem Shirt, der am Bug des Schiffes stand und zornig zu ihr blickte. »Wat will je hier?«, rief er erneut und fuchtelte mit einem Bootshaken. Mia erschrak, wich zurück und stolperte über ein Tau. Ihr Smartphone fiel zu Boden, sie nicht. Glücklicherweise landete das teure Mobilgerät auf den Planken des Bootstegs und nicht im Wasser. Eilig steckte sie das Handy in den Rucksack und eilte davon. Es folgten Worte in Niederländisch, die Mia nicht verstand. Am Ende des Stegs angelangt, stoppte sie ihren Lauf. Sie schaute sich um. Voller Entsetzen sah sie, wie der Bärtige ihr mit einem belgischen Schäferhund an der langen Leine folgte. Mann und Tier waren unerwartet schnell. Viel zu schnell. Mia fuhr ein kalter Schauer über den Rücken. Ein Gefühl, das sie an ihren Aufenthalt in Südafrika erinnerte. Damals, während eines Safari Urlaubs, überfielen Aufständische die Lodge unweit der Grenze zu Botswana. Ein Ereignis, das für immer in ihrem Gedächtnis haften blieb.

Der Hund schien sie zu wittern. Wild zurrte er an der Leine. Der Mann versuchte, ihn zu bändigen. Mia lief los. Ihre Schritte wurden schneller und schneller. *Würde der Typ den Hund von der Leine lassen?* Mia eilte davon. Am Ende des Bootssteges, unmittelbar vor der Kaimauer, stoppte sie. Schnaufend hielt sie inne. Sie blickte zurück. Was sie sah, machte ihr Angst. Der Mann ließ den Hund von der Leine. Das Tier jagte los, als wäre es auf der Hasenhatz. Mia vernahm heftiges Bellen, das von Sekunde zu Sekunde lauter wurde. Sie sprintete los. Der Hund hetzte ihr hinterher, hatte aber Schwierigkeiten auf dem unebenen, leicht wankenden Bootssteg voranzukommen. Mia sprang vom Steg auf die Hafenanlage und stürmte davon. Ihr Vorsprung wuchs ein wenig. Der Hund blieb ihr dennoch dicht auf den Fersen. Vor ihr, kaum 50 Meter entfernt, lag ein gastronomischer Betrieb. *Wenn ich jetzt einen Spurt einlege, könnte ich es schaffen,* dachte sie und rannte los. Noch 30 Meter. Der Hund erreichte die Kaimauer. Endlich hatte er festen Boden unter den Füßen. Auf dem grauen Betonpflaster konnte er seine Kraft voll entfalten. Schnell kam er näher. Mia traute sich nicht, sich umzuschauen. Das Bellen wurde heftiger und lauter. Der Hund näherte sich in einem rasanten Tempo. Mia vernahm sein Hecheln. Noch wenige Meter, dann hatte sie das Restaurant erreicht. Es könnte ihre Rettung sein, vorausgesetzt der Hund würde sie nicht auf den letzten Metern einholen. Der Hund wurde schneller. Völlig ausgepowert stürmte Mia auf die menschenleere Terrasse und ließ sich auf einen der Stühle fallen, der unweit des Einganges stand. Er gehörte zu einem der Tische, die gedeckt waren. Der Hund hatte mittlerweile die Straße überquert und war nur noch wenige Meter von der Terrasse entfernt. Urplötzlich hörte Mia einen gellenden Laut. Der Mann von der Luxusyacht pfiff den Schäferhund zurück. Unvermittelt stoppte dieser seinen Lauf, verharrte kurz und trottete zum Boot zurück. Der Mann im schwarzen Shirt blickte, die Hand über die Augen gelegt, angestrengt zum Restaurant. Völlig außer Atem bestellte Mia ein alkoholfreies Bier, als die Bedienung an ihren Tisch kam und nach ihrem Wunsch fragte. Sie fühlte sich wieder sicher. Eine Frage beschäftige sie dennoch: *Wie lange würde der Bärtige dort mit seinem Hund auf sie warten und würde er sie erneut verfolgen, wenn sie das Restaurant verlassen würde?*

Kapitel 15

Schon oft eckte sie an, wurde beschimpft und angepöbelt, aber noch nie wurde sie von einem Mann mit einem derartig großen, aggressiven Hund gejagt. Mia wusste, irgendwann müsste sie das Restaurant verlassen. Spätestens in einer halben Stunde wollte sie ihre Verabredung nicht verpassen. Nachdenklich blickte sie in Richtung Yachthafen. Die Zeit saß ihr im Nacken. Mia musste einen Weg finden, um ungesehen Terrasse und Restaurant zu verlassen. Sorgenvoll blickte sie auf ihr Smartphone. Die Zeit verrann viel zu schnell. Sie musste sich sputen. Hastig trank sie ihr Bier aus, bezahlte, nahm ihren Rucksack und blickte noch einmal zu den Bootsstegen. Das Bellen war verstummt. Noch immer verweilte der Bärtige am Ende des Stegs. Der Hund lag zu seinen Füßen. Mia eilte von der Terrasse ins Gebäude, suchte die Toilette auf, wusch sich die Hände und entdeckte beim Herausgehen eine Tür, die zur rückwärtigen Seite des Hauses führte. Sie stand offen. Es wurde höchste Zeit. In acht Minuten würde ihre Informantin am Wattensteg auftauchen. Vom rückwärtigen Ausgang rannte sie in Richtung Deichstraße und von dort zum Wattensteg. Nach etwa 200 Metern war sie am Ziel. Ihre Informantin war nicht zu sehen. War sie zu früh? Mia setzte sich ins Gras, öffnete den Rucksack, holte einen Apfel heraus, verzehrte ihn bis auf einen kleinen Rest, den sie ins Wasser warf. Mann und Hund waren weder zu hören noch zu sehen. Mia war erleichtert. In vier Minuten müsste ihre Informantin auftauchen. Sollte sie ihr von ihrem Ausflug zum Yachthafen berichten? Sie entschied sich dagegen.

Menschen sah sie kaum. Lag es am Wochentag, an der Tageszeit oder an dem leichten Wind, der von Osten wehte? Vereinzelnd fuhren Fahrradfahrer am Außendeich entlang, ansonsten sah sie nur weit entfernt einige Segelboote. Es war still hier am Wattensteg. Mia vernahm nur die gellenden Schreie der Vögel. Es waren vorwiegend Austernfischer. Schwarz-weiß gefiederte Vögel mit auffallend langen roten Schnäbeln. Sie flogen aufgeregt über das Watt. Gebannt verfolgte Mia mit den Augen deren Flugkünste. Eine Schar Nonnengänse kam vom Wasser geflogen und ließ sich unweit des Stegs nieder. Verzückt starrte Mia zu den Vögeln, die sich sofort, kaum dass sie gelandet waren, mit der Futtersuche beschäftigten. Immer mehr Gänse folgten. Die Luft war erfüllt von ihren Rufen. Mia war fasziniert.

Sie bemerkte nicht, wie sich eine Person näherte. Wie auch? Das Gras federte jeden Schritt ab. Mittlerweile hatte Mia die Augen geschlossen. Sie genoss die Natur, deren Laute und den angenehmen warmen Wind. Mia bemerkte nicht, wie sich die Vögel urplötzlich erhoben und geräuschvoll davonflogen. Erst als ein aufgeregter Kiebitz mit gellendem »kiäwitt, kiäwitt« über ihren Kopf gaukelte, öffnete sie die Augen. Zu spät. Ein heftiger Schlag traf ihren Kopf. Sie riss die Augen auf. Was sie sah, war Watt und Wasser, das von Sekunde zu Sekunde mehr und mehr vor ihren Augen verschwand. Der überraschende Schmerz, den sie erlitt, ging vom Kopf aus und durchströmte den ganzen Körper. Er nahm ihr für einen Moment die Luft zum Atmen.

Der Verstand kam ins Rotieren, als sie mit trübem Blick sah, wie eine Person sich vor ihr aufbaute und zum zweiten Schlag ausholte. Instinktiv sprang sie auf, wollte sich schnell entfernen, was ihr nicht gelang. Ihre Beine versagten nach dem ersten Schritt. Ihr Widersacher, dunkel gekleidet mit getönter Brille, war schneller. Erneut richtete sich die rohe Gewalt gegen ihren Kopf. Sie versuchte auszuweichen – ohne Erfolg. Beim dritten Schlag sackte sie mit geöffnetem Mund und weit aufgerissen Augen zu Boden. Aus mehreren Platzwunden, die von ihrer wuscheligen Haarpracht nahezu verdeckt wurden, rann dunkles Blut. Mit verzerrtem Gesicht ertrug sie weitere Schläge, die Brust und Bauch trafen. Ihre Schreie blieben im Hals stecken. Zu groß waren die Schmerzen, die sie erleiden musste. Im Sekundentakt prasselten Schläge auf sie nieder. Wie gelähmt hielt sie, Hände und Arme schützend vor dem Körper, die heftigen Schläge aus. Was hatte das zu bedeuten? Weshalb traktierte diese Person sie dermaßen? War alles nur ein böser Traum? Wollte jemand sie töten? Namen von Menschen flogen durch ihr Hirn wie ein Schwarm Mücken. Wo waren sie? Weshalb stand ihr niemand in dieser Situation zur Seite?

Die Kraft, die sie benötigte, um ihren Kopf zu schützen, ließ mehr und mehr nach. Langsam sackten die Arme zu Boden. Es folgten weitere Schläge. Schmerzhafte Schläge. Sie spürte, dass ihr Bewusstsein sie verlassen wollte. Sie durfte es nicht akzeptieren. Mia kämpfte gegen sich selbst. *Ich will hier nicht sterben.* Ein Satz, den sie im Kopf immerzu wiederholte.

Tropfen von rotem Blut perlten ihren Hals hinunter, als Hände sie packten und sie Meter für Meter übers Gras schleiften. Nahe am Wasser, dort wo vor wenigen Minuten noch Wasservögel Nahrung suchten, lag sie jetzt. Mit aller Kraft versuchte sie sich zu bewegen, um sich aus ihrer misslichen Lage zu befreien. Doch weder Muskeln noch Sehnen reagierten. Jeder Versuch, dieser Situation zu entkommen, kosteten sie Energie. Energie, die sie zum Atmen benötigte. Sie riss die Augen auf, öffnete den Mund, schrie, schlug um sich und lief davon, doch es passierte nur in ihrem Kopf. Unsagbare Schmerzen fluteten ihren Körper und ließen weitere Gedanken an Widerstand ertrinken. Sie nahm es als Erlösung wahr, als die Person endlich von ihr abließ und sich eilig entfernte. Waren die Attacken auf ihren Körper vorbei? Hatte Sie überlebt? Schnaufend lag sie am Boden.

MAN SAH ihr die schweren Verletzungen nicht an. Sie lag am Rande des Watts im Gras, als würde sie sich nach einem langen Spaziergang ausruhen. Ihre Augen blickten sehnsuchtsvoll in den Sonnenuntergang. Sie atmete schwer. Rot versank der Himmelskörper am Horizont. Man sagt, einem schönen Sonnenuntergang würde ein noch schönerer Tag folgen. Mia konnte sich auf den kommenden Tag nicht freuen. Ihre Gedanken wirr, die Schmerzen groß und die Energie verbraucht, lag sie am Boden. Sie fröstelte. Der Rucksack lag unerreichbar, drei Armlängen von ihr entfernt. Im Inneren ihr Smartphone. Die Augen müde. Die Gliedmaßen schlaff und kraftlos, war es ihr nicht möglich, sich zu erheben. Sie hörte Stimmen. Menschen fuhren mit Fahrrädern achtlos vorbei. Niemand beachtete die Schwerverletzte. Ihr Verstand konnte das lebensrettende Wort *»Hilfe«* formulieren, ihr Mund aber nicht aussprechen. Sie schloss die Augen, als die Sonne endgültig im Meer versank.

Kapitel 16

Zitternd erwachte sie aus einem merkwürdigen Traum. Sie hörte Vögel, spürte Wind, Kälte und unsagbare Schmerzen. Mühsam öffnete sie ihre Augen. Was sie sah, waren Gräser, die direkt vor ihren Augen im Wind schaukelten. Alles andere um sie herum versank nach und nach in Dunkelheit.

Jede Bewegung, und sei es nur das Krümmen eines Fingers, verursachten ihr unerträgliche Schmerzen. Sie wusste, wenn sie nicht bald gefunden werden würde, müsste sie hier im Dreck sterben. Mit geöffnetem Mund, hechelnd wie ein alter Straßenköter, lag sie 25 Meter vom Wattensteg entfernt. Sie hoffte, dass sie trotz der Dunkelheit bald gefunden werden würde.

WÜTEND, weil er sie aus den Augen verloren hatte, eilte er zu einem Fahrradständer am Rande des Kurplatzes, wo ein geliehenes E-Bike angekettet stand. Zügig fuhr er am Conversationshaus vorbei in Richtung Yachthafen, fand sie dort aber nicht. Stundenlang fuhr er die Insel ab, immer Ausschau haltend nach der Frau mit dem dunklen Lockenkopf. Es war bereits nach 23 Uhr. Der überwiegende Teil der Feriengäste hatte seine Unterkünfte aufgesucht. Nur wenige saßen noch in den Kneipen, Restaurants und Bierlokalen. Am Strand sah er kaum Spaziergänger, selbst die Promenade war menschenleer, als er zum Yachthafen zurückkehrte. Fast eine Stunde suchte er den Bereich ab, dann fand er sie. Leblos lag sie auf dem Boden. Sie sah ihn nicht. Ihre Hände, verkrampft, ruhten auf ihrem Bauch. Sie waren blutverschmiert, wie auch das weiße Shirt, das sie trug. Was war passiert?

WIE VIEL ZEIT VERGANGEN WAR, wusste sie nicht. Regungslos lag sie im trockenen Gras. Ihre Augen, einen winzigen Spalt geöffnet, sahen schemenhaft eine Erscheinung. Sie zeigte keine Furcht, als die Gestalt näher an sie herantrat und sich über sie beugte. Es war ein Mann, der sich nach wenigen Sekunden wieder von ihr abwandte. Ohne eine emotionale Regung nahm er den Rucksack, durchwühlte ihn, fand das Smartphone, nahm es und wählte den Notruf. Mit verstellter Stimme gab er die notwendigen Informationen durch. Ohne sich weiter um die Schwerverletzte zu kümmern, nahm er sein E-Bike und verschwand. Ihre Blicke, flehend wie von einem durstigen Wanderer in der Wüste, versuchten ihm zu folgen. Ein letztes Mal schloss sie die Augen.

Wenige Minuten nachdem der Notruf eingegangen war, trafen Notarzt und Rettungskräfte am Wattensteg ein. Schnell wurde klar, hier lag eine Person mit schwersten Verletzungen. Ihre Retter, die sie auf eine Trage legten, nahm sie nicht mehr wahr. Ein Wettlauf gegen die Zeit folgte. Die Ambulanz raste mit Einsatzlicht und Sirene über die Insel, bog von der Richthofenstraße kommend in die Lippestraße und fuhr mit hohem Tempo vor das Tor, das zur Notaufnahme führte. Hier warteten bereits ein Arzt und zwei Schwestern, um die Schwerverletzte in Empfang zu nehmen. Eilig wurde das

Opfer in den Fahrstuhl geschoben, der zum ersten Stock führte. Zwei Ärzte, eine Anästhesistin und weiteres OP-Personal kämpften dort vier Stunden um das Leben der jungen Frau. Die inneren Verletzungen und der Blutverlust waren erheblich.

Kapitel 17

Verwirrt schaute Lea auf den Wecker. 5 Uhr 13.

Wer ruft um diese Zeit an?, dachte sie, rieb sich die Augen und griff schlaftrunken zum Smartphone, das neben dem Bett auf dem Boden lag.

»Landgraf!«, meldete sie sich schlaftrunken.

»Ihre Anwesenheit ist erforderlich.« Mit nur einem Satz holte der wortkarge Chef der Norderneyer Polizeidienstelle sie aus dem Bett.

»Wie? Um diese Zeit? Was ist passiert?«

»Kommen Sie zum Krankenhaus. Ich erwarte Sie am Eingang.«

Lea musste ihre Gedanken ordnen. Hatte sie geträumt oder war das tatsächlich ein Anruf von Polizeihauptmeister Flessner gewesen? Sie krabbelte aus dem Bett, torkelte zum Badezimmer, machte sich frisch, putzte sich die Zähne, zog Jeans und Pulli an, lief zum Kühlschrank, trank einen Schluck Orangensaft aus der Flasche und saß nach 15 Minuten in ihrem Smart.

Wie komme ich jetzt zum Krankenhaus? Lea musste kurz nachdenken. Die Inselkarte vor ihrem inneren Auge, fiel ihr die

Fahrtroute wieder ein. Sie startete den kleinen Dienstwagen, der sich ungewöhnlich laut anhörte. »Was ist Kleiner? Bist du noch nicht wach?« Zügig fuhr sie über die Jann-Berghaus-Straße zur Richthofenstraße und von dort zur Lippestraße. Selten erlebte sie eine derartige Ruhe auf Norderneys Straßen, wie zu dieser frühen Stunde. Menschen sah sie nicht. Kaum ein Blatt an den Bäumen bewegte sich. Nur einige wenige Möwen fielen ihr auf. Sie stritten sich lautstark mit Rabenkrähen um Essbares. Hinterlassenschaften von Touristen.

Noch nie hatte sie einen derartig schönen Himmel gesehen, wie an diesem Morgen. Am Ende der Richthofenstraße, in östlicher Richtung, kroch ein feuriger Ball über den Kamm einer Düne. Der ganze Himmel in rötlich-gelben und orangen Farbtönen getaucht, lud zum Verweilen und Staunen ein. Gerne hätte sie angehalten, hätte eine der großen Dünen erklommen und den Beginn des neuen Tages draußen in der Natur erlebt.

Wenn ich jetzt anhalte, um den Sonnenaufgang zu bewundern, wäre Flessner mit Sicherheit sauer. Lea drückte aufs Gaspedal. *Vielleicht sollte ich mir ein paar Tage Urlaub gönnen. Seit ich hier bin, habe ich wenig von Ostfriesland gesehen. Ich muss mit Sven reden und Pläne für den Spätsommer machen. Eventuell hat er Zeit und wir können gemeinsam ausspannen*, grübelte sie und bog in die Lippestraße ein. Der Parkplatz vor dem Krankenhaus war nahezu leer. Sie stellte ihren Wagen ab und eilte die 40 Meter an den Fahrradständern vorbei zum Haupteingang. Polizeihauptmeister Flessner stand in dem mit viel Glas versehenen Vorraum und erwartete sie bereits.

»Moin, Herr Flessner!«

»Moin, Frau Landgraf. Sie sehen aus, als wären Sie gerade aus dem Bett gefallen«, sagte der Polizeibeamte mit einem breiten Grinsen.

»Was ist passiert? Weshalb haben Sie mich aus dem Schlaf geholt?«, wollte Lea wissen.

»Das Krankenhaus informierte uns vor zwei Stunden. Eine junge Frau wurde kurz nach Mitternacht mit schweren Verletzungen eingeliefert. Meine Leute schauen sich derzeit an der Fundstelle um.«

»Unfall?«, fragte Lea und gähnte ausgiebig. »Entschuldigung, ich bin das frühe Aufstehen nicht mehr gewohnt.«

»Das Krankenhaus geht von einer Straftat aus. Deshalb wurden wir informiert«, sagte Flessner trocken. »Der Notarzt stellte Hämatome und offene Wunden am ganzen Körper fest.«

»Was ist der Frau zugestoßen?«, fragte Lea.

»Ich weiß es nicht. So wie es der Arzt aus der Notaufnahme schilderte, wurde sie übel zugerichtet. Sie liegt auf der Intensivstation.«

»Weshalb liegt sie dort? Sie ist doch tot.«

»Nein, Frau Landgraf. Da haben Sie mich missverstanden. Die Frau ist nicht bei Bewusstsein, aber sie lebt.«

»Sie lebt! Dann ist das eine Sache der Polizei und nicht der Kripo. Ich bin hier wohl fehl am Platz. Ich besorge mir jetzt einen Kaffee und dann fahre ich zurück nach Hause und lege mich noch für ein paar Stunden ins Bett.«

»Bleiben Sie noch ein wenig, Frau Landgraf. Ich hätte gerne Ihre Meinung gehört. Derartige Gewaltverbrechen sind nicht so häufig auf Norderney. Wir von der Polizei sind mehr für die Bagatellschäden zuständig. Geklaute Fahrräder, Einbrüche und entlaufende Hunde. Das ist unser Alltag. Schwere Körperverletzungen, Messerstechereien und Totschlag kennen wir nur aus dem Kino. Mit solchen Straftaten sind wir wenig vertraut.« Flessner, sonst bestimmend und resolut, wirkte ungewöhnlich kleinlaut. »Ich lade Sie später auch zum Frühstück ein.«

»Okay. Schauen wir uns das Opfer an.«

»Sie wurde in der Nacht sofort operiert. Über ihren derzeitigen Zustand kann ich nichts sagen. Wir sollten mit dem zuständigen Arzt sprechen.«

»Müssen wir von einem Raubüberfall ausgehen?«

»So weit mir bekannt ist, wurde nichts entwendet«, antwortete Flessner.

Sie liefen durch den Eingangsbereich zum Flur und von dort zum Fahrstuhl.

»Ob es hier Kaffee gibt?«, fragte Lea, als sie auf den Fahrstuhl warteten.

»Eventuell auf der Station. Die Intensivstation befindet sich auf der 1. Etage.«

»Können Sie etwas über die Identität des Opfers sagen? Um wen handelt es sich? Insulanerin oder Feriengast?«

Flessner zog einen Zettel aus der Gesäßtasche.

»Ich habe mir alles aufgeschrieben. Sie kommt aus Hannover. Heißt Mia Petzolt. 32 Jahre. Wohnhaft in der Wülfeler Straße 623. Sie ist mit der Fähre gekommen. Wir fanden ein Ticket, ein Smartphone und diverse Utensilien in ihrem Rucksack. Der Rucksack befindet sich auf der Polizeistation.«

»Hannover! Dann können wir davon ausgehen, dass sie mit großer Wahrscheinlichkeit ein Feriengast ist. War sie alleine auf Norderney unterwegs?«

»Ist uns nicht bekannt.«

»Es wäre gut, zu wissen, ob sie mit einem Partner oder einer Partnerin den Urlaub hier verbringen wollte.«

Nach weniger als zwei Minuten kam der Fahrstuhl. Die Tür öffnete sich. Beide traten ein. Flessner drückte die »1«.

»Ziehen Sie eine Beziehungstat in Betracht?«, fragte Flessner, während er auf die digitale Anzeige des Fahrstuhls starrte.

»Sollten wir nicht ausschließen. Beziehungsprobleme sind häufig Auslöser für Straftaten dieser Art.« Oben angekommen, stiegen beide aus. »Wo ist die Intensivstation? Links oder rechts?«

»Rechts«, sagte Flessner schroff, als empfände er diese Frage für überflüssig.

»Jetzt müssen wir nur noch jemanden vom Personal finden.«

»Kommen Sie mit, ich kenne den Weg zum Schwesternzimmer«. Lea folgte Flessner, der mit großen Schritten einen Flur entlang stapfte. Es roch nach Reinigungs- und Desinfektionsmitteln. »Das Schwesternzimmer ist gleich hier vorne.«

»Wo wurde sie entdeckt? Wer hat sie gefunden?«, wollte Lea wissen.

»Letzteres wissen wir nicht. Der Anrufer hat keinen Namen genannt. Die Rettungssanitäter fanden die Person im Deichvorland unweit vom Wattensteg entfernt. Ein Ausflugsziel für Touristen.«

»Keine Zeugen?«

»Nein«, antwortetet Flessner einsilbig.

Lea lief langsam weiter, während sie sich mit Flessner austauschte.

»Ich kenne den Ort. Wenn man die Insel zu Fuß oder mit dem Fahrrad umrunden will, kommt man am Wattensteg vorbei. Dort sind häufig Fahrradfahrer, aber auch Spaziergänger oder Naturliebhaber anzutreffen. Jemand muss doch etwas gesehen haben.«

»Bislang hat sich niemand gemeldet, aber es ist auch ja noch früh am Morgen. Die meisten liegen noch in ihren Betten und pennen.«

»Eventuell kann man das Handy des Anrufers orten, falls die Staatsanwaltschaft zustimmt.«

»Macht keinen Sinn. Jan hat die Rufnummer überprüft. Der Anruf wurde vom Handy des Opfers getätigt.«

»Das heißt, wir haben weder Zeugen noch irgendwelche Hinweise, die uns zum Täter führen könnten.«

»Korrekt, Frau Landgraf.«

»Wir sollten umgehend das Opfer befragen.«

»Sprechen Sie mit dem Stationsarzt«, sagte Flessner und zeigte zu einer Tür, die mit dem Wort *»Personal«* beschriftet war. Flessner klopfte und betrat den Raum. Die Stationsschwester begrüßte ihn mit einem herzhaften ‚Moin'.

»Wir möchten zu der Frau, die heute Nacht eingeliefert wurde.«

»Wie sind Sie hier hereingekommen? Gewöhnlich hat hier niemand Zugang.«

»Die Tür war offen«, sagte Flessner.

»Diese Frau, ich weiß, wen Sie meinen, ist noch nicht wach.«

»Können wir zu ihr?«, fragte Flessner.

»Schwierig. Vor etwa einer Stunde wurde sie operiert.«

»Moin! Mein Name ist Lea Landgraf. Ich bin Hauptkommissarin.« Lea befand sich hinter Flessner, der breitbeinig in der Tür zum Dienstzimmer der Stationsschwester stand. »Es wäre für unsere Ermittlungen von großem Vorteil, wenn wir die Verletzte kurz sehen könnten.« Lea schob sich an Flessner vorbei.

»Moin, Frau Hauptkommissarin. Nur eine Person darf den Raum betreten. Zwei Minuten können Sie ins Zimmer. Nicht länger. Begleiten Sie mich«, sagte die Schwester in einem sachlichen Befehlston. »Sie warten hier!« Ein strenger Blick traf Flessner. Der Norderneyer Polizist widersprach nicht. Die Stationsschwester führte die Beamtin bis ans Ende des Ganges.

»Hinter dieser Tür liegt sie. Ziehen Sie sich diese Sachen über.« Die Stationsschwester zeigte auf einen Tisch. Dort lag, verpackt, sterile Bekleidung für Besucher.

Lea folgte den Anweisungen der resoluten Schwester. In blauer OP-Kleidung eingehüllt betrat sie nach der Stationsschwester den dürftig beleuchteten Raum.

»Was denken Sie, wann ist sie wieder ansprechbar?«, fragte Lea leise, als sie das Opfer sah.

»Ob und wann Sie mit ihr reden können, entscheidet der Stationsarzt.«

»Darf ich näher an das Bett herantreten?«, flüsterte Lea.

»Nur kurz. Keine Berührungen. Die Patientin benötigt dringend Ruhe.«

Der Anblick ließ niemanden kalt, auch nicht Lea. Eine junge Frau, umgeben von blinkenden, brummenden, surrenden und piepsenden Geräten lag unter einem blauen Tuch. Unmengen Schläuche und Kabel führten zum Bett, in dem sie regungslos lag. Lea trat näher an sie heran. Die Augen der Patientin waren geschlossen. Das Gesicht kalkweiß und blutleer. Ihr Körper ruhte auf einer blauen, flachen Unterlage. Ihr Kopf kahl rasiert, mit Verbandsmaterial drapiert, wurde von einer bläulichen Kunststoffkappe bedeckt. In der linken Nasenöffnung steckte ein Schlauch. Lea sah überall Pflaster und Verbände, teilweise durchnässt.

»Ihr Zustand ist kritisch. Sie ist noch nicht über den Berg«, sagte die Stationsschwester, die mittlerweile neben dem Bett stand und die Apparatur mit einem wachsamen Blick kontrollierte.

»Man sagte mir ...«

»Sprechen Sie mit dem Chefarzt. Ich darf Ihnen keine Auskünfte geben. Verlassen Sie bitte jetzt den Raum. Die zwei Minuten sind bereits verstrichen. Die getragene Schutzkleidung stecken Sie bitte dort in die graue Tonne. Ich warte hier und begleite Sie zurück zum Stationsbüro.«

Lea folgte widerwillig der Anweisung der Stationsschwester, entledigte sich der OP-Kleidung und eilte der Stationsschwester hinterher, als sie fertig war.

»Entschuldigung! Eine Frage noch: Wo finde ich die Sachen des Opfers?«, fragte Lea betont freundlich und leise.

»Fragen Sie den Chefarzt.« Die Antwort kam sachlich und kühl.

Sie lief zurück zu Flessner, der mittlerweile wieder am Fahrstuhl stand und auf sie wartete.

»Und? Konnten Sie etwas in Erfahrung bringen? War die Frau ansprechbar?«, fragte er, als Lea näher kam.

»Das Opfer schlief. Ich muss zum Stationsarzt. Sein Büro ist ein Stockwerk höher. Da bekomme ich vielleicht auch einen Kaffee.«

»Gut. Sprechen Sie mit dem Arzt. Ich muss wieder los. Informieren Sie mich bitte, wenn Sie etwas Neues erfahren haben. Das Beste wäre, wenn Sie später zur Dienstelle kommen könnten.«

»Ich werde es einrichten, Herr Flessner.«

Urplötzlich blieb Flessner stehen.

»Was ist, Herr Flessner?«

»Über diese Sache sollten Sie Stillschweigen bewahren.«

»Weshalb?«

»Ein Feriengast wurde in der Hauptsaison brutal überfallen. Diese Tatsache sollten wir nicht an die große Glocke hängen. Wenn die Presse davon erfährt und über diesen Vorfall berichtet, bleiben womöglich Touristen fern und das wäre für Norderney fatal.«

»Die Presse muss ja nichts erfahren. Vorerst nicht«, erwiderte Lea.

Flessner verabschiedete sich. »Ich nehme die Treppe, das geht schneller.«

Kapitel 18

Lea fuhr mit dem Fahrstuhl ein Stockwerk höher. Eine Krankenschwester, die aus einem der Zimmer kam, zeigte ihr den Weg zum Büro des Stationsarztes. Sie traf den Arzt sitzend am Schreibtisch an. Der Raum, nur von einer Tischleuchte erhellt, wirkte nüchtern und kalt. Im hinteren, dunkleren Bereich stand ein Tisch mit vier Stühlen. Auf der Fensterbank eine ältere Kaffeemaschine, daneben mehrere Kaffeebecher, eine Tüte mit Zucker, Kaffeefilter, eine Kaffeedose und ein Karton mit FFP2-Masken. Im vorderen Bereich befanden sich zwei graue Schreibtische, ein Regal mit diversen Aktenordnern und ein Sideboard, ebenfalls grau. *Daneben ist mein Büro richtig feudal,* dachte Lea, während sie sich umschaute. Der Arzt hämmerte unaufhörlich auf der Tastatur seines Computers, als hätte er Leas Kommen nicht bemerkt.

»Moin. Ich bin Hauptkommissarin Lea Landgraf.« Lea ging auf den Mann am Computer zu und zeigte ihren Dienstausweis.

»Eine Frau wurde heute Nacht mit schweren Verletzungen eingeliefert, vermutlich ein Überfall. Können Sie mir Näheres sagen? Wie ist ihr derzeitiger Zustand? Besteht Lebensgefahr? Wann könnte ich mit ihr sprechen?«

Der Mann nahm seine Finger von der Tastatur, erhob sich vom Platz und reichte Lea mit einem freundlichen Lächeln die Hand.

»Guten Morgen, Frau Hauptkommissarin. Ich bin Doktor Jaspers. Stationsarzt. Entschuldigung, ich wollte nicht unhöflich sein, aber die Büroarbeit reißt nicht ab. Statt mich um meine Patienten kümmern zu können, verbringe ich Stunde um Stunde am Schreibtisch. Jede Kleinigkeit muss man begründen, protokollieren und ... Ich bin gerne Arzt, das können Sie mir glauben, nur dieser Schreibkram – es ist frustrierend.«

»Sie haben die junge Frau operiert?«

»Zusammen mit einer Kollegin habe ich die Operation durchgeführt. Es war Rettung in der letzten Minute. Hoher Blutverlust, Prellungen, Knochenbrüche und Platzwunden. Was uns Sorgen bereitete, waren Blutungen im Gehirn. Eine Stunde später und ... Na ja, gerade noch einmal gut gegangen. Wir mussten sie in ein künstliches Koma versetzen. Mehr kann ich Ihnen nicht sagen. Ich denke, die Aufwachphase werden wir in sechs oder sieben Tagen einleiten.«

»Wann könnte ich mit ihr sprechen?«

»Schwer zu sagen. Sie werden sich mit Sicherheit einige Tage gedulden müssen.«

»Die Frau wurde schwer verletzt. Können Sie das näher beschreiben?«

»Viel kann ich Ihnen nicht sagen. Ich bin kein Rechtsmediziner. Wie es ausschaut, wurde sie mit einem harten Gegenstand traktiert. Nach den Hämatomen und Platzwunden zu urteilen, war der Gegenstand maximal faustgroß. Der Kopf wurde mehrfach getroffen. Sie hat eine Schädelfraktur und ... Moment mein Telefon.«

Hastig griff der Arzt in seine Hosentasche und holte ein

Smartphone hervor. Mit dem Smartphone am Ohr lief er zu einem Schrank und zog eine Akte aus einer geöffneten Schublade. Nahezu fünf Minuten dauerte das Gespräch. Lea blieb nichts anderes übrig, als geduldig zu warten.

»Entschuldigung, Frau Hauptkommissarin. Um diese Zeit bin ich hier fast alleine. Ein Kollege aus der Inneren benötigte dringend eine Patienteninformation.«

»Keine Ursache, Herr Doktor. Sie wollten mir noch etwas zu den Verletzungen sagen.«

»Korrekt. Der Körper der jungen Frau wies mehrere Verletzungen im Brust- und Schulterbereich sowie an den Extremitäten auf. Die Liste der Verletzungen ist lang. Sie hat einen Milzriss, zwei gebrochene Rippen, eine Schulterfraktur, das Kahnbein ist gebrochen sowie ein Unterarmknochen. Was uns Sorgen macht, ist eine Lungenprellung. Sie ist erheblich.«

»Hätte sie aufgrund der Verletzungen sterben können?«, fragte Lea.

»Blutverlust, Unterkühlung, die unbehandelten Brüche und vor allem die Blutungen im Schädel und die Lungenprellung hätten unweigerlich zum Tode geführt. Es wäre nur eine Frage der Zeit gewesen.«

»Das Kahnbein, sagten Sie, ist gebrochen? Hatte sie noch andere Handverletzungen?«

»An beiden Händen gibt es Brüche. Insgesamt mussten wir drei Finger schienen.«

»Das bedeutet, sie hat versucht, sich mit den Händen zu schützen.«

»Wäre denkbar. Zudem hatte sie an den Unterarmen größere Hämatome.«

»Wurde Sie vergewaltigt?«

»Dafür haben wir keine Anzeichen gefunden. Sie war, als sie eingeliefert wurde, vollständig bekleidet.«

»War die Frau zum Zeitpunkt der Einlieferung ansprechbar?«

»Ja und nein. Sie war sehr schwach. Sie flüsterte etwas. Wirres Zeug. Kaum verständlich.«

»Was haben Sie verstanden? Jedes Wort ist für die Ermittlungen wichtig.«

»Es musste schnell gehen. Wie gesagt, es war ein Notfall. Das Leben der jungen Frau hing am seidenen Faden. Wir hatten keine Zeit, ihr unverständliches Gerede zu verfolgen.«

»Konnten Sie überhaupt nichts verstehen?«

»Ein Wort ist bei mir hängen geblieben. Auch nur deshalb, weil sie es immer wieder sagte. Leise, sehr leise hat sie sich geäußert. Geflüstert. Ja, sie hat geflüstert. Zu mehr war sie auch nicht im Stande. Nach der Medikation war es ohnehin vorbei mit dem Reden. Wie gesagt, ich habe kaum etwas verstanden.«

»Was war das für ein Wort?«

Der Arzt schaute zur Uhr. »Entschuldigung, Frau Kommissarin. Ich muss meinen Rundgang machen. Wir haben einige kritische Fälle heute Nacht bekommen.«

»Was war das für ein Wort, Herr Doktor?«

Kapitel 19

Der Arzt kritzelte etwas auf einen Zettel und reichte ihn Lea. »Das ist alles. So hatte es sich angehört.«

»Mehr haben Sie nicht verstanden?«, fragte Lea.

»Nein. Nur dieses Wort. Offenbar habe ich ihre Äußerung auch falsch interpretiert. Ich weiß es nicht.«

»Ihre Sachen. Kann ich sie sehen?«

»Ja, aber nur in Anwesenheit einer Schwester, außer Sie haben eine richterliche Anordnung. Vorschrift von der Klinikleitung. In anderen Krankenhäusern hat man schlechte Erfahrungen mit übereifrigen Polizeibeamten gemacht. Das spricht sich rum. Deshalb diese Vorsichtsmaßnahme. Ich denke, Sie haben dafür Verständnis.«

»Natürlich«, erwiderte Lea etwas überrascht.

»Die Kleidungsstücke befinden sich im Schwesternzimmer unter Verschluss. Schwester Martina wird sie begleiten und Ihnen alles zeigen. Viel werden Sie mit den Sachen nicht anfangen können. Wir mussten sie für die OP zerschneiden.«

Der Arzt beugte sich zu einem Telefon, das vor ihm auf dem Schreibtisch stand, blickte über den Rand seiner Brille, drückte eine Taste und meldete sich mit den Worten: »Hier ist jemand von der Polizei. Eine Frau Landgraf. Sie möchte die Sachen des Unfallopfers sehen. Sie wartet hier bei mir.«

Nur wenige Minuten später öffnete sich die Tür und eine junge Krankenschwester trat ein. »Kommen Sie bitte mit. Ich zeige Ihnen die Sachen.«

»Tschüss, Herr Doktor!«, sagte Lea freundlich.

»Auf Wiedersehen, Frau Hauptkommissarin.«

Lea folgte der Schwester, die wortlos den Flur entlang zu einem Raum lief, der durch große Fenster vom Gang getrennt war. An einem Schreibtisch saß eine weitere Krankenschwester. Sie telefonierte, blickte kurz zur Tür, beendete das Telefonat, erhob sich von ihrem Platz und ging, als die junge Kollegin, gefolgt von Lea, den Raum betrat.

Schwester Martina schloss einen zweitürigen Metallschrank auf, der sich im hinteren Bereich des Raumes befand. »Das sind die Sachen.« Schwester Martina hob eine gefüllte Kunststoffkiste aus dem Inneren des Schranks. »Darin sind die Klamotten, die sie trug. Den Rucksack des Opfers hat die Polizei an sich genommen« sagte die junge Mitarbeiterin des Krankenhauses. »Schauen Sie sich alles an. Ich setze mich hier an den Schreibtisch. Während ich den Wochenplan für nächste Woche erstelle, können Sie in Ruhe die Sachen untersuchen.«

»Danke für ihre Hilfe!«

Lea zog sich Einmalhandschuhe über und begann den Inhalt der Kiste zu sortieren. Überall an den Textilien fand sie Blutspuren. Insbesondere Shirt und Unterwäsche waren von Blut durchtränkt. Sie schaute sich jedes Kleidungsstück und jedes Utensil genau an, wühlte in den Taschen und schnupperte an den Textilien. Das Opfer trug gewöhnliche Alltagskleidung. Weder auffällig modisch, noch typische Touristenkleidung. Ihr Outfit wirkte unspektakulär, eher zurückhaltend. Wollte sie bewusst nicht auffallen? Lea versuchte sich ein Bild vom Opfer zu machen. Wer war diese

Frau? Was wollte sie auf Norderney? Mit wem hatte sie in den letzten Stunden vor dem Überfall Kontakt? Wer war ihr Widersacher gewesen? Weshalb traf sie den Täter ausgerechnet spät abends und gerade an dieser relativ einsamen Stelle der Insel? Fragen, auf die Lea derzeit keine Antworten hatte. Ein Kleidungsstück nach dem anderen nahm sie in die Hand. Jedes Stück betrachtete sie eingehend, suchte nach Fremdfasern und Verschmutzungen. Zuletzt nahm sie sich die Windjacke vor. In einer der Taschen entdeckte Lea einen Schlüssel. Auffällig war ein blaues Band, an dem der Schlüssel mit einem winzigen Karabinerhaken befestigt war. Das Band fiel ihr sofort ins Auge. Es trug neben einer 12-stelligen Nummer die Aufschrift: *»Schöne Ferien auf Norderney«*. Der Text war in Weiß aufgedruckt und gut lesbar. Lea wurde urplötzlich aus ihren Gedanken gerissen, als Schwester Martina an sie herantrat.

»Jedes Kleidungsstück und jedes Utensil wurde protokolliert. Alles wird der Patientin ausgehändigt, sobald sie wieder in der Lage ist, das Krankenhaus zu verlassen. Angehörige haben sich noch nicht gemeldet. Es wäre gut, wenn man ihr saubere, frische Sachen bringen würde.«

»Ich werde Ihr Anliegen weitergeben«, sagte Lea. Fast 40 Minuten beschäftigte sie sich mit der Kleidung des Opfers. Ungeduldig blickte die Krankenschwester immer wieder zur Kommissarin, die ruhig Stück für Stück in die Hand nahm und eingehend betrachtete. Bevor alles wieder in der Kunststoffbox verschwand, fotografierte Lea die Sachen mit ihrem Smartphone.

»Eventuell brauchen wir das ein oder andere Kleidungsstück noch für unsere Ermittlungsarbeit.«

»Ich darf Ihnen von den Sachen nichts überlassen. Anweisung vom Chef«, sagte die junge Angestellte entrüstet, »außer Sie haben ein entsprechendes Schreiben, das Sie dazu berechtigt.«

»Das entsprechende Schreiben werde ich besorgen.«

»Sie können alles stehen und liegen lassen. Ich räume das später wieder ein«, sagte Schwester Martina.

»Informieren Sie mich bitte umgehend, wenn die Patientin aus dem Koma erwacht. Ich muss mit ihr reden. Es ist sehr wichtig«, sagte Lea, »sagen Sie mir bitte auch Bescheid, wenn sich jemand nach der Patientin erkundigt. Hier ist meine Karte. Sie können mich zu jeder Zeit anrufen.«

»Okay.«

»Eine Frage noch. Gibt es auf dieser Station Kaffee?«

»Gleich um die Ecke steht ein Automat. Wir sind hier alle Teetrinker und nutzen das Ding selten. Ich glaube, der Automat macht sogar Cappuccino und Latte macchiato«, sagte die Schwester.

»Mir genügt ein einfacher Kaffee. Danke, Schwester Martina. Tschüss!«

Tatsächlich stand in einer Nische des Flures ein Automat, der neben diversen Heißgetränken auch Säfte, Cola und Wasser im Angebot hatte. Lea fluchte, als sie ein Schild las, das an der Vorderseite des Gerätes angebracht war: *Zurzeit außer Betrieb.*

Wütend verließ sie die Station und lief zu ihrem Auto.

Kapitel 20

Die Insel erwachte, als Lea Richtung Knyphausenstraße fuhr. Taxis, Busse, Handwerkerfahrzeuge und diverse Fahrradfahrer kreuzten ihren Weg. Die Uhr in ihrem Auto zeigte 7 Uhr 37, als sie an der Polizeidienststelle eintraf. Sie parkte hinter dem Gebäude. Flessner saß im Büro und studierte die Zeitung vom Vortag. Vor ihm standen eine Thermoskanne und eine Brotdose, die er eilig wegräumte, als der Besuch eintrat.

»Hallo, Frau Landgraf! Haben Sie noch einen Kaffee im Krankenhaus bekommen?«

»Der Automat war defekt«, antworte Lea kurz.

»Dann besorge ich uns einen frischen Tee oder möchten Sie lieber einen Kaffee?«

»Morgens bevorzuge ich Kaffee.«

»Kaffee haben wir auch. Moment, ich sage meinen Leuten Bescheid. Einer wird wohl Zeit haben, die Kaffeemaschine einzuschalten.« Flessner erhob sich von seinem Platz und lief zur Tür, öffnete sie und rief laut in den kleinen Flur: »Kann uns jemand zwei Tassen Kaffee bringen?«

Prompt erhielt er Antwort. Nicht so laut, dennoch gut vernehmbar: »Kommt sofort.«

Zufrieden setzte sich Flessner zurück an seinen Schreibtisch.

»Ich hätte Ihnen gerne eine Tasse von meinem Tee angeboten. Macht mir meine Frau jeden Morgen fertig, bevor ich zur Arbeit fahre. Gewöhnlich reicht die Thermoskanne bis 10 Uhr, dann ist ohnehin Frühstückspause. Meine Leute sind fast durch die Bank Teetrinker, bis auf unsere Saisonkräfte. Da gibt es einige, die den Ostfriesen Tee ablehnen, was ich nicht nachvollziehen kann. Setzen Sie sich. Sie erhalten gleich einen schönen frisch aufgebrühten Kaffee, falls Marco das am frühen Morgen auf die Reihe bekommt.«

»Ich wollte Ihnen etwas zeigen, Herr Flessner, deshalb bin ich hier. Kaffee wollte ich eigentlich nicht schnorren.«

»Was wollten Sie mir zeigen, Frau Landgraf?«

»Ich habe mir im Krankenhaus die Sachen des Opfers zeigen lassen. Dabei ist mir etwas aufgefallen.«

»Moment, Frau Landgraf. Ich will Sie nicht unterbrechen. Sie essen doch ein Brötchen?«

»Gerne, Herr Flessner, obwohl ich ...« Flessner ließ Lea nicht ausreden. »Das ist gut.«

Ungewöhnlich gut gelaunt erhob er sich erneut von seinem Platz, eilte zur Tür, verließ das Büro und kam nach nur drei Minuten zurück. »Marco ist bereits unterwegs. Wo waren wir stehen geblieben?«

»Ich wollte Ihnen etwas zu den Sachen des Opfers sagen.«

»Genau. Was ich noch sagen wollte: Wir holen nicht täglich etwas vom Bäcker. Nur zu besonderen Anlässen.«

»Und heute ist so ein Anlass?«, fragte Lea.

»Sie sind da. Das ist doch Anlass genug.« Auf Flessners Gesicht zeigte sich ein breites Lächeln.

»Okay«, antwortete Lea gedankenversunken. »Ich habe mir alles genau angesehen, Herr Flessner. Sämtliche Kleidungsstücke. Nichts Ungewöhnliches. Ich frage mich die ganze Zeit, ob ich etwas übersehen habe.«

»Was sollten Sie übersehen haben?«, fragte Flessner.

»Ich weiß es nicht. Etwas, was uns zum Täter führen könnte. Das Einzige, was mir ins Auge fiel, war ein Schlüssel.«

»Was für ein Schlüssel? Jan hat den Rucksack untersucht. Neben Papieren, Scheckkarten und etwas Geld fand er einen Schlüsselbund mit vier Schlüsseln und einem Smartphone. Sonst nichts.«

»Ich fand einen Schlüssel mit einem sehr langen Schlüsselband. Ich habe ihn eingesteckt, obwohl ...« Lea stockte.

»Hat sich im Krankenhaus jemand aufgespielt? Das kennen wir. Die sollen sich um ihren Kram kümmern. Ständig diese Wichtigtuerei, als wenn wir ... Manchmal können die Leute im Krankenhaus ganz schön nerven.«

»Ich fand das Personal sehr hilfsbereit.«

»Was ist mit dem Schlüssel, den Sie gefunden haben?«

Lea holte den Schlüssel, den sie in einer Plastiktüte aufbewahrte, aus ihrer Jackentasche. »Sagt Ihnen dieses Schlüsselband etwas?«

»Solche Schlüsselbänder gibt es viele«, sagte Flessner. »Die Ferienvermieter lassen sich diese Bänder für ein paar Cent anfertigen. Könnte ein Schlüssel für ein Appartement sein.«

Lea zeigte mit dem Finger auf das Band. »Haben Sie diese Zahlen gesehen? Sie wurden auf das Band aufgedruckt.«

»Was denken Sie?«, fragte Flessner.

»Ich denke, es handelt sich um die Mobilfunknummer eines Vermieters.«

»Rufen Sie an. Dann wissen Sie mehr«, sagte Flessner.

»Noch ist es zu früh. Im Laufe des Vormittags werde ich es versuchen.«

»Bin gespannt, wer sich meldet.«

»Womöglich der große Unbekannte«, scherzte Flessner.

»Oder ein Ferienvermieter, der uns weiterhelfen kann.«

»Es gibt Unzählige hier auf Norderney. Hoffentlich erinnert dieser sich an das Opfer.«

»Was ist mit dem Handy?«, fragte Lea.

»Jan hat sich mit dem Gerät beschäftigt. Es ist mit einem Passwort geschützt. Wir sollten das Ding nach Aurich schicken.«

»Machen Sie das. Sobald ich wieder an meinem Schreibtisch sitze, muss ich ohnehin die Kollegen in Aurich informieren«, sagte Lea.

»Bis die das Handy untersucht haben, werden mindestens zwei Wochen vergehen.«

»Ungeachtet dessen sollten wir anderen Spuren nachgehen.«

»Übrigens, wie geht es dem Opfer?«, fragte Flessner.

»Die Verletzungen waren nicht unerheblich. Für mich deutet alles auf versuchten Totschlag hin.«

»Dann war es doch richtig, dass ich Sie informiert habe.«

»Ja, Herr Flessner. Ich werde mich der Sache annehmen. Sobald ich mehr über diese Person in Erfahrung gebracht habe, informiere ich Sie. Ich muss jetzt los. Es gibt reichlich zu tun.«

»Moment, Frau Landgraf. Sie sind doch zum Frühstück eingeladen.«

Als hätte Flessner es geahnt, betrat Jan Lankow mit einem fröhlichen »Moin« das Büro seines Chefs. Hastig räumte Flessner alles auf seinem Schreibtisch zur Seite, was dort nicht unbedingt hingehörte. Lankow stellte ein Papptablett mit belegten Brötchen mittig auf den Schreibtisch.

»Kaffee kommt sofort.«

»Bring dir auch einen Kaffee mit!«, befahl Flessner

seinem Mitarbeiter. »Und dann komm zu uns. Wir unterhalten uns gerade über die verletzte Frau vom Wattensteg.«

»Okay, Chef!« Jan Lankow verließ das Büro und kam nach wenigen Minuten mit drei gefüllten Kaffeebechern zurück.

»Was denkst du, was der Frau passiert ist?«, fragte Lankow, der sich in der Nähe des Fensters platziert hatte. In der rechten Hand hielt er ein belegtes Brötchen, während er mit der anderen Hand gestikulierte. Sein Kaffeebecher stand auf der Fensterbank.

»Eine unbekannte Person hat diese Frau brutal attackiert. Hätten wir die Tatwaffe, wären wir ein Stück weiter«, antwortete Lea.

»Heute Morgen im Halbdunkeln waren wir zu viert am Wattensteg. Gefunden haben wir nichts. Ich denke, die Suche müssen wir bei Tageslicht fortsetzen. Der Bereich um den Tatort wurde von uns abgeriegelt.«

»Sehr gut, Jan«, murmelte Flessner.

»War es ein Raubüberfall oder eine Sexualstraftat?«, fragte Jan.

»Letzteres scheidet aus laut Aussage des Stationsarztes. Einen Raubüberfall können wir nicht ausschließen. Ob und was entwendet wurde, kann uns nur das Opfer sagen. Eventuell hat sie den Täter erkannt. Ich muss schnellstmöglich mit der Frau reden.«

»Wann wird das sein?«, fragte Jan.

»Möglicherweise erst in einigen Tagen. Noch liegt sie in einem künstlichen Koma.« Lea biss herzhaft in ein mit Käse und Salat belegtes Brötchen. Seit mehreren Stunden war sie auf den Beinen. Ihr Magen signalisierte bereits mit leichtem Knurren, dass es Zeit war, etwas zu sich zu nehmen.

»Das Brötchen schmeckt sehr lecker. Genau das Richtige an so einem frühen Morgen.«

»Wir holen die Brötchen immer vom Bäcker in der Poststraße. *Insel-Bäckerei Bethke*. Kennst du eventuell«, sagte Jan zu Lea.

»Nein, ich komme selten in die Poststraße.«

»Ich kenne diesen Bäcker bereits seit meiner Kindheit«, erzählte Jan Lankow. »Drei Brüder führen die Bäckerei. Ich bin mit einem der Brüder zur Schule gegangen. Er lud mich nach der Schule öfters zu sich nach Hause ein. Immer, wenn wir mit den Hausaufgaben fertig waren, brachte seine Mutter uns heißen Kakao und Rosinenschnecken. Daran erinnere ich mich sehr gerne. Das war richtig lecker. Heute esse ich die auch noch mit größtem Vergnügen.«

»Das sieht man«, sagte Flessner.

»Das sind Muskeln, Chef!« Lankow zeigte auf seinen Bauch. »Da ist kein Gramm Fett zu viel. Ich jogge drei Mal die Woche.«

»Vermutlich von einer *Insel-Bäckerei* zur nächsten.« Flessner lachte herzhaft.

Jan schmollte.

»Was wolltest du sagen, Jan? Ich wollte dich nicht unterbrechen.«

»Alles okay, Lea.« Jan nahm einen kräftigen Schluck aus dem Kaffeebecher. »Passiert ist der Überfall am Wattensteg, unweit des Yachthafens. Es stellt sich die Frage: Was wollte diese Frau dort abends ohne Begleitung?«

»Die Frage habe ich mir auch gestellt, Jan. Derzeit kann uns das niemand sagen. Ich werde mir den Ort, an dem sie aufgefunden wurde, heute noch ansehen.«

»Für mich ist die Sache eindeutig. Die Frau war spazieren, wurde niedergeschlagen und ausgeraubt«, sagte Flessner.

»Denkbar, dass der Täter alkoholisiert war oder unter Drogen stand«, sagte Lankow.

»Möglich, Jan. Möglicherweise kannte sie auch ihren Widersacher. Eine Beziehungstat würde ich zum jetzigen Zeitpunkt nicht ausschließen«, antwortete Lea souverän.

»Wie kommen Sie zu dieser Annahme, Frau Landgraf?«, wollte Flessner wissen.

Lea nahm eine Serviette und tupfte damit ihre Lippen ab. »Im Krankenhaus auf der Intensivstation sah ich kurz Arme und Hände des Opfers. Ich sah keine Spuren eines Kampfes. Auch die Kleidungsstücke sind unbeschädigt. Weder wurde die Halskette zerrissen, noch war das Lederarmband, das sie trug, beschädigt. Dies war kein gewöhnlicher Überfall. Die Frau hat nur versucht, ihren Kopf zu schützen. Man sieht es an den Hämatomen und den Verletzungen an Armen und Händen. Sie hat den Angreifer gesehen. Ob sie ihn erkannt hat, wird sie uns sagen, wenn sie aus dem Koma erwacht ist.«

»Wie schwer sind ihre Verletzungen?«, fragte Jan Lankow.

»Lebensgefahr besteht nicht mehr. Welche Spätfolgen bleiben, wird man erst in einigen Wochen feststellen können.«

»Wir werden uns heute noch einmal den Fundort vornehmen und schauen, ob wir das Tatwerkzeug finden«, sagte Flessner.

»Muss Sie bewacht werden?«

Flessner verzog das Gesicht. »Jan, wir sind in der Hauptsaison. Für eine permanente Bewachung fehlen uns die Leute.«

»Hoffen wir, dass kein weiterer Angriff folgt.« Lea schaute nachdenklich zu den beiden Männern.

»Wollen Sie die Kollegen aus Aurich hinzuziehen?«, fragte Flessner.

»Ich muss sie über alles informieren. Bei der Schilderung des Vorfalls werde ich mich zunächst etwas zurückhalten. Auf dem Festland muss man nicht alles wissen. Eine Zusammenarbeit mit Hauptkommissar Eggers strebe ich grundsätzlich nicht an.«

»Wie wollen Sie jetzt vorgehen?«, wollte Flessner wissen.

»Ich werde versuchen, das Umfeld der Frau zu durchleuchten. Gab es Beziehungsprobleme? Hatte sie Ärger mit Freunden, Kollegen oder dem Arbeitgeber? Weshalb war sie auf Norderney? Hatte sie Feinde? Wer wusste von ihrer Reise? Hatte sie Kontakte auf der Insel? Wie lebte sie? Womit verdiente sie ihren Lebensunterhalt? Hatte sie eine feste Beziehung? Was sagen die Nachbarn über sie?« Lea nahm einen letzten Schluck aus ihrem Kaffeebecher und erhob sich von ihrem Platz.

»Viele Fragen, Frau Landgraf. Das wird schwierig werden, diese alle zu beantworten. Das Opfer kam aus Hannover, wenn ich mich recht entsinne.«

»Nach Hannover habe ich gute Kontakte. Das wird nicht das Problem sein.«

»LKA?«, fragte Flessner.

»Zunächst werde ich den inoffiziellen Weg wählen. Wir wollen nicht gleich zu viel Staub aufwirbeln. Ich kenne in der Landeshauptstadt eine neugierige, forsche, junge Frau, bei der ich noch einiges gut habe.«

Kapitel 21

Statt direkt zum Büro zu fahren, wählte Lea den Weg zum Hafen. Sie parkte ihr Auto fast am Ende der Straße *‚Am Hansedamm'*. Jan hatte ihr den Weg genau beschrieben. Dort angekommen, zog sie sich derbes Schuhwerk an, das sich immer hinter dem Beifahrersitz ihres Autos befand, und lief den restlichen Weg zu Fuß. Zunächst schaute sie sich den Wattensteg an. Eine einfache Holzkonstruktion, die als Aussichtsplattform diente. Von dort machte sie sich auf den Weg zu den Vogelwiesen und zum Watt. Eine Stunde lief sie umher, ohne etwas Relevantes zu entdecken. Nur Blut, das an Gräsern und Schachtelhalmen klebte, fand sie. Kaum dass sie wieder im Auto saß, trafen Jan Lankow und Marco Doyen ein. Mit Flatterband und Stangen in den Händen machten sie sich auf zum Wattensteg. Sie wollten den Bereich rund um die Aussichtsplattform noch großflächiger absperren.

»Hallo, Lea. Hast du etwas gefunden?«

»Nur dort im Gras habe ich Blut entdeckt, sonst nichts.« Lea zeigte in Richtung einer Wiese unweit des Steges.

»Das ist die Stelle, an der man letzte Nacht die Frau gefunden hat. Wir werden hier alles weiträumig absuchen, bevor die ersten Spaziergänger kommen.«

»Viel Spaß! Und fallt mir nicht ins Wasser.« Lea lachte, fuhr die Seitenscheibe ihres Autos wieder hoch und verließ zügig den Hafenbereich.

ES WAR UNGEWOHNT FÜR SIE. Lea konnte ihren Dienstwagen nicht auf dem Grundstück parken. Nach jeder Rückkehr musste sie sich seit dem Umzug in die Frisiastraße einen neuen Parkplatz suchen.

Ich muss mit dem Bürgermeister reden. Der muss mir hier eine Lücke reservieren. So geht das nicht weiter, dachte Lea, parkte ihren Smart 70 Meter vom Büro entfernt, hielt kurz inne, blickte nach links und rechts, um dann schnellen Schrittes zum Gebäude zu laufen. Sie musste sich noch an die neue Umgebung gewöhnen. Die Frisiastraße war ihr noch etwas fremd.

»Guten Morgen, Sabine. Bist du noch immer am Einräumen?«

»Moin, Lea. Es nimmt kein Ende. Im Keller stehen noch mindestens fünf Kartons.«

»Die müssen warten. Es gibt Wichtigeres.«

»Was liegt an?« Sabine saß auf dem Fußboden zwischen Umzugskartons. Mit Klebeetiketten und Filzschreiber versuchte sie System in das Chaos zu bringen.

»Gestern, am späten Abend, wurde eine junge Frau ins Krankenhaus eingeliefert. Der Rettungsdienst fand sie schwerverletzt in der Nähe des Wattenstegs. Derzeit liegt sie auf der Intensivstation. Ihr Zustand ist kritisch.«

»Wer hat diese Frau so zugerichtet?«

»Wir wissen es nicht.«

»Hast du sie befragt? Was sagt sie?«

»Eine Befragung war nicht möglich. Das Opfer wurde gleich nach der Operation in ein künstliches Koma versetzt.«

»Spuren? Hinweise auf den Täter?«

»Keine Spuren. Keine Zeugen.«

»Und jetzt?«, fragte Sabine.

»Kannst du Infos sammeln? Ich sende dir gleich ein Foto vom Personalausweis des Opfers.«

»Du bist dir hoffentlich im Klaren, dass mich diese Unordnung total nervt. Dennoch werde ich deinem Wunsch Folge leisten und das Internet für dich durchstöbern. Ich muss mir nur noch einen Tee besorgen. Möchtest du auch einen?«

»Nein, danke. Ich habe bereits gefrühstückt.«

»Du hast schon gefrühstückt? Wann bist du heute Morgen aufgestanden?«

»Flessners Anruf weckte mich kurz nach fünf Uhr.«

»Reichlich früh, wenn du mich fragst.«

»Wenn es irgendwie machbar ist, möchte ich in den nächsten Minuten nicht gestört werden. Ich muss telefonieren. Danach bin ich außer Haus.«

»Okay, Lea. Bis später.«

Lea vermisste ihren alten Schreibtisch und das Büro mit den großen Fenstern. Von ihrem Platz blickte sie auf die Frisiastraße, eine wenig befahrene Straße mit unterschiedlicher Bebauung. Lea wählte die Nummer vom Schlüsselband. Es dauerte nicht lange, da meldete sich eine männliche Stimme. »Cassens, Hausmeisterservice. Moin.«

»Moin, Herr Cassens. Hauptkommissarin Lea Landgraf. Ich habe einen Schlüssel, auf dem diese Nummer stand, gefunden, deshalb der Anruf.«

Cassens kümmerte sich um mehrere Wohnungen auf der Insel, erfuhr Lea von dem wortkargen Mann

»Könnte ich mit dem Schlüssel gleich vorbeikommen? Ich würde mir gerne die dazugehörige Wohnung anschauen.«

»Rosenweg 191. In 25 Minuten.«

Sie wollte antworten, aber der Teilnehmer hatte bereits das Telefonat beendet. Lea öffnete an ihrem Rechner unter der Rubrik *»Maps«* eine Karte der Insel und ließ sich den Rosenweg anzeigen. Zu Fuß würde sie es nicht in der Zeit schaffen. *Okay, fahre ich mit dem Auto*, dachte sie und verließ das Büro.

Kapitel 22

Der Hausmeister wartete bereits an der Straße, als Lea vor dem Haus mit der Nummer 191 hielt. Jörn Cassens, der selbst einige Ferienappartements auf Norderney besaß, begrüßte Lea mit einem freundlichen »Moin«. Sein Lächeln verbarg er hinter einem grauen Vollbart, der ihm etwas Seemännisches verlieh. Cassens kam mit dem Fahrrad, trug zerschlissene Sandalen, eine graue Cordhose und ein blau kariertes Flanellhemd. Auf dem Kopf thronte eine Prinz-Heinrich-Mütze, die an einigen Stellen bereits Auflösungserscheinungen zeigte. Auf dem Gepäckträger seines Gefährts befand sich ein alter geflochtener Einkaufskorb mit Werkzeug.

»Moin, Herr Cassens!« Lea reichte dem Hausmeister die Hand. »Ich bin Hauptkommissarin Lea Landgraf. Können Sie mir etwas zu dem Schlüssel sagen?« Lea holte den Schlüssel aus der Jackentasche. Sie hielt ihn in Richtung des Angesprochenen. »Wem haben Sie diesen Schlüssel ausgehändigt?«

»Hauptkommissarin? Ist etwas vorgefallen? Habe ich mein Fahrrad falsch geparkt?« Cassens lachte. Leas Blick fiel auf das Fahrrad mit dem Korb voller Werkzeug.

»Irgendetwas ist immer kaputt«, sagte Cassens trocken. »Ständig muss repariert werden. Handwerker kann man nicht kriegen und wenn sie kommen, sind sie zu teuer. Da muss man selber anpacken. Ich habe immer alles dabei«, lachte er, packte sein Rad und lehnte es an die Mauer eines gepflegten Mehrfamilienhauses.

»Wenn bei Ihnen mal was kaputt ist, komme ich sofort.«

»Ich denke, Herr Cassens, bei mir ist noch alles in Ordnung.«

»Entschuldigung, Frau Kommissarin. So war das nicht gemeint.«

LEA ERFUHR von dem freundlichen Insulaner, dass eine junge Frau mit einer auffälligen Haarfrisur am gestrigen Nachmittag in einer der Wohnungen eingecheckt hatte. Die genaue Uhrzeit konnte Cassens Lea nicht mitteilen. Nachdem er ihr das Appartement gezeigt hatte und sie dort samt Gepäck eingezogen war, händigte er ihr den Schlüssel aus.

»Ich habe sie danach nicht wieder gesehen«, sagte Cassens.

»Wo ist die Wohnung?«, fragte Lea.

»Ich gehe mal vor.« Mit großen Schritten lief der Eigentümer zum Eingang des Hauses. Ein Haus, das augenscheinlich in den 80-Jahren gebaut worden war.

»Gehört Ihnen das ganze Gebäude?«

»Nur zwei Wohnungen. Ich mache hier aber im ganzen Haus den Service.«

»Dann haben Sie in der Hauptsaison sicherlich alle Hände voll zu tun.«

»Das ist richtig. Es macht aber Spaß. Ich habe sehr viel Kontakt mit Menschen und das hält jung.« Cassens holte einen Schlüsselbund aus der Hosentasche. »Was ist mit der Mieterin? Ist ihr etwas passiert?«

»Die junge Frau liegt mit schweren Verletzungen im Krankenhaus. Mehr kann ich Ihnen nicht sagen.«

»Sie ist verletzt? Unfall? Tragisch. Schade. Ist eine sympathische junge Frau.«

Cassens öffnete die Eingangstür des Hauses, trat ein und lief sofort eine Treppe hinauf, die zu einem kleinen Flur von kaum sechs Quadratmetern führte.

»Dort sind meine beiden Appartements.« Er zeigte auf zwei verschlossene Türen.

»Sind beide vermietet?«

»Das linke Appartement ist noch frei. Am Wochenende kommt ein Ehepaar aus Krefeld. Stammgäste. Das andere Appartement hatte ich an diese junge Frau aus Hannover vermietet. Hier, das ist das Anmeldeformular. Können Sie behalten. Ich habe noch eine Durchschrift.«

Cassens reichte Lea einen DIN A5 großen Zettel. *Mia Petzolt,* las Lea.

»Zehn Tage wollte sie bleiben. Was ist jetzt mit der Miete? Kommt sie bald wieder? Wann kann ich wieder neu vermieten? Wer bezahlt mir den Verdienstausfall?«

»Ich schaue mir die Wohnung an. Dann sehen wir weiter.«

»Sie haben meine Telefonnummer. Den Schlüssel können Sie später, wenn Sie ihn nicht mehr benötigen, einfach in den Briefkasten werfen.«

»Eine Frage noch, Herr Cassens: Waren hier in den letzten Tagen Besucher? Haben Sie Personen beobachtet? Personen, die vor diesem Haus gewartet haben?«

»Ich bin mehrmals am Tag hier. Man sieht viele Feriengäste, die ein- und ausgehen. Zu dieser Wohnung ist niemand gegangen. Das wäre mir aufgefallen.«

»Danke, Herr Cassens.«

»Soll ich Sie begleiten? Dann kann ich noch den Zähler ablesen und ...«

»Die Wohnung würde ich gerne alleine inspizieren. Tschüss, Herr Cassens.«

Dem Wohnungsbesitzer gefiel die Antwort ganz und gar nicht. Knurrig lief er die Treppe hinunter, verließ das Gebäude, schwang sich auf sein Fahrrad und fuhr schmollend davon.

Lea wartete, bis Cassens das Haus verlassen hatte. Sie steckte den Schlüssel in das Schloss. Der Schlüssel passte. Ohne Probleme ließ sich die Tür aufschließen. Lea betrat einen winzigen Flur mit Garderobe, Spiegel und zwei weiteren Türen.

Die Tür führt sicherlich ins Bad, dachte Lea, als sie nach links blickte. Sie entschied sich, zunächst die anderen Räumlichkeiten in Augenschein zu nehmen. Skeptisch blickte sie zu der Tür, die einen Spalt offen stand. Weshalb war sie nicht geschlossen? Hatte das etwas zu bedeuten? Sie stieß die Tür auf. Seltsamerweise waren alle Vorhänge zugezogen. Lea schaltete das Deckenlicht ein. Überrascht blieb sie stehen. Das hatte sie nicht erwartet.

Kapitel 23

Perplex stand Lea in der Tür zum großzügigen Wohnzimmer. Die Luft im Raum verbraucht, roch nach Schweiß und Körperpflegeprodukten. Sie hörte ein Knistern, als sie den Raum betrat. Mit dem linken Fuß war sie auf Glasscherben getreten. Das Wohnzimmer, übersät mit Scherben, Papierfetzen und Gegenständen, glich einem Schlachtfeld. Sämtliche Schubladen hatte man ausgeleert, teilweise aus den Schränken herausgerissen und auf den Boden geworfen. Eine Reisetasche lag unter dem Wohnzimmertisch. Ohne Inhalt. Hosen, Shirts, Strümpfe, BHs und diverse Slips lagen verstreut im Raum. Bilder, die vermutlich vor kurzem noch an der Wand hingen, lagen kaputt am Boden. *Daher die vielen Scherben*, dachte sie. Schritt für Schritt lief sie durch den Raum, vorbei an umgestürzten Stühlen.

Rechts von ihr befanden sich zwei Fenster, links eine kleine Küchenzeile mit Stehtisch und zwei Barhockern. Zwei Meter neben der Küchenzeile befand sich eine weitere Tür. Sie stand sperrangelweit offen und führte offensichtlich in das Schlafzimmer. Hier bot sich Lea ein ähnliches Bild wie im Wohnzimmer. Das Bett war durchwühlt. Kleidungsstücke, Bettwäsche und Kissen lagen auf dem Boden, dazwischen

Wandbilder und zerstörte Deko-Artikel. Lea fotografierte alles, bevor sie sich dem letzten Raum zuwandte. Vorsichtig lief sie vom Schlafzimmer quer durchs Wohnzimmer. Unerwartet vernahm sie ein merkwürdiges Geräusch. Es erinnerte an einen Gegenstand aus Glas, der zu Boden gefallen und in mehrere Teile zerbrochen war. Das Geräusch kam aus dem Bad. Was hatte diesen Krach hervorgerufen? Das Geräusch war nicht laut, aber deutlich vernehmbar gewesen. Lea blieb stehen und horchte. Hatte ein Luftzug etwas ins Wanken und zu Fall gebracht? Oder versteckte sich womöglich der Eindringling, der die Verwüstung verursacht hatte, noch in der Wohnung? Sollte sie die Polizeidienststelle informieren? Sie entschied sich für einen Alleingang.

Lea horchte erneut. In der Wohnung war alles still. Nur wenige Geräusche von draußen drangen an ihr Ohr. Es waren spielende Kinder, ein vorbeifahrendes Auto und das Zwitschern von Vögeln. Sie wollte der Ursache auf den Grund gehen. Ihre Hand griff ins Leere, als sie nach hinten fasste. An der Stelle, an der sie ihre Dienstwaffe vermutete, war nichts.

Sie liegt im Schreibtisch. Schlagartig wurde ihr klar, wie gedankenlos sie gewesen war. Lea schaute sich um. Mit den Augen suchte sie im Raum nach etwas, was als alternative Waffe dienen könnte. In einer Zimmerecke nahe der Ledersitzgruppe wurde sie fündig. Es war eine schmale, fast 30 Zentimeter hohe und aus mattem Glas gefertigte Blumenvase, die auf einem Beistelltisch neben dem Sessel stand. In ihr steckten drei blühende Sonnenblumen aus Kunststoff. Lea warf sie zu Boden. Mit festem Griff umklammerte sie das gläserne, fast ein Kilo schwere Teil und lief zügig zu der Tür, die offenbar zum Bad führte. Lea war sich sicher. Nur dort könnte der Eindringling sich versteckt haben. Sie wollte den Überraschungsmoment nutzen und zuschlagen, bevor dieser reagieren konnte.

Die Tür, leicht angelehnt, erlaubte ihr einen Blick ins Innere. Sie sah nichts. Der Raum war stockdunkel. Lea überlegte kurz, wie sie vorgehen sollte. Statt die Tür aufzustoßen, verharrte sie, drückte sich dicht an die Wand, packte die gläserne Vase mit beiden Händen und schrie: »Kriminalpolizei! Verlassen Sie mit ausgestreckten Händen den Raum. Widerstand ist zwecklos. Das Gebäude ist umstellt!«

Die Muskeln angespannt, die Sinne in Alarmzustand und den Körper mit Adrenalin vollgepumpt, lauerte Lea vor der Tür wie ein Fuchs vor einem Kaninchenbau.

»Ich komme jetzt raus«, hörte sie eine männliche Stimme rufen. »Ich bin unbewaffnet.«

»Ich will Ihre Hände sehen. Bewegen Sie sich langsam Schritt für Schritt aus dem Raum. Sollten Sie meinen Anweisungen nicht Folge leisten, mache ich von der Schusswaffe Gebrauch.« Leas Stimme klang forsch, aggressiv, dennoch vibrierte sie leicht.

Hoffentlich merkt er meine Nervosität nicht, dachte Lea und machte zwei Schritte zurück, als die Tür aufgestoßen und die erste Hand sichtbar wurde. Mit der zweiten Hand folgten schnell die Arme und mit ihnen ein großgewachsener männlicher Körper.

»Ist das Ihre Schusswaffe?« Der Mann in der blauen Jeans und dem weinroten Shirt lachte.

»Bleiben Sie stehen!« Lea schwang bedrohlich die Blumenvase in Richtung des Unbekannten. »Wer sind Sie? Was machen Sie in dieser Wohnung? Wie sind Sie hier hereingekommen?«

»Viele Fragen auf einmal. Vielleicht sollten Sie sich zunächst vorstellen, bevor Sie derartige Fragen stellen«, sagte der Unbekannte.

»Ich stelle hier die Fragen!« Lea reagierte aggressiv. »Ich bin Hauptkommissarin Lea Landgraf und wie ist Ihr Name?«

»Nehmen Sie bitte ihre skurrile Waffe herunter. Sie machen mir Angst.« Der Mann mit dem Dreitagebart grinste.

»Finden Sie das etwa lustig? Reden Sie. Wer sind Sie und was machen Sie hier?«

»Mein Name ist Mike Rybeck. BKA.«

»BKA? Machen Sie Witze?«

»Nein. Weshalb sollte ich Witze machen?«

»Ein Beamter des BKA auf Norderney? Das kann nur ein Scherz sein. Sind Sie ein Tourist, der sich in der Wohnungstür geirrt hat oder suchen Sie hier nach Wertgegenständen?«

»Weder noch. Ich bin vom BKA, wie ich schon sagte. Abteilung SO.«

»SO? Haben Sie sich das gerade ausgedacht?«

»Nein, ich bin wirklich vom BKA. Schwere und Organisierte Kriminalität.«

»Ich komme mir vor wie in einem billigen Hollywood-Thriller. Undercoveragent trifft naive Polizistin. Wollen Sie mich auf den Arm nehmen?«

»Das würde ich ja gerne, aber solange Sie mich mit der Vase bedrohen, ziehe ich es vor, hier stehen zu bleiben«, sagte Rybeck.

»Zeigen Sie mir Ihre Dienstmarke!«

»Nur wenn Sie Ihr Mordinstrument aus der Hand legen.«

Langsam ließ Lea die Hände mit der Vase sinken und stellte das gläserne Teil auf ein Schränkchen, das neben der Flurgarderobe stand.

»Rühren Sie sich nicht vom Fleck!«

»Keine Sorge. Ich werde nur meine Dienstmarke aus der Hosentasche ziehen.« Mit einem süffisanten Lächeln zog der Angesprochene die Marke, die an einer Kette hing, aus der rechten Hosentasche und präsentierte sie Lea.

»Die ist echt. Das können Sie mir glauben.«

»Mir sind Dienstmarken vom LKA und BKA bekannt. Sie können das Ding wieder einstecken.«

»Übrigens, ich habe Sie angelogen, ich trage doch eine Dienstwaffe.«

»Das ist mir bereits aufgefallen. Da sind Sie mir gegenüber im Vorteil. Danke, dass Sie von der Waffe keinen Gebrauch gemacht haben«, erwiderte Lea.

»Als ich die Blumenvase in Ihren Händen sah, habe ich mich nicht mehr getraut, sie gegen Sie zu richten.«

»Statt hier Witze zu machen, sollten Sie mir bitte schleunigst erklären, was sie hier treiben? Was hat das Chaos in dieser Wohnung zu bedeuten?«

»Mit dem Chaos habe ich nichts zu tun. Als ich kam, stand die Eingangstür offen. Ich fand die Wohnung in dem gleichen Zustand vor wie Sie, nur dass die Blumenvase noch an ihrem angestammten Platz stand.«

»Sparen Sie sich Ihre Scherze. Wir sind hier nicht in Wiesbaden«, zischte Lea ihren Gegenüber an.

»Nein, Frau Hauptkommissarin, ich würde mir keinesfalls erlauben, Scherze zu machen angesichts der Situation, die ich hier vorgefunden habe. Ich ermittle genauso wie Sie. Mich würde interessieren, weshalb Sie in dieser Wohnung stöbern.«

»Von Stöbern kann keine Rede sein. Ich suche nach Hinweisen«, sagte Lea.

»Was für Hinweise?«, fragte Rybeck.

»Die Mieterin dieser Ferienwohnung wurde schwerverletzt aufgefunden. Ich will wissen, wer ihr diese Verletzungen zugefügt hat. Und Sie? Weshalb sind Sie hier?«

»Ich weiß von der Frau und auch von ihrem Unglück. Das BKA hat diese junge Frau bereits länger im Visier. Sie soll uns zu Hintermännern führen, die an verschiedenen Straftaten beteiligt sind. Mehr kann ich Ihnen nicht sagen.«

»Hier auf Norderney habe ich das Sagen! Wenn Sie ermitteln, dann will ich davon wissen! Klären Sie mich auf«, sagte Lea forsch.

»Das kann ich nicht, auch wenn ich es wollte. In dieser

Angelegenheit herrscht absolutes Stillschweigen. Befehl von ganz oben.«

»Was weiß die Staatsanwaltschaft Aurich von Ihrer Anwesenheit auf Norderney?«

»Nur das, was notwendig ist. Nicht mehr und nicht weniger.«

»Ich werde das überprüfen.«

»Machen Sie das, Frau Kommissarin. Ich bin hier fertig. Wenn es Ihnen recht ist, verabschiede ich mich jetzt.«

»Moment! Bevor Sie gehen: Sagen Sie mir bitte, wie ich Sie erreichen kann.«

Rybeck griff erneut in seine Gesäßtasche und reichte Lea eine Karte.

»Ich denke, Sie werden meine Kontaktdaten ohnehin nicht benötigen, außer Sie möchten mir eine Entschuldigung zukommen lassen, in welcher Form auch immer.«

»Entschuldigung wofür?«

»Sie haben einen friedliebenden Beamten des BKAs mit einem zirka ein Kilo schweren Einrichtungsgegenstand bedroht.«

»Wie bitte?« Lea reagierte sauer. »Ich denke, die Karte wird einen anderen Nutzen finden. Wir werden uns wiedersehen, da bin ich mir ganz sicher. Vermutlich habe ich dann keine Blumenvase in der Hand, sondern Handschellen.«

»Ich schätze Ihren Humor.« Lachend verließ der BKA-Beamte das Appartement.

»Wie gesagt, das ist hier mein Revier und hier dulde ich keine Schnüffler vom BKA. Sie sollten wissen, die Polizeidienststelle Norderney verfügt über sehr komfortable Arrestzellen. Gerne reserviere ich Ihnen dort eine Übernachtungsmöglichkeit.«

»Danke. Ich bin mit meiner derzeitigen Unterkunft sehr zufrieden. Tschüss, Frau Hauptkommissarin.«

Rybeck verließ das Haus. Lea lief zurück ins Wohnzimmer, zog eine Jalousie hoch und sah, wie er zu Fuß in eine Seitenstraße verschwand. Gerne wäre sie diesem Typen gefolgt, nur dafür fehlte ihr die Zeit. Bevor Lea die Wohnung verließ, lief sie noch einmal von Raum zu Raum, machte weitere Fotos, sperrte die Tür nach 30 Minuten zu und fuhr zurück zum Büro.

Kapitel 24

»Sabine! Stell dir vor, ich habe einen Parkplatz direkt vor dem Haus gefunden! Ist das nicht wunderbar?« Strahlend betrat Lea das Büro ihrer Mitarbeiterin. »Habe ich das nur geträumt oder stand dort wirklich ein Parkplatzschild?«

Sabine klopfte sich lachend auf die Schulter. »Mein Verdienst«, sagte sie stolz. »Ich habe mit Bürgermeister Redenius gesprochen. Er hat sofort eingesehen, dass hier ein Parkplatz fehlt.«

»Wie hast du ihn überzeugt?«

»Ich habe ihn zur Einweihungsfeier eingeladen.«

»Was für eine Einweihungsfeier?«

»Wir sind umgezogen. Hast du das vergessen?«

»Und das ist ein Grund zum Feiern?«, fragte Lea.

»Natürlich. Jan und Flessner haben bereits zugesagt.«

»Gut, dass ich davon erfahre.«

»Jedenfalls schickte Bürgermeister Redenius sofort zwei Mann vom Bauhof vorbei. Sie haben das Parkplatzschild aufgestellt und die Fläche markiert. Ich hoffe, die Größe reicht für deinen Dienstwagen.«

Lea blickte mit großen Augen zu ihrer Mitarbeiterin. »Das hast du für mich getan? Du bist ein Schatz, Biene.«

»Das war keine große Sache.«

Lea legte ihre Jacke über einen Stuhl, lief zu ihrem Schreibtisch, setzte sich an ihren Rechner, klickte auf das Icon für die Mailbox und war überrascht. Sie hatte keine Mitteilungen von der Norderneyer Polizei erhalten. Lea lief zurück zum Büro von Sabine.

»Wie weit bist du mit deiner Internetrecherche? Bist du fündig geworden?«, fragte Lea.

»Ich habe einen Blog gefunden. Die Frau, die verletzt am Wattensteg lag, schrieb regelmäßig Texte zu aktuellen Themen.«

»Was für Themen?«

»Lea, was ist mit dir los? Weshalb bearbeitest du so akribisch diesen Überfall? Überfälle liegen in der Zuständigkeit der örtlichen Polizei.«

»Die Frau wurde nahezu totgeschlagen. Da kann man doch nicht einfach zur Tagesordnung übergehen.«

Ungläubig blickte Sabine zu ihrer Chefin. »Du solltest dich da nicht einmischen.«

»Die Norderneyer Polizei ist mit der Sache überfordert. Ich leiste nur Amtshilfe«, sagte Lea. »Was hast du herausgefunden?«

»Die Bloggerin schreibt über Themen wie Umweltschutz, Meeresverschmutzung, Korruption, Migration und Wohnraummangel. Zu manchen Themen äußert sie sich sehr kritisch. Ich kann mir vorstellen, dass sie mit ihrer Meinung aneckt.«

»Weshalb kam sie nach Norderney? Wollte sie sich erholen oder hat ihr Aufenthalt etwas mit ihrem Blog zu tun?«

»Da musst du die Frau schon selbst fragen«, sagte Sabine.

»Es kann Tage dauern, bis die Frau ansprechbar ist. So lange kann ich nicht warten. Gibt es in dem Blog irgendwelche Anhaltspunkte? Texte, in denen über Norderney berichtet wird?«, fragte Lea.

»Ich habe den Blog bislang nur grob überflogen. Der Blog ist sehr umfangreich. Es dauert bestimmt eine Woche, bis ich mir einen genaueren Überblick verschafft habe.«

»Dann weißt du ja, was du in den nächsten Tagen zu tun hast. Viel Spaß, Biene!«, sagte Lea.

»Muss ich das wirklich alles lesen?«

»Jedenfalls alles, was mit Ostfriesland und Norderney in Verbindung steht.«

Lea lief zurück zu ihrem Schreibtisch.

»Moment, Lea! Du hast noch nichts von diesem Schlüsselband erzählt.«

»Entschuldige. Ich habe mit dem Vermieter gesprochen. Einem urigen Insulaner. Ihm gehören einige Ferienwohnungen. Der Schlüssel passte zu einer seiner Wohnungen.«

»Hast du dort etwas entdeckt?«

»In der Ferienwohnung gab es eine böse Überraschung. Ich fand sie total verwüstet vor. Überall lagen Scherben, Kleidungsstücke und umgeworfene Gegenstände.«

»Verwüstet? Wieso war die Wohnung verwüstet?« Fragend blickte Sabine ihre Chefin an. »Wurde dort eingebrochen?«

»Vermutlich. Im Bad gab es noch eine weitere Überraschung. Dort versteckte sich ein Typ vom BKA.«

»Du flunkerst. Meinst du wirklich einen Mitarbeiter vom Bundeskriminalamt? Hier auf Norderney? Das glaube ich nicht. Das BKA schickt doch seine Mitarbeiter nicht auf eine ostfriesische Ferieninsel. Der Typ hat dich veräppelt.«

»Ich weiß, es klingt seltsam, aber dieser Kerl hatte sich tatsächlich in der Dusche verkrümelt. Erst als ich ihm mit Waffengewalt gedroht habe, kam er zum Vorschein.«

»Deine Waffe liegt hier unter Verschluss.«

»Das wusste er ja nicht.«

»Was will ein Beamter vom BKA auf Norderney?«

»Ich habe seine Identität überprüft. Der Typ ist tatsächlich vom Bundeskriminalamt. Er sagte, das BKA hätte die junge Frau seit längerer Zeit im Visier. Wir müssen in Erfahrung bringen, weshalb das BKA diese Frau beobachtet. Sabine, kümmere du dich weiter um den Blog. Ich spreche mit der Staatsanwaltschaft Aurich.«

LEA VERSCHANZTE sich in ihrem Büro und telefonierte fast eine Stunde mit Aurich. Angeblich war die Staatsanwaltschaft vom BKA unterrichtet worden. Details erfuhr sie aber nicht. Selbst die Kollegen in Aurich waren nicht informiert. Ein mürrischer Hauptkommissar Eggers antwortete wortkarg auf Leas Fragen. Selten sprach sie mit derartig verschlossenen Kollegen, wie an diesem Tag. Lea war sauer. Mit einem kaum zu überhörenden Knall landete der Hörer wieder auf dem Gerät. Die etwa acht Jahre alte Telefonanlage, eine Leihgabe aus dem Norderneyer Rathaus, überstand die Attacke ohne Schäden.

Wachgerüttelt von dem lauten Geräusch, eilte Sabine sofort ins Büro ihrer Chefin. »Ist alles in Ordnung, Lea? Was sagte der Staatsanwalt?«

»Maibach war nicht zu sprechen. Die Staatsanwaltschaft hat angeblich Kenntnis von der Anwesenheit eines BKA-Beamten auf Norderney, teilte mir ein Mitarbeiter mit. Details konnte, beziehungsweise, durfte er mir nicht mitteilen. Das Telefonat mit Hauptkommissar Eggers hätte ich mir schenken können. Der war nicht sonderlich auskunftsfreudig. Ich hatte das Gefühl, dass er im Land der Ahnungslosen lebt.«

»Das heißt, vom Festland erhalten wir weder Infos noch Unterstützung«, bemerkte Sabine.

»Korrekt. Aber das war zu erwarten. Wir werden ohne deren Hilfe Licht in diese Sache bringen. Uns bleibt keine

Wahl, wir müssen in alle Richtungen ermitteln und recherchieren. Du suchst nach Infos im Internet und in den sozialen Medien und ich kümmere mich um das Leben unseres Opfers vor dem Überfall. Sie kommt aus Hannover. Dort werde ich mit den Recherchen beginnen.«

»Wie willst du das anstellen? Geht das so einfach? Fährst du nach Hannover?«

»Ich habe einen guten Kontakt in Hannover und dort werde ich jetzt anrufen.«

»LKA?«

»Nein. Ich werde meine Freundin Stella fragen, ob sie für mich ein wenig recherchieren möchte.«

»Darfst du ohne die Zustimmung aus Aurich überhaupt weiter ermitteln?«

»Biene, du machst dir viel zu viele Gedanken. *Grünes Licht* für meine Recherchen werde ich aus Aurich derzeit nicht erhalten. Zum Glück sind wir auf einer Insel. Hier können wir einiges selbst entscheiden. Ich lasse diesen Typen vom BKA doch nicht alleine auf Norderney schnüffeln. Ich will den Grund wissen, weshalb er hier auf der Insel herumstrolcht. Bevor ich den nicht kenne, können die mich in Aurich mal gerne haben.«

Kapitel 25

Die Rufnummer hatte Lea auf ihrem Smartphone gespeichert. Dennoch lag das letzte Telefonat mit der Freundin lange zurück. Ewig hatte sie den Kontakt nicht gewählt. Selbst während ihres Kurzurlaubs in Hannover fand Lea keine Zeit, Stella zu besuchen, was ihr im Nachhinein leidtat. Umso mehr freute sie sich auf ein längeres Telefonat mit ihr.

»Lea Landgraf.« Ungewollt meldete Lea sich mit ihrem vollen Namen.

»Hey! Lea, bist du das?«, hörte sie eine aufgekratzte Stimme.

»Hallo, Stella! Wie geht es dir? Hier ist Lea. Ich melde mich von Norderney.«

»Norderney. Klar. Du bist ja in Ostfriesland. Sonst wärst du ja auch hier. Du willst sicherlich wissen, wie es um deine Wohnung steht? Keine Sorge, hier ist alles in Ordnung. Ich habe nur ein paar Sachen umgeräumt. Wird dir gefallen. Wann kommst du wieder nach Hannover?«

»Mir fehlt die Zeit für Reisen. Im Herbst möchte ich drei Wochen Urlaub machen, dann komme ich ganz bestimmt. Entschuldige bitte, dass ich mich seit meinem Umzug nach Ostfriesland kaum bei dir gemeldet habe. Sorry.«

»Mensch Lea, mach dir deshalb keinen Kopf. Mir geht es gut, das habe ich dir doch beim letzten Telefonat gesagt. Ich darf mietfrei in deiner Wohnung leben. Was will ich mehr. Ich bin happy, Lea.«

»Das freut mich zu hören.«

»Du solltest dein altes Wohnzimmer sehen. Grünpflanzen. Jede Menge. Deine kahlen Wände habe ich mit diversen Bildern verschönert. Kennst du *Keith Haring*? Ich habe ein Riesenposter mit einem krassen Motiv von ihm aufgehängt und überall noch weitere gerahmte Bilder anderer Pop-Art-Künstler. Stylisch. Du solltest meine Küche sehen. Die Stühle. Wahnsinn. Ein Student der Kunsthochschule hat sie bemalt. Hammer. Echt geil. Und im Bad, das musst du sehen. Die ...«

»Stella, halt bitte mal kurz die Luft an. Dass du die Wohnung nach deinen Vorstellungen eingerichtet hast, finde ich super. Ich würde sie mir gerne anschauen. Leider fehlt mir die Zeit. Können wir über das Thema *‚Innenraumgestaltung'* an einem anderen Tag plaudern? Entschuldige bitte, aber hier auf Norderney gibt es jede Menge Arbeit.«

»Okay, okay, Lea. Verstehe. Kein Problem. Was liegt an? Hast du etwas auf dem Herzen? Willst du wieder in deine alte Wohnung ziehen? Könnte ich verstehen. Mir gefällt sie auch gut, aber ...«

»Nein, Stella. Ich bleibe noch eine Weile auf Norderney. Du brauchst dir keine Sorgen um die Wohnung zu machen. Bleibe dort solange wohnen, wie du möchtest.«

»Supi! Weshalb rufst du an?«

»Ich benötige deine Hilfe.«

»Meine Hilfe?«, fragte Stella hörbar überrascht. »Lea Landgraf braucht die Hilfe von Stella Lipski. Wow! Wer hätte das gedacht. Soll ich dir bei der Suche nach einem passenden Ehemann behilflich sein?«

»Kannst du für mich etwas recherchieren?«

»Klar. Für dich tue ich alles.«

»Es geht um eine junge Frau. Sie wohnt in Hannover. Name und Adresse sende ich dir per WhatsApp.«

»Was ist mit dieser Frau?«, fragte Stella.

»Sie ist in Schwierigkeiten. Derzeit liegt sie im Koma. Ich muss mehr über sie erfahren.«

»Darf ich Detektivin spielen? Geil!«

»Fahre zu der Adresse, die ich dir gleich senden werde. Spreche, falls möglich, mit Nachbarn, Hausmeister oder anderen Menschen, die du dort triffst. Ich muss wissen, was die Frau beruflich macht. Wie sie lebt. Welchen Umgang sie hat. Und, und, und ... Sammle so viele Informationen wie nur möglich.«

»Kein Problem, Lea. Das bekomme ich hin. Von Haus aus bin ich ein neugieriges Mädchen. Gib mir zwei oder besser drei Tage. Ich melde mich, sobald ich das Leben und das Umfeld dieser Frau gecheckt habe.«

»Deine Auslagen werde ich dir natürlich erstatten«, sagte Lea.

»Alles klar, Lea. Danke. Tschüss! Bis bald.«

Kapitel 26

Jeden Tag erkundigte sich Lea im Krankenhaus nach dem Befinden der jungen Bloggerin. Jeden Tag bekam sie die gleiche Antwort: Unverändert. Die Patientin lag nach wie vor im Koma. An eine Vernehmung war nicht zu denken.

LEA SCHAUTE NACHDENKLICH auf die Visitenkarte, die vor ihr auf dem Schreibtisch lag. Seit der Begegnung in der Ferienwohnung hatte sie weder den BKA-Mann in der Stadt gesehen noch etwas von ihm gehört. Lea drängten sich immer mehr Fragen auf. Weshalb war dieser Rybeck wirklich auf der Insel? Was waren das für Hintermänner, von denen er gesprochen hatte? Weshalb ermittelte das BKA ausgerechnet auf Norderney? Was hatte Rybeck in der Ferienwohnung gesucht? Sie musste ihn zur Rede stellen.

Lea hatte die Schubladen ihres Schreibtisches bereits abgeschlossen. Mit Jacke und Autoschlüssel verließ sie ihr Büro. Sabine war vor 20 Minuten gegangen. Lea löschte überall das Licht, zog das Kabel der Kaffeemaschine aus der Steckdose und schloss das Fenster im Toilettenraum. Sie stand in der Tür, als ein Klingeln, das aus ihrem Büro kam, ihre Aufmerksamkeit erregte. Eilig lief sie zurück.

»Stella. Ich war schon fast draußen. Schön, dass du dich meldest. Hast du etwas herausgefunden?«

»Hey, Lea! Ich war nicht untätig. Ich sitze im Wohnzimmer von Mia Petzolt. Der Name sagt dir doch etwas. Oder?«

»Ja, natürlich. Die Bloggerin. Wie bist du in die Wohnung gekommen?«

»Erzähle ich dir später. Neben mir sitzt Marc, Mias Freund. Er möchte mit dir sprechen.«

Lea hörte ein Rauschen, Rascheln und Stimmen.

»Hallo, Frau Hauptkommissarin! Wie geht es Mia? Was ist passiert?«

»Ihre Freundin wurde vor einigen Tagen überfallen und dabei schwer verletzt. Noch liegt sie in einem künstlichen Koma.«

»Koma? Stirbt sie?«

»Das Koma ist zu ihrem Schutz, sagte der Stationsarzt und es beschleunigt die Genesung. Mehr kann ich Ihnen nicht sagen.«

»Wann kann ich sie sprechen?«, fragte Marc.

»Das weiß ich nicht. Wenden Sie sich bitte an das Krankenhaus.«

»Sobald es mein Job erlaubt, komme ich nach Ostfriesland«, sagte Marc.

»Was können Sie mir über Ihre Freundin sagen? Was wollte sie auf Norderney?«, fragte Lea.

»Mia erzählt nicht viel von ihren Tätigkeiten. Sie ist freiberufliche Journalistin, schreibt für mehrere Zeitungen und veröffentlicht selbstverfasste Berichte im Internet. Was sie konkret auf Norderney wollte, hat sie nicht gesagt. Sie erwähnte nur ein Treffen mit einer Informantin. Das Treffen schien ihr sehr wichtig zu sein.«

»Was können Sie mir über den Blog Ihrer Freundin sagen?«

»Mia schreibt viel. Tagtäglich sitzt sie am Computer oder am Laptop. Stella und ich haben uns Mias PC vorgenommen. Was wir entdeckt haben, hat mich umgehauen.«

»Was haben Sie entdeckt?«

»Sie werden es nicht glauben. Mia hat ...«

Mark begann zu schluchzen. »Ich habe Angst um Mia.«

»Marc, was haben Sie entdeckt?«, fragte Lea mit Nachdruck. »Hallo, Marc! Sind Sie noch da?«

Plötzlich Stille, dann ein Rascheln.

»Hallo, Lea, ich bin es wieder, Stella. Marc ist völlig fertig. Er kann nicht mehr reden.«

»Kannst du mir erzählen, was ihr auf dem Computer von Mia entdeckt habt?«

»Ich versuche es. Hast du etwas zu Schreiben bereit liegen?«

»Ich sitze wieder am Schreibtisch. Du kannst loslegen. Was ist mit Marc?«

»Der ist gerade zur Tür gelaufen. Es hat geklingelt. Vermutlich der Pizzabote.«

»Gut. Erzähle. Umso schneller kannst du deine Pizza genießen.«

»Scheiße!«, schrie Stella plötzlich ins Telefon.

»Was ist los, Stella?«

»Beenden Sie das Gespräch! Legen Sie sofort auf!«, hörte Lea eine kräftige Männerstimme fluchen.

»Stella! Was ist bei euch los?«

»Polizei. Hier ist alles voller Polizei. Scheiße. Das ist mein Handy. Ich ...«

Urplötzlich war das Telefonat beendet.

Mehrfach versuchte Lea zurückzurufen. Ohne Erfolg. Auch ein Anruf bei der Polizei in Hannover brachte keine neuen Erkenntnisse. Niemand wusste etwas von einem

Einsatz in der Wülfeler Straße.

Kapitel 27

Lea verfügte über eine Telefonnummer, die sie bei ihrem Vorstellungsgespräch vor gut einem Jahr in Aurich erhalten hatte. Sie lag im Wohnzimmer in einer Schublade zwischen Briefen, Zeugnissen und anderen Dokumenten. Drei Stunden waren vergangen, seit das Gespräch zwischen ihr und Stella abrupt unterbrochen wurde. Lea setzte sich in die Küche und wählte die Nummer, die nur wenige kannten.

»Frau Landgraf, Ihren Anruf hätte ich jetzt nicht erwartet.«

»Guten Abend, Herr Doktor Maibach. Entschuldigen Sie die späte Störung.«

»Um was geht es? Was gibt es so Dringendes, dass Sie mich privat anrufen müssen?«

»Wie soll ich sagen?«

Lea schilderte den Anruf in Hannover, erwähnte den Grund und das Zusammentreffen mit dem BKA-Beamten. Fast 15 Minuten erzählte sie alles, was in den letzten Tagen vorgefallen war.

»Mir sind die Aktivitäten des BKAs in Ostfriesland bekannt. Details kenne ich aber auch nicht. Man bat uns nur um Unterstützung, falls diese erforderlich sei. Was konkret der Anlass für die BKA-Ermittlungen ist, kann ich Ihnen nicht sagen. Das entzieht sich meiner Kenntnis.«

»Ich mache mir Sorgen um meine Freundin. Ich habe sie in diese Sache hineingezogen und jetzt ...«

»Frau Landgraf, ich werde tun, was in meiner Macht steht. Geben Sie mir eine Stunde. Ich melde mich wieder.«

LEA LIEF in der Wohnung auf und ab. Schaltete den Fernseher ein und nach wenigen Minuten wieder aus. Holte sich ein Glas Wasser, setzte sich ins Wohnzimmer, um kaum eine viertel Stunde später zurück zur Küche zu eilen. Immer wieder schaute sie zur Uhr. Das Telefon lag auf dem Küchentisch. Lea beobachtete das Gerät, wie ein Raubtier die Beute. Sollte sie Flessner informieren? *Nein, dann ist die Leitung blockiert und ich bin für Doktor Maibach nicht erreichbar,* grübelte sie.

Die Minuten rannen zäh wie Kleister an einer trockenen Wand. Lea setzte sich an den Küchentisch, stand wieder auf, holte sich eine Zeitung aus dem Wohnzimmer, setzte sich zurück an den Küchentisch, las einige Zeilen, bevor ihr Blick wieder zur Uhr an der Wand wanderte. Hastig griff sie nach dem Telefon, als es sich durch ein lautes Klingeln bemerkbar machte.

»Hallo, Frau Landgraf. Ihrer Freundin geht es gut. Sie befindet sich derzeit bei der Polizeiinspektion Mitte. Sie muss noch einige Unterschriften tätigen, dann kann sie wieder nach Hause gehen. Gleiches gilt für ihren Begleiter.«

»Weshalb ist sie bei der Polizei?«

»Unterschlagung von Beweismitteln. Mehr kann ich Ihnen dazu nicht sagen. Man teilte mir mit, dass in der Wohnung, in der Ihre Freundin angetroffen wurde, Beweismittel sichergestellt wurden. Unter anderem ein PC, handschriftliche Aufzeichnungen und diverse Festplatten. Da Ihre

Freundin unter der betreffenden Adresse nicht gemeldet ist, wird sie nach einer kurzen Befragung und einigen Formalitäten straffrei nach Hause gehen können.«

»Das Ganze begreife ich nicht. Steckt das BKA hinter dieser Aktion?«

»Dazu kann ich Ihnen nichts sagen.«

»Vielen Dank für Ihre Bemühungen, Herr Doktor Maibach.«

»Frau Landgraf, diese Sache ist für Sie hiermit abgeschlossen. Sie können den Fall als erledigt betrachten. Weitere Ermittlungen oder Aktivitäten hinsichtlich dieser Angelegenheit untersage ich Ihnen hiermit. Ich wünsche Ihnen noch einen schönen Abend.«

LEA WUSSTE NICHT, was sie denken sollte. Sie spürte Erleichterung und zugleich Wut. Sollte Sie tatsächlich jetzt die Hände in den Schoß legen, während ein Spinner vom BKA auf der Insel herumstrolchte?

Ich sollte eine Runde schlafen. Morgen sieht die Welt sicherlich wieder besser aus, dachte sie, löschte das Licht in der Küche und begab sich mit zwei Flaschen Bier ins Wohnzimmer. An Schlaf war jetzt nicht zu denken. Sie musste abwägen, wie ihre nächsten Schritte sein sollten.

Kapitel 28

»Guten Morgen, Lea! Du siehst ziemlich verkatert aus. Was ist los?«

»Maibach hat mir den Fall entzogen«, sagte Lea verbittert.

»Du meinst diesen Fall mit der verletzten Journalistin aus Hannover? Diese Bloggerin?«

»Genau. Gestern ist einiges vorgefallen.«

Mit einem Kaffee in der Hand setzte sich Lea auf einen mit Akten gefüllten Umzugskarton und erzählte Sabine alles, was gestern nach Büroschluss geschehen war.

»Das ist ja ein dickes Ding«, stellte Sabine fest. »Was willst du jetzt machen?«

»Zunächst werde ich mit Stella reden. Sie wollte mir etwas Wichtiges mitteilen. Ich warte bis Mittag. Stella ist Langschläferin.«

LEA MUSSTE NICHT bis Mittag warten. Bereits kurz nach neun Uhr machte sich ihr Smartphone bemerkbar.

»Guten Morgen, Lea!«

»Hallo, Stella. Wie geht es dir? Es tut mir so leid, was gestern geschehen ist.«

»Alles gut, Lea. War eine coole neue Erfahrung. So einen Mist kenne ich nur aus US-Krimis. Die Bullen haben uns behandelt wie Schwerverbrecher. Wo leben wir eigentlich? Ich habe mir nie etwas zu Schulden kommen lassen und werde dennoch in Handschellen abgeführt. Echt krass.«

»Ich habe mit dem Staatsanwalt gesprochen. Man wird nicht weiter gegen dich ermitteln.«

»Danke, Lea. Das höre ich gerne. Wie sieht es mit Schmerzensgeld aus? Mir tun jetzt noch alle Knochen weh. Zahlt Vater Staat etwas?«

»Ich denke nicht. Außer du hast handfeste Beweise.«

»Wie soll ich beweisen, dass ich Schläge in den Magen bekommen habe? Zum Glück hatte ich noch nichts gegessen, sonst hätte ich mit Sicherheit den Streifenwagen vollgekotzt.«

»Du wolltest mir erzählen, was ihr entdeckt habt.«

»Ja. Das wird dich vom Hocker hauen.«

»Was habt ihr auf dem PC von Mia Petzolt gefunden?«

»Jede Menge Texte, Berichte und Notizen. Die Frau hat alles penibel aufgeschrieben und dokumentiert. Du wirst es nicht glauben, sie hat sich für Medikamente interessiert. Explizit für Medikamente zur Krebsbehandlung.«

»Habe ich das richtig verstanden? Medikamente?«

»Ja, Lea. Mia hat jede Menge Informationen über Krebsmedikamente gesammelt.«

»War sie krank?«

»Ihr Freund wusste nichts von einer Krebsdiagnose. Angeblich ist Mia kerngesund.«

»Weshalb diese Recherche? Was wollte sie mit diesem Wissen? Und was wollte sie auf Norderney?«

»Sie hatte einige Adressen und Namen in verschiedenen Dateien aufgeführt. Mehrfach tauchten dort holländische Namen auf. Ich kann mich an das Wort *Rotterdam* erinnern.

Soviel ich weiß, ist es eine Stadt in den Niederlanden. Diesen Namen lasen wir öfters.«

»Konntest du irgendetwas sichern?«

»Wir wollten etwas essen und danach einiges für dich ausdrucken. Leider kam statt des Pizzaboten die Polizei vorbei. Den Rest der Geschichte kennst du ja bereits.«

»Danke, Stella. Du hast mir sehr geholfen. Tschüss! Bis bald.«

VERWUNDERT SCHAUTE Lea auf ihr Smartphone, als es unerwartet klingelte. Ein Anruf vom Krankenhaus. Schwester Martina, etwas aufgeregt, teilte ihr mit, dass ein Mitarbeiter des BKA sich nach der Patientin Mia Petzolt erkundigt hätte. Der Beamte würde sich derzeit auf der Station aufhalten und auf den Chefarzt warten.

»Wenn Sie diesen Mann sprechen wollen, müssen Sie sich beeilen«, sagte Schwester Martina, verabschiedete sich und beendete das Gespräch abrupt.

»Biene! Ich fahre zum Krankenhaus. Rybeck ist dort aufgetaucht!«

»Wer ist Rybeck?« Sabine kam aus ihrem Büro und blickte fragend zu Lea, die bereits in der Tür nach draußen stand.

»Der Typ vom BKA. Mit dem habe ich noch ein Hühnchen zu rupfen. Tschüss. Bis später.«

»Nimm deine Dienstwaffe mit!« Sabine hörte nur noch, wie die Eingangstür zugeschlagen wurde.

Kapitel 29

Zweifellos fuhr sie zu schnell. Schalten, einlenken, anbremsen, Gas geben und weiterbrausen. Der Rennzwerg wankte, als sie mit leicht überhöhtem Tempo durch eine Kurve fuhr. Lea wünschte sich in diesem Moment Sportsitze mit deutlich mehr Seitenhalt. Agil wie ein Wiesel flitzte der Zweisitzer über Norderneys Straßen. Rasant bog sie in die Lippestraße. Die Reifen quietschten, bevor der Wagen vor dem Krankenhaus endgültig zum Stehen kam. Zügig setzte sie rückwärts in eine der letzten schmalen Lücken, stieg aus und eilte zum Eingang des Krankenhauses.

Schnellen Schrittes lief sie zum Fahrstuhl und fuhr in die erste Etage. Eine erwachsene Person saß auf dem Gang. Lea erkannte sie sofort. Es war der Mann vom BKA.

»Moin, Herr Rybeck. Was machen Sie im Krankenhaus? Ist Ihnen die frische Nordseeluft nicht bekommen?«, fragte Lea.

Überrascht blickte Rybeck, der auf einem der wenigen Besucherstühle saß, in Richtung Lea.

»Guten Morgen, Frau Hauptkommissarin. Setzen Sie sich. Ein Stuhl ist noch frei.«

Rybeck, der sich kurz von seinem Platz erhob, zeigte auf

einen leeren Stuhl, der etwa zwei Meter von ihm entfernt stand. »Kaffee kann ich Ihnen leider nicht anbieten.«

»Ich weiß, der Automat ist defekt«, antwortete Lea.

»Was führt Sie so früh am Tag ins Krankenhaus? Oma oder Opa besuchen?« Ein breites Grinsen folgte dieser Frage.

»Ich denke, wir sollten uns unterhalten. Es gibt einiges zu klären«, sagte Lea.

»Nichts lieber als das. Mit einer derart charmanten Person wie Sie unterhalte ich mich doch gerne.«

»Was führt Sie hierher?«

»Ich wollte mich nach einer Patientin erkundigen, die hier auf der Intensivstation liegt«, antwortete Rybeck.

»Mia Petzolt?«, fragte Lea.

»Warum fragen Sie?«

»Weshalb ist Ihnen diese Frau so wichtig? Was wollen Sie von Mia Petzolt?«

»Wie ich bereits bei unserem ersten Rendezvous sagte, darf ich Ihnen nichts erzählen. Top secret.« Rybeck lachte und wollte sich erheben.

»Moment! Sie erzählen mir jetzt, was Sache ist. Ich weiß, es geht um Medikamente. Was hat Mia Petzolt damit zu tun?«

Sichtlich überrascht setzte sich Rybeck wieder auf den nicht sonderlich bequemen Stuhl aus hellem Buchenholz.

»Woher wissen Sie das mit den Medikamenten?«

»Ich weiß es und jetzt erzählen Sie mir endlich alles.«

»Da Sie schon das meiste wissen, muss ich ja nicht bei Null anfangen.« Rybeck schaute zur Uhr. »Ich denke, ich habe noch etwas Zeit bis der Chefarzt kommt.«

»Gut, dann legen Sie los. Ich bin ganz Ohr«, sagte Lea.

»Der Handel mit gefälschten und illegalen Arzneimitteln nimmt konstant zu. Waren es anfangs vorwiegend Lifestyle-Präparate, sind es heute zunehmend lebenswichtige Medikamente für Herz-Kreislauf-Patienten und Arzneimittel für die Krebstherapie. Der Handel mit illegalen

Arzneimitteln sowie Arzneimittelfälschungen und die Markenpiraterie sind seit Jahren im Visier des BKAs. Immer wieder observieren wir Apotheken, Kliniken, Vertriebsunternehmen, aber auch niedergelassene Ärzte. Mittlerweile gibt es ein europäisches Netzwerk von Arzneiuntersuchungsstellen, mit dem wir eng zusammen arbeiten. Angeschlossen ist diesem Netzwerk eine Datenbank, die Ermittlungsbehörden zugänglich ist. Uns interessieren die illegalen Vertriebsketten. Die Rückverfolgung zu den Herstellern ist nahezu unmöglich.

Seit längerem sind uns einige Handelswege bekannt. Ein Großteil der Waren gelangt nach unseren Informationen von Fernost über den Seeweg nach Rotterdam. Von dort aus werden die Medikamente in ganz Europa verteilt. Über Kuriere gelangen sie auch nach Deutschland. Teils mit Fahrzeugen über den Landweg oder mit Schiffen und Booten übers Wasser. Einen Umschlagplatz vermuten wir hier auf Norderney.«

»Mir ist noch nicht klar, welche Rolle Mia Petzolt dabei spielt«, sagte Lea.

»Aufgrund von Frau Petzolts Weblog wurden wir auf Norderney aufmerksam. Frau Petzolt ist mit Menschen auf Norderney in Kontakt getreten, die durch gefälschte oder minderwertige Krebsmedikamente geschädigt wurden. Wir gehen davon aus, dass diese Bloggerin deutlich mehr Informationen hat, als sie derzeit im Netz vorgibt. Informationen, die für uns sehr wichtig sein könnten. Informationen, die uns womöglich zu den Drahtziehern dieses Medikamentenschmuggels führen könnten.«

»Was sind das für Medikamente? Und wer sind die Drahtzieher?«

»Die Medikamente, vorwiegend sehr teure Medikamente zur Blutdrucksenkung oder zur Krebstherapie, kommen, wie ich bereits erwähnte, aus Fernost. Die Verpackungen und

Beipackzettel sind nicht von den Originalchargen zu unterscheiden.«

»Was ist mit den Inhalten?«

»Gefälschte Arzneimittel enthalten in der Regel gar keine Wirkstoffe oder falsche Wirkstoffmengen. Bei Untersuchungen wurden schädliche und unwirksame Inhaltsstoffe festgestellt sowie Verunreinigungen durch Bakterien und Umweltgifte. Diese Arzneimittel sind eine Gefahr für das Leben der Menschen, die sie verwenden.«

»Wenn ich das richtig verstehe, wollte Frau Petzolt mit ihrem Blog die Opfer unterstützen.«

»Mit ihrem Blog sowie provokanten Artikeln und Berichten in Zeitungen und Zeitschriften versucht Frau Petzolt seit Jahren öffentlichen Druck aufzubauen.«

»Ein riskantes Spiel«, bemerkte Lea.

»Frau Petzolt kam bereits öfters in Bedrängnis, wenn sie Ölmultis, Chemiekonzerne und die Nahrungsmittelindustrie anfeindete.«

»Hatte sie bislang Erfolg mit ihrer Arbeit?«, fragte Lea.

»Große Konzerne und Global Player schätzen negative Presse nicht sonderlich. Sie reagieren schnell auf derlei Berichte. Folglich werden Produkte ad hoc vom Markt genommen, umstrittene Projekte gestoppt oder es werden Produktionsstandorte geschlossen und in andere Länder verlagert.«

»Was hat Mia Petzolt auf Norderney gefunden?«

»Das wissen wir noch nicht. Deshalb bin ich hier. Seit sie in Hannover in den Zug gestiegen ist, bin ich ihr auf den Fersen. Auf Norderney habe ich sie aus den Augen verloren«, sagte Rybeck.

»Und jetzt liegt sie hier auf der Intensivstation.«

»Ich hatte gehofft, sie führt mich zu dem Zwischenhändler hier auf Norderney.«

»Was für einen Zwischenhändler?«, fragte Lea interessiert.

»Wir denken, es könnte ein Apotheker sein. Genaueres wissen wir derzeit nicht.«

»Wie wollen Sie weiter vorgehen?«, wollte Lea wissen.

»Frau Petzolt erwähnte in ihrem Block eine niederländische Yacht. Sie suchte danach. Ob sie fündig geworden ist, wissen wir nicht. Der Name der Yacht könnte uns weiterhelfen. Angeblich soll die Yacht von Rotterdam kommend, Norderney ansteuern und in diesen Tagen hier anlegen.«

»Ich denke, ich kann Ihnen weiterhelfen«, sagte Lea gelassen.

Erstaunt schaute Rybeck zu der jungen Kommissarin.

»Sie wissen, dass Sie keine Informationen gegenüber dem BKA zurückhalten dürfen.«

»Auf dem Operationstisch murmelte Mia Petzolt einige Worte, bevor die Narkose zu wirken begann. Der Arzt verstand einen Namen. Diesen Namen teilte er mir mit. Zunächst gingen wir von einem Familienangehörigen aus, der informiert werden sollte. Wir haben recherchiert. Weder ihre Mutter noch ihre Schwester noch eine andere Familienangehörige trug diesen Namen. Nirgends in Frau Petzolts Biografie taucht der Name auf. Folglich wollte sie dem Arzt den Namen der Yacht mitteilen, so meine Vermutung.«

»Wie lautet dieser Name?«, wollte Rybeck wissen.

»*Marike.*«

»Wie passend. Darauf hätte ich auch selbst kommen können. Eine Yacht aus den Niederlanden kann doch nur *Marike* heißen.« Rybeck lachte. »Danke für die Info, Frau Hauptkommissarin.«

»Die Yacht liegt derzeit im Hafen von Norderney«, sagte Lea.

»Ich werde mich sofort mit der hiesigen Polizeidienstelle

in Verbindung setzen, das Auslaufen der Yacht muss unbedingt verhindert werden.«

Rybeck erhob sich von seinem Platz, lief über den Flur, während er mit seinem Smartphone telefonierte.

»Wie werden Sie weiter vorgehen?«, fragte Lea, als der BKA-Beamte zurückkam.

»Derzeit werten wir alle Informationen aus, die wir haben. Kollegen vom LKA haben sich die Wohnung von Frau Petzolt vorgenommen.«

»Ich weiß. Sehr behutsam sind sie nicht vorgegangen«, sagte Lea vorwurfsvoll.

»Wir wollen ein internationales Netzwerk von Medikamentenschmugglern aufdecken, da darf man nicht zimperlich sein. Mit etwas Glück führen uns die sichergestellten Infos zu dem Zwischenhändler hier auf Norderney.«

»Was haben Sie in der Wohnung von Frau Petzolt gefunden?«

»Leider zu wenig. Zwei Namen tauchten in ihren Notizen auf. Namen von Kontaktpersonen hier auf Norderney. Noch konnte ich diese Personen nicht ausfindig machen. Eventuell können Sie mich bei der Suche unterstützen.«

»Wie lauten die Namen?«

»*Andrea Hentsc*h und *Johanna Ottersberg*. Im zentralen staatsanwaltschaftlichen Verfahrensregister tauchen die Namen nicht auf. Ich denke, die beiden Frauen haben in ihrem Leben weder falsch geparkt noch eine Bank ausgeraubt.«

»Ich werde mich umhören. Norderney ist in manchen Dingen ein Dorf. Hier kennt fast jeder jeden.«

»Sie haben meine Karte. Rufen Sie mich an, wenn Sie Neuigkeiten haben.«

»Eine Frage noch: Sind Sie sicher, dass sich hier ein Umschlagplatz für illegale Medikamente befindet?«

»Zu hundert Prozent. Hätte dieser Überfall nicht stattgefunden, hätte Frau Petzolt uns mit Sicherheit dort hingeführt. Hat die Polizei bereits eine Spur, wer die Frau so zugerichtet hat?«, fragte der BKA-Mann interessiert.

»So viel ich weiß, wird derzeit nach der Tatwaffe gesucht. Noch gibt es keine Hinweise auf Tathergang und Täter«, antwortete Lea.

Rybeck schaute zur Uhr. »Es wird Zeit. Ich werde mich jetzt auf die Suche nach dem Chefarzt machen. Es war nett, mit Ihnen zu plaudern. Ich gehe von ihrer Diskretion aus. Soviel ich weiß, sind Sie ohnehin von diesem Fall abgezogen worden. Auf Wiedersehen, Frau Hauptkommissarin.«

Rybeck erhob sich von seinem Platz und lief zum Schwesternzimmer.

Bevor sie die Station verließ, warf Lea einen hoffnungsvollen Blick auf den Getränke-Automaten. Zu ihrer Enttäuschung prangte noch immer das Schild *»Zurzeit außer Betrieb«* am Gerät. Gerne hätte sie sich einen Kaffee gezogen.

ZURÜCK IM BÜRO setzte sich Lea an ihren Schreibtisch und begann den Bericht vom Vortag zu überarbeiten. Bald darauf kam Sabine hereingestürmt.

»Die Tür war zu, Sabine«, sagte Lea verdrießlich.

»Ja. Und?«

»Gewöhnlich klopft man und wartet, bis man aufgefordert wird, einzutreten.«

»Weshalb sollte ich warten?«

»Hin und wieder führe ich wichtige Telefongespräche.«

»Jetzt telefonierst du nicht. Da erübrigt sich das Klopfen.«

Lea verdrehte die Augen.

»Was gibt es Dringendes, Biene?«

»Nichts. Ich wollte nur wissen, ob du diesem BKA-Typen die Meinung gesagt hast.«

»Wir haben uns nett und sachlich unterhalten.«

»Ach so«, antwortete Sabine enttäuscht.

»Könntest du uns einen Kaffee besorgen? Ich habe Franzbrötchen mitgebracht. Jan sagte, diese Brötchen wären ein wahrer Genuss. Das fiel mir ein, als ich an einer Bäckerei in der Nordhelmstraße vorbeigefahren bin. Jan hatte mir den Namen der Bäckerei gesagt. Den hatte ich natürlich prompt wieder vergessen.«

»Ich denke, du hast spontan die richtige Bäckerei erwischt. Dort hole ich mir auch meine Brötchen«, sagte Sabine, als sie die Tüte mit der Aufschrift *»Insel-Bäckerei«* sah.

Sabine ließ sich das kleine Frühstück schmecken, während Lea ausführlich von ihrer Begegnung mit Rybeck erzählte.

»Er war überraschend gesprächig. Er hat mir einiges mitgeteilt, was ein ganz anderes Licht auf diesen Fall wirft. Unser Opfer, Mia Petzolt, wollte sich vermutlich auf Norderney mit einer Informantin treffen. Frau Petzolt war illegalem Arzneimittelhandel auf der Spur. Zwei Namen nannte Rybeck. *Andrea Hentsch* und *Johanna Ottersberg*. Sagen dir diese Namen etwas?«

»Nein. Ich kann recherchieren, wenn du möchtest!« Lea nickte, während sie sich dem Kaffee und den Backwaren widmete.

»Jetzt kann ich wieder klar denken. Ohne Kaffee bin ich nur ein halber Mensch«, sagte Lea.

»So geht es den Ostfriesen mit Tee«, erwiderte Sabine. »Ein echter Ostfriese trinkt von morgens bis abends sein Lieblingsgetränk. Es ist Genuss und Medizin zugleich, sagen die Alten.«

»Eine Frage geht mir nicht aus dem Kopf. Da hilft auch der Kaffee nicht. Kannte Mia Petzolt ihren Widersacher?«

Unvermittelt klingelte das Telefon.

»Flessner. Moin, Frau Landgraf. Ich habe soeben zwei Namen von diesem BKA-Mann bekommen, eine davon kenne ich.«

»Welche?«

Kapitel 30

Während der Nacht war eine Schlechtwetterfront über die ostfriesische Küste gezogen. Sie fiel nicht so heftig und dramatisch aus, wie es in den Medien angekündigt worden war. Vereinzelt gab es kurze Gewitter und überall tröpfelte es ein wenig. Auch Norderney wurde vom Regen nicht verschont. Andrea und Johanna trafen sich an diesem Morgen zeitig in einem Bistro an der Wilhelmstraße. Problemlos fanden sie draußen einen freien Tisch. Johanna entledigte sich sofort ihrer Jacke, obwohl das Thermometer am Kurplatz nur 18 Grad zeigte.

»Wie war das Treffen mit der Bloggerin aus Hannover?«, fragte Johanna neugierig, während sie ihre Jacke über einen freien Stuhl legte. »Hast du ihr die Festplatte gegeben?«

»Sie ist nicht erschienen«, sagte Andrea leise. »Mit 10 Minuten Verspätung traf ich am vereinbarten Treffpunkt ein. Ausgerechnet an diesem Abend war der hintere Reifen meines Fahrrads defekt. Mein Rad hatte einen Platten. Ein Taxi konnte ich auf die Schnelle nicht bekommen. Zu Fuß war es für mich zu weit. Mir blieb nur die Möglichkeit, mit dem Bus bis zum Fähranleger zu fahren und von dort zu Fuß zum vereinbarten Treffpunkt zu laufen. Obwohl ich gerannt bin, kam ich mit zehn Minuten Verspätung am Wattensteg an. Niemand war zu sehen. 20 Minuten habe ich dort auf die Bloggerin gewartet. Vergebens. Immer wieder habe ich sie angerufen. Weder telefonisch noch über WhatsApp konnte ich sie erreichen. Auf meine Mails bekam ich auch keine Resonanz. Was mache ich jetzt?«

»Ich denke, die Frau hat dich versetzt. Warte einige Tage. Wenn sie Interesse hat, wird sie sich melden.«

»Und wenn nicht?«, fragte Andrea.

Johanna zuckte mit den Schultern.

»Das hätte sie mir auch am Telefon sagen können. Ich verstehe das nicht.« Missmutig trank sie das Glas Orangensaft aus. Johanna hatte Frühstück bestellt, das auf sich warten ließ. »Die ganze Aktion war für die Katz.«

»Das könnte man so sehen. Es sei denn, du hast eine Idee, wie du die Daten anderweitig nutzen kannst«, erwiderte Johanna.

»Was sollte ich für eine Idee haben?« Andreas Laune war an einem Tiefpunkt angelangt.

»Denk nach, Andrea«, sagte Johanna, »lass dich nicht entmutigen.«

»Ich versuche es. Mir fällt nichts ein.«

Beide verstummten, als die Bedienung endlich das Frühstück brachte.

»Lass uns frühstücken. Wenn wir fertig sind, überlegen wir in aller Ruhe, wie es weiter gehen könnte.«

Mittlerweile war es zu einem Ritual geworden. Einmal in der Woche trafen sie sich zum Frühstück. In einem Bistro unweit des Kurplatzes saßen sie, plauderten, aßen, tranken und teilten Sorgen und Probleme.

»DAS FRÜHSTÜCK WAR WIEDER EINMAL SEHR LECKER.« Andrea legte das Besteck auf den Teller und griff nach ihrer

Handtasche, die sich neben ihr auf einem Stuhl befand. »Hier ist die Festplatte. Ich überlege die ganze Zeit, was ich jetzt damit machen könnte.«

»Das musst du entscheiden«, sagte Johanna.

»Ich denke, wir sollten die Festplatte vernichten.«

»Dann sind die Beweise für immer verloren.«

»Ich weiß«, sagte Andrea apathisch. »Soll ich das Teil für die nächsten Jahre unters Kopfkissen legen?«

»Nein, das macht wenig Sinn«, antwortete Johanna.

»Eigentlich wollte ich einem Anwalt alles übertragen. Leider fehlt mir das Geld, um einen Juristen zu bezahlen. Meine Hoffnungen lagen insofern bei der Bloggerin. Ich dachte, sie könnte für mich ...«

Johanna unterbrach sie. »Schade, ich hätte diese Frau gerne kennen gelernt. Unsere Informationen und eine gut vernetzte Bloggerin, das wäre die perfekte Synergie gewesen.«

»Das war auch mein Gedanke«, sagte Andrea mit gedämpfter Stimme.

»Was sagt dein Mann?«

»Ich habe ihm nichts erzählt.«

»Womöglich besser so«, sagte Johanna.

»Jetzt, da wir hier sitzen, habe ich plötzlich eine Eingebung.« Andrea schob ihren Teller zur Seite und legte die Festplatte auf den Tisch. Mit ungewohnter Euphorie blickte sie zu ihrer Freundin. »Ich werde diese Festplatte der Polizei übergeben. Das kostet mich nichts und es wäre auf jeden Fall eine bessere Lösung, als die Daten einfach zu löschen.«

»Das wäre denkbar. Natürlich wird die Polizei Fragen stellen. Sie will mit Sicherheit wissen, von wem du diese Daten erhalten hast. Was willst du der Polizei sagen?«

Andrea schwieg. Man sah ihr an, wie sie mit sich rang. Sie wollte etwas unternehmen. Ihr Verstand sagte ja, ihr Unterbewusstsein nein. Am liebsten hätte sie jetzt geschrien, geweint und geflucht. Gerne hätte sie ihrem Frust freien Lauf gelassen, doch das war hier, mitten in der Stadt, in einem Bistro, nicht möglich.

»Daran habe ich nicht gedacht«, seufzte sie deutlich hörbar.

»Egal, wem du die Daten aushändigst, jeder wird dich nach deren Herkunft fragen«, sagte Johanna.

Andrea blickte verdutzt auf ihren leeren Teller, als die Bedienung plötzlich neben ihr stand, das Geschirr an sich nahm und den Tisch abräumte.

»Wir hätten gerne noch zwei Tassen Kaffee«, sagte Johanna zu der Kellnerin.

»Kommt sofort.«

Die Bedienung verschwand mit einem Tablett voll mit Gläsern, Tellern und Schüsseln. Johanna blickte ihre Freundin an, die stumm und teilnahmslos die Arbeit der jungen Servicekraft verfolgte.

»Was ist los, Andrea?« Johanna legte ihre Hand auf Andreas Unterarm. Eine Berührung, die ihr sichtlich wohltat.

»Mein Kopf ist leer. Ich weiß nicht, was richtig oder falsch ist. Warum musste es so weit kommen? Diese Firma ... , diese Leute ..., sie haben uns betrogen. Sie haben uns mutwillig betrogen. Das muss man sich vor Augen führen. Wieso machen Menschen das?«

»Das sind keine gewöhnlichen Menschen, Andrea. Es sind Kriminelle, die nur auf dein Geld aus waren«, sagte Johanna mitfühlend.

»Genau! Und weil es Kriminelle sind, muss ich der Polizei die Festplatte übergeben.«

»Andrea, die Polizei wird sich nach der Herkunft der Daten erkundigen. Was willst du ihnen erzählen? Die Beschaffung der Daten ist nicht ganz legal erfolgt, das wird die Polizei irgendwann erfahren. Demzufolge sind die

Beweise auf der Festplatte für die Polizei nutzlos. Vor Gericht würden sie keine Verwendung finden.«

»So habe ich das noch gar nicht gesehen. Du hast vollkommen recht, Johanna. Jetzt, da die Bloggerin aus dem Rennen ist, sind die Daten für mich wertlos geworden. Selbst ein Anwalt würde die gleichen Fragen stellen. Schade! Deine ganze Mühe war vergebens. Es tut mir leid, Johanna, dass ich dich da mit reingezogen habe.«

Johanna trank ihr Glas leer. Sie rückte nahe mit ihrem Stuhl an ihre Freundin heran. Kaum hörbar begann sie zu reden, als wollte sie Andrea ein Geheimnis anvertrauen, das niemand außer ihr hören durfte. »Für Polizei und Gericht mögen diese Daten wertlos sein, für dich sind sie dennoch relevant.«

»Das verstehe ich nicht.« Andrea war verwirrt. Es fiel ihr schwer, sich zu konzentrieren. »Was soll ich deiner Meinung noch mit den Daten anfangen?«

»Wir wissen, dass mein ehemaliger Chef federführend in dieser Sache ist«, flüsterte Johanna. »Laut deiner Quittung ist er sogar Geschäftsführer dieser dubiosen Briefkastenfirma. Ihn solltest du mit deinem Wissen konfrontieren.«

Die Bedienung kam an ihren Tisch zurück und brachte zwei Tassen Kaffee sowie Milch und Zucker. Die beiden Frauen lehnten sich in den bequemen Sesseln zurück, schwiegen und warteten, bis die freundliche Bedienung mit den dunklen, kurzen Haaren und dem Tattoo auf dem rechten Unterarm mit dem Servieren fertig war. Als sie sich entfernte, begann das Flüstern erneut. Wie Teenager steckten die beiden Frauen ihre Köpfe zusammen.

»Teile diesem feinen Herrn mit, dass du die Presse informieren wirst, falls er dich nicht angemessen entschädigt. Erzähle ihm von den Beweisen, die du hast.«

»Johanna, das geht nicht«, empörte sich Andrea, »das ist Erpressung!«

»Erpressung? Nein, das ist keine Erpressung, das ist nur eine dezente Aufforderung. Du bist die Geschädigte und er ist der Kriminelle, nicht umgekehrt. Deine Forderungen sind berechtigt.«

»So hatte ich das noch nicht gesehen.« Versonnen schaute Andrea zu ihrer Tischnachbarin.

Johanna schmunzelte. »Der Typ braucht einen Tritt in den Hintern.«

»Meinst du?«

»Natürlich. Du ersuchst ihn, dir einen fairen Betrag zu zahlen. Nicht mehr und nicht weniger.«

»Das kann ich nicht. Wie soll ich das bewerkstelligen?«

»Wofür hast du mich? Ich werde dir helfen«, sagte Johanna.

Selbstzufrieden lehnte Johanna sich zurück. Genussvoll knabberte sie an einem Keks, den sie zum Kaffee bekommen hatte und beobachtete eine Gruppe Frauen und Männer, die zwei Tische zusammenschoben und sich laut redend niederließen. Andrea rührte gedankenversunken ihren Kaffee.

»In welcher Höhe soll diese Entschädigung ausfallen?«, fragte Andrea vorsichtig.

»Der Junior Boss und seine Vertriebsfirma machen beträchtliche Umsätze«, erwiderte Johanna leise. »Die Daten von der Festplatte belegen das. Du solltest selbstbewusst agieren, sonst wirst du nicht wahrgenommen.«

»Ich weiß nicht, ob das der richtige Weg ist.«

»Denk nach, Andrea. Was wird passieren, wenn du leer ausgehst? Hast du eine Versicherung, die dich entschädigt? Hast du eine Rente, die dich über Wasser hält?«

»Eine Versicherung? Wir werden das Haus auf Norderney verkaufen und notgedrungen aufs Festland ziehen. Dort werden wir uns eine neue Bleibe suchen. Auf dem Festland sind die Mieten niedriger als hier. Bestenfalls erhalten wir Unterstützung vom Staat.«

»Das wird allgemein als *sozialer Abstieg* bezeichnet, Andrea.«

»Wir sind unverschuldet in diese Notlage gekommen. Ich ...« Tränen rannen über ihre Wangen. »Die teure Behandlung war wirkungslos. Mein Mann ist kränker als zuvor.«

»Wie viel Geld hast du verloren? Wie viel benötigst du?« Johanna holte Zettel und Kugelschreiber aus der Handtasche und begann zu schreiben.

»Ich weiß es nicht. Weder die Kosten für die teuren Medikamente noch die Kosten für den Aufenthalt in der Privat-Klinik wurden von der Kasse übernommen. Wir mussten alles selber bezahlen. Unsere ganzen Ersparnisse sind aufgebraucht. Viel haben wir nicht mehr zum Leben.«

»Sag eine Zahl! Wie viel brauchst du?«

»Eine Zahl kann ich dir nicht nennen. Derzeit zählt jeder Euro. Wir ....« Andrea stockte. »Johanna, wir sind am Ende. Mein Mann ... Bilder verkauft er nicht mehr. Ich weiß nicht, wie wir die nächsten Monate bestreiten sollen. Geld ist keines mehr da.« Andrea schluchzte heftig.

»Beruhige dich, Andrea. Wir werden einen Weg finden.«

Johanna trank ihren Kaffee aus.

»Was für einen Weg? Was hast du vor, Johanna?«

»Ich besorge neues Briefpapier und anständige Briefumschläge.«

»Weshalb? Was willst du damit? Ich kann dir nicht folgen.«

»Wir werden diesem feinen Herrn einen schönen altmodischen Brief schreiben. In diesem Brief werden wir ihn mit unserem Wissen und unseren Forderungen konfrontieren. Er hat danach zwei Möglichkeiten: Er kann uns mundtot machen oder er kann zahlen.«

»Ich hoffe auf Letzteres«, sagte Andrea mit vibrierender Stimme.

Kapitel 31

Sie kam nach Hause und lief zum Schlafzimmer. Ihr Mann schlief. Mit einem Glas Orangensaft setzte sie sich in die Küche. Minutenlang saß sie dort auf dem Küchenstuhl und betrachtete ein gerahmtes Foto, groß wie ein DIN-A4-Blatt. Es zeigte sie und ihren Mann vor dem Eiffelturm. Damals hatten sie den Louvre besucht. Ein Herzenswunsch ihres Mannes. Andrea kämpfte mit den Tränen. *Alles ist so schön gewesen.*

Erst als die kalte Flüssigkeit ihre Jeans tränkte, bemerkte sie ihr Ungeschick. Das Glas, leer, lag auf dem Boden. Es hatte den Sturz unbeschadet überstanden. Tischdecke und ihre Hose zeigten große dunkle feuchte Flecken. Auf dem Küchenfußboden hatte sich eine goldgelbe Pfütze gebildet. Entsetzt über ihr Verhalten und traurig über die Situation begann sie zu weinen. Mit einem Lappen beseitigte sie das Missgeschick.

Als die Tränen getrocknet und der Boden wieder sauber war, setzte sie sich zurück an den Küchentisch, nahm ihren Laptop und begann zu schreiben. Im Schreiben von Briefen war sie geübt. Diesen Brief zu verfassen bereitete ihr jedoch

Unbehagen. Fast 30 Minuten benötigte sie, um einen Anfang zu finden. Nur langsam kam sie voran. Immer wieder las sie den Text, korrigierte Wörter und änderte ganze Sätze. Niemals hätte sie gedacht, dass sie einen solchen Text schreiben müsste. Lange Zeit hatte sie in der Verwaltung eines Alten- und Seniorenheims gearbeitet. Texte zu formulieren, gehörte zu ihrem Alltag. Dieser Text war anders. Sie musste aggressiv, fordernd und selbstbewusst schreiben. Es fiel ihr schwer. Während ihrer Tätigkeit in der Verwaltung, verfasste sie Briefe fast im Minutentakt, jetzt quälte sie sich von Wort zu Wort, von Satz zu Satz. Eine Stunde benötigte sie für die ersten vier Zeilen, drei Stunden für den ganzen Brief.

Wieso muss ich ein derartiges Schreiben verfassen? Ich bin doch keine Erpresserin, dachte sie. Mit einem Papiertuch von der Küchenrolle trocknete sie ihre Tränen. Dann fiel ihr ein, was Johanna gesagt hatte. Sie bekam wieder Zuversicht. Motiviert schrieb sie den Brief zu Ende, sicherte das Dokument und sendete es, nachdem sie den Text mehrfach laut gelesen hatte, per Mail an Johanna. Telefonisch tauschten sie sich aus, bevor Andrea ihren Laptop im Stubenschrank einschloss und zu ihrem Mann eilte, der nach ihr rief.

Die Freundin überarbeitete und formulierte einige Textpassagen neu. Die Wortwahl wurde schärfer und aggressiver, was Andrea nicht zusagte. Statt Kritik zu äußern, hielt sie sich zurück und schwieg. Sie hatte ein ungutes Gefühl. War das wirklich der richtige Weg? Machte sie sich womöglich strafbar? Johanna versuchte, sie zu beruhigen, was ihr nur bedingt gelang.

An einem Montagmorgen im Juli stand Andrea zeitig in der Postfiliale an der Bülowallee. Ihre Hände zitterten, als sie den Brief der Mitarbeiterin übergab. »Bitte per Einschreiben«, sagte sie zaghaft.

Mit gesenktem Kopf lief sie von der Postfiliale nach

Hause, als müsse sie sich für ihre Handlung schämen. Andrea schlief in den folgenden Nächten unruhig. Sie wurde von wilden Albträumen heimgesucht. Schweißgebadet wachte sie morgens auf. Sie spürte eine Angst, die sie bislang nie gekannt hatte. Was hatte das zu bedeuten?

Kapitel 32

Der Morgen begann vielversprechend. Die Sonne schien von einem blauen, wolkenlosen Himmel. Offiziell öffnete die Privatklinik um neun Uhr, die Angestellten trafen in der Regel eine halbe Stunde vorher ein. Das Paar begann den Tag mit einem gemeinsamen Frühstück in der Küche. Vergessen war der Stress der letzten Tage. Frische Brötchen, die sie nach dem Joggen besorgt hatte, lagen auf dem Frühstückstisch. Die Sonne, die durch das Laub der Bäume schien, die vor den großen Fenstern standen, malten Muster an den weiß gestrichenen Wänden. Sie plauderten, lachten und genossen die gemeinsame Zeit an diesem herrlichen Morgen.

Britta Kunert füllte die Tassen mit Tee, ihr Mann las die Tageszeitung online, als es an der Tür klingelte. Ein Bote stand draußen. Unerwartet musste Doktor Kunert einen Brief persönlich entgegennehmen und den Empfang quittieren. Noch im Gehen las er das Schreiben. Thomas Kunert betrat die Küche, blass und mit wirrem Blick. Seine Aussprache sonst gewählt betont melodisch und sanft, klang sachlich, trocken und unsicher.

»Ein Einschreiben! Ich hoffte, es wäre alles vorbei. Ich dachte, die Bloggerin lässt uns in Ruhe und jetzt ... Jetzt dieses«, stammelte er. »Es ist ein, ... ein ... Britta, du solltest den Brief lesen.«

Er reichte seiner Frau das Schriftstück. Er atmete heftig, als hätte er eine Treppe in aller Eile erklommen. Fragend schaute sie ihn an. Wortlos nahm sie den Brief entgegen. Mehrfach las sie den Inhalt. Mit einem Seufzer legte sie das Schreiben auf den Küchentisch. »Das ist ein dickes Ding«, sagte sie leise. Doktor Kunert hatte wieder am Tisch Platz genommen. »Ich frage mich, wer dahinter steckt.«

»Ein Erpresser! Das hat ein Erpresser verfasst«, sagte sie aufgeregt.

»Leise!«, mahnte er sie an, »das muss doch nicht jeder in diesem Haus hören.«

»Ich werde die Polizei informieren. Die sollen das Problem aus der Welt schaffen. Wofür sind die sonst da!« Die junge Frau in den engen schwarzen Leggins, dem zitronengelben Shirt und den ebenso grellen, gelben Sneakers blickte entschlossen ihren Mann an.

»Nein! Um Himmels willen, nein!« Entrüstet kritisierte er seine Frau. »Weißt du, was das bedeutet, wenn die Polizei im Hause auftaucht? Die Kunden werden misstrauisch und bleiben womöglich unserem Unternehmen fern. Liebling, wir können derzeit keinen einzigen Patienten missen. Das Problem müssen wir selbst lösen.«

»Und wie stellst du dir das vor? Willst du den Erpresser zum Essen einladen?«, fragte sie spöttisch.

»Quatsch«, antwortete er barsch.

»Okay, dann rede mit diesem Typen. Sage ihm ...«, sie hielt kurz inne und überlegte. »Unterbreite ihm ein Angebot.«

»Was für ein Angebot? Der Erpresser fordert eine riesige Summe. Der will kein Angebot von uns. Der will Bares!«

»Ich weiß. Ich habe es gelesen«, sagte sie verärgert.

»Angeblich hat der Verfasser des Briefes Informationen, die er an die Presse weitergeben will, falls wir nicht zahlen.«

Thomas Kunert hatte das Einschreiben wieder an sich genommen und starrte auf den Text.

»Was sind das für Informationen? Kann er uns schaden?« Sie warf ihrem Mann einen sorgenvollen Blick zu.

»Der Verfasser zitiert Fakten, die außer uns niemand wissen kann. Woher hat er diese Informationen?«

Der Tee stand noch in den Tassen, das Teelicht war inzwischen erloschen und die Teekanne kalt. Der Appetit des Paares wich der Aufregung.

»WURDEN WIR GEHACKT?«, fragte Britta Kunert, als sie gemeinsam das Büro betraten. Doktor Kunert setzte sich an seinen Schreibtisch.

»Unsere Computer sind mit einer Firewall und zusätzlich mit einem IDS-Modul ausgerüstet. Dennoch würde ich einen Hackerangriff nicht ausschließen.«

Thomas Kunert betrachtete seinen Computer von allen Seiten, als suchte er nach Spuren.

»Was suchst du?«, fragte sie.

»Ich hatte nur einen Gedanken. Möglicherweise hat sich doch irgendjemand an meinem Rechner zu schaffen gemacht, ohne dass wir es bemerkt haben.«

»Wir waren doch immer zu Hause.«

»Nicht immer, Schatz. Dienstag Nachmittag war ich, wie jede Woche, geschäftlich auf dem Festland, während du dich im Thalassobad vergnügt hast.«

»Was soll das heißen? Darf ich nicht einmal in der Woche das machen, wozu ich Lust habe?« Britta Kunert reagierte verärgert.

»Entschuldigung. So war das nicht gemeint. Ich wundere mich nur. Ein Unbekannter konnte in unser Haus eindringen und wir haben es nicht bemerkt.«

»Wer soll hier eingedrungen sein? Niemand außer uns hat einen Schlüssel, mit Ausnahme von Maria.«

»Die Haushaltshilfe kann es nicht gewesen sein. Sie kann kaum einen Computer von einer Waschmaschine unterscheiden«, sagte er verächtlich.

»Wer sonst? Die Notbesetzung?«

»Heidrun ist fast 70 Jahre. Ich kenne sie seit meiner Kindheit. Sie würde nie mein Büro betreten.«

»Ich werde mit beiden reden. Möglicherweise haben sie etwas bemerkt«, sagte sie.

»Mach`das.«

»Und wenn es Einbrecher waren?«, fragte sie.

»Es wäre mir sofort aufgefallen, wenn Türen oder Fenster aufgebrochen worden wären. Es muss jemand gewesen sein, der mit unserer Anlage vertraut ist. Mein Rechner ist passwortgeschützt. Nur du und ich kennen dieses Passwort.«

»Bist du sicher? Sind wir wirklich die Einzigen, die das Passwort kennen?«, fragte sie.

»Ich bin mir ganz sicher.«

»Was denkst du, wer hat diesen Brief geschrieben? Ein unzufriedener Kunde?«

»Welcher Kunde? Wir haben hunderte Kunden. Der Brief hat keinen Absender. Nur eine Handynummer. Der Kontakt soll über WhatsApp erfolgen.« In seiner Stimme lag ein Anfall von Zorn.

»Hier steht, dass wir eine Entschädigung zahlen sollen. Angeblich hätten wir diese Person betrogen. Das ist doch absurd. Das widerspricht doch jeglicher Logik. Was meinst du?« Ihre Stimme vibrierte. Selten sah er sie derartig erregt an. War es Angst oder Wut?

Er blickte auf den Brief und schwieg.

»Sag doch was dazu!«, empörte sie sich, als keine Reaktion von ihrem Mann kam.

»Unwichtig. Ich erkläre dir das später. Jetzt müssen wir überlegen, wie wir auf diesen Brief reagieren sollen.«

»Was ist unwichtig? Erkläre es mir bitte! Haben wir diese Person betrogen? Ja oder nein?«, schrie sie ihn plötzlich an.

»Liebling, beruhige dich. Dieser Verfasser ist verwirrt. Womöglich hat er einmal etwas erhalten, was nicht seinen Erwartungen entsprach, und jetzt ist er sauer auf uns. Das passiert des Öfteren. Nicht nur bei uns, auch in anderen Unternehmen. Das gehört zum Alltag eines Unternehmers.«

»Der Hass scheint bei dieser Person enorm zu sein. Das geht eindeutig aus dem Brief hervor. Sie wird alles unternehmen, um uns zu schaden. Unsere Existenz. Unser Leben. Alles steht auf dem Spiel«, sagte sie. Tränen rannen über ihre Wangen.

»Vermutlich hast du recht, so habe ich das noch nicht gesehen. Offenbar hat diese Person Kontakt zur Presse. So steht es jedenfalls im Brief. Sie wird diesen Kontakt nutzen, um uns zu schaden.«

»Wir haben doch nichts zu verbergen«, sagte sie unter Tränen.

»Natürlich haben wir nichts zu verbergen. Manchmal reicht es, wenn ein Kunde seinen Unmut zum Ausdruck bringt. Eventuell wurde er unzureichend oder falsch beraten. Eventuell fühlte er sich auch nur missverstanden, er hat nicht das bekommen, was er wollte oder eine Therapie hat bei ihm nicht angeschlagen. Es ist banal. Dennoch kann eine derartig primitive Geschichte uns schaden, wenn sie an die Öffentlichkeit gelangt. Die Presse liebt solche Storys. Storys, die uns viele Kunden kosten könnten.«

»Wir sollten die Kundendaten überprüfen. Vielleicht ...«

»Nein, Britta. Das macht keinen Sinn.« Nachdenklich gingen sie zurück in die Küche. Das Einschreiben lag auf dem Tisch neben dem Korb mit den Brötchen, die an diesem Sommermorgen nicht gegessen wurden. Ein Schriftstück, das urplötzlich das Leben des Klinikchefs und seiner Frau ins Wanken brachte. Eigentlich war es nur ein beschriebenes Stück Papier. Dennoch, es lag auf dem Küchentisch wie eine Tellermine. Eine falsche Handhabung könnte für alle Beteiligten fatale Folgen haben.

»Ich muss nachdenken. Lass mich bitte eine halbe Stunde alleine.« Ohne ein weiteres Wort zu sagen, verließ Doktor Thomas Kunert die Küche. Den Vormittag gingen sie sich aus dem Weg. Es war 13 Uhr, die Mitarbeiterinnen saßen im Aufenthaltsraum oder draußen im Garten und genossen ihre Mittagspause. Doktor Kunert setzte sich zurück an den Küchentisch, nahm einen Zahnstocher und spielte damit, als sei er für diese Anwendung produziert worden.

»Je länger ich darüber nachdenke«, sagte er zu seiner Frau, die am Herd stand, »umso klarer wird mir unsere Situation. Es ist fatal. Wir stehen mit dem Rücken zur Wand. Unsere Existenz ist gefährdet. Wir müssen handeln.«

»Ich habe uns eine Suppe gekocht. Zusammen mit den Brötchen von heute Morgen ...«

»Ich kann jetzt nichts essen!«, schrie er sie an.

Erschrocken zuckte sie zusammen, ließ den Löffel, den sie in der Hand hielt, in den Topf fallen und begann zu weinen.

»Entschuldigung«, erwiderte Thomas Kunert, »mir ist der Appetit vergangen.«

»Was willst du tun?«, schluchzte sie.

»Ich werde diesem Spuk ein Ende setzen«, erwiderte er und brach den Zahnstocher, den er noch zwischen Daumen und Zeigefinger hielt, in zwei Teile.

Die Küche mit einer Küchenzeile vom Stardesigner ‚*Luca R. Martino*‘ in Quarzgrau, einer überdimensionalen Kochinsel, einem 2,40 Meter langen Glas-Esstisch und Sitzmöbeln aus weißem Büffelleder machten den Raum zum exklusiven Mittelpunkt des Hauses. Fast neun Meter in der Länge und fünf Meter in der Breite ließen genügend Platz für allerlei Aktivitäten. Hier trafen sie sich zu Weihnachten mit den Mitarbeiterinnen, hier wurden Geburtstage gefeiert und hier wurden bei offenen Schiebetüren, die zum Garten führten, Grill- und Champagnerpartys veranstaltet. Er war als Wohlfühlraum geplant, derzeit war er das Gegenteil. Britta Kunert nahm den Topf vom Ofen und setzte sich in einen Relaxsessel, der unweit des großen Fensters stand. Ihr Gesicht vergrub sie in ihren Händen. Selten sah man diese schöne, selbstbewusste und lebensfrohe Frau so verbittert, wie an diesem Nachmittag.

»Hast du mit unserem niederländischen Lieferanten gesprochen?«

»Ja, ich habe ihn angerufen«, erwiderte er. »Vor einer Stunde habe ich ein Telefonat mit van Leeuwen geführt. Er und seine Leute halten sich aus der Sache raus. Wir sollen das Problem unverzüglich aus der Welt schaffen, betonte er ausdrücklich. Sollten wir scheitern, werde er die Geschäftsbeziehung umgehend beenden. Du weißt, was das bedeutet.«

»Warum musste es so weit kommen, Thomas? Hätten wir uns nur nicht auf diesen Holländer eingelassen«, schluchzte sie.

»Ohne van Leeuwen säßen wir auf der Straße. Mein Vater hat das Unternehmen vor die Wand gefahren. Ihm waren seine Jagdausflüge und seine Jagdtrophäen wichtiger als die Klinik. Nie war er zuhause. Meine Mutter musste alles alleine managen. Als ich die Klinik übernahm, hatten wir einen Berg an Schulden. Die Zusammenarbeit mit van Leeuwen hat uns gerettet. Und diese Zusammenarbeit setze ich nicht wegen einer zerstreuten Person aufs Spiel.«

»Was hast du vor?«, fragte sie mit leiser Stimme.

»Ich werde ein Treffen arrangieren. Sollte es zu diesem Treffen kommen, werde ich einen bestimmten Geldbetrag mitnehmen. Van Leeuwen sagte mir, wie ich vorgehen soll.

Sollte der Erpresser nicht auf meine Bedingungen eingehen, wird sich das Blatt wenden.«

Mit dem Einschreiben kam Finsternis in das Leben des Unternehmerpaares. Ihr Leben glich bislang einem sonnenbeschienenen Abhang. Nie hätten sie es in Betracht gezogen, dass eine derartige Lawine sie erwischen und mitreißen könnte. Sie hatten schwierige Zeiten erlebt, aber die Häufung von Drohungen in den letzten Wochen war ihnen neu. Erst die Bloggerin, jetzt das Einschreiben. Noch wussten sie nicht, wie sie damit umgehen sollten.

Thomas Kunert erhob sich von seinem Platz, blieb vor dem Fenster stehen und blickte stumm nach draußen. Fast zwei Minuten stand er da, ballte die Fäuste, ohne ein Wort zu sagen. Dann drehte er sich um und schrie. »Ich lass mich nicht in die Enge treiben. Niemals!« Achtlos lief er an seiner Frau vorbei. Voller Wut schlug er die Tür hinter sich zu. So kannte sie ihren Mann nicht. Sie wusste von seinem Jähzorn, dennoch hatte sie ihn noch nie so wütend und aufgebracht erlebt. Sie hatte Angst. Selten führte Wut zum gewünschten Erfolg.

Kapitel 33

Weshalb kam keine Antwort? Hatte sie richtig gehandelt? Vor fünf Tagen brachte sie den Brief zur Postfiliale an der Bülowallee. Seit dem Tag trug sie das Smartphone immer am Körper. Andrea Hentsch atmete tief durch. Sie stand in der Küche vor dem Küchenschrank und überlegte, was sie ihrem Mann zubereiten könnte. Sie wollte ihm mit etwas Leckerem zu Mittag überraschen. Plötzlich vibrierte ihr Smartphone. Sie ließ die Tüte mit den Nudeln fallen. Der Inhalt der 500 Gramm Packung verteilte sich auf dem Fußboden. Hastig, mit zittriger Hand, zog sie das Gerät aus der Hosentasche und öffnete die App. Es war die Nachricht, die sie herbeigefiebert hatte. In wenigen Worten teilte der Verfasser der Mitteilung mit, dass er bereit sei, auf ihre Forderungen einzugehen, wenn sie auf die Veröffentlichung der Informationen verzichten würde. War es ein Erfolg? Sie hatte so lange auf diese Mitteilung gewartet und jetzt konnte sie sich nicht einmal freuen. Im Gegenteil. Angst und Unsicherheit nagten an ihrem Gemüt. Sie legte das Smartphone zur Seite, nahm den Staubsauger und lief gedankenversunken zum Atelier. Klaus war am Morgen mit Elan aus dem Bett gestiegen. Lag es an den neuen Medikamenten, die ihm sein Hausarzt verschrieben hatte? Der erste Weg führte ihn in sein Atelier. Hier saß der Norderneyer Künstler Klaus Hentsch die letzten Jahre Tag für Tag und malte. Er war gut. Sehr gut, schrieb die Presse nach jeder Vernissage.

Nachdenklich blickte Andrea zu dem Mann, der mittig im Raum auf einem Holzschemel saß und der ihr so viel bedeutete. Warmes Sonnenlicht flutete den Raum. Überall an den Wänden hingen Aquarelle, Acrylbilder, Ölgemälde und Kohlezeichnungen. Maritime Motive dominierten. Dank der großen Fenster und des Wintergartens wunderbar ausgeleuchtet, erstrahlten die Bilder und Gemälde in kräftigen Farben mit markanter Strichführung und scharfen Konturen. Er war nicht mehr der Mann, den sie vor 30 Jahren geheiratet hatte. Nach vorne gebeugt, in sich gekehrt, ruhten seine müden Augen auf einem Bild von der Größe einer Tischtennisplatte.

»Wann hast du das gemalt?«

»Immer dann, wenn ich in der Lage war, die Palette zu halten und den Pinsel zu führen. Das war nicht oft in letzter Zeit, wie du weißt. Jetzt ist es endlich fertig geworden«, sagte er mit kaum vernehmbarer Stimme und legte den Pinsel aus der Hand. Die Energie, die ihm am Morgen die Kraft zum Aufstehen geschenkt hatte, war verbraucht. Mit der linken Hand klammerte er sich an einen alten Esszimmertisch, der voll mit Farbtuben, Gläsern mit Pinseln und verdreckten Putztüchern neben ihm stand.

»Leg dich wieder ins Bett. Du musst dich ausruhen.«

»Nein, noch nicht. Ich möchte es noch ein wenig betrachten.«

Sie schloss die Tür hinter sich, ließ den Staubsauger, den sie gerade noch benutzt hatte, an der Tür stehen und ging zu ihm. Sanft strich sie ihm über den kahlen Schädel.

»Es fühlt sich ungewohnt an. Du hattest so schöne dunkle dichte Haare. Ich glaube, nur deshalb habe ich mich in dich verliebt.«

»Was ist jetzt? Liebst du mich nicht mehr?«

»Ja, mein Schatz, ich liebe dich über alles.« Sie spürte, wie sich ihre Augen mit Tränen füllten.

Nein, nicht jetzt, dachte sie, *ich will nicht weinen.*

»Kannst du die Malutensilien zur Seite räumen? Ich schaffe das nicht mehr.«

»Das mache ich gerne für dich.« Sie lächelte sanft. »Es ist ein schönes Bild geworden. Ein Sonnenaufgang über dem Meer?«

»Ich weiß es nicht. Wahrscheinlich ist es ein Sonnenaufgang, vielleicht auch nicht. Wenn es mein letztes Gemälde ist, dann ist es ein Sonnenuntergang.« Seine Stimme klang traurig, resigniert und kraftlos.

»Ich sehe in diesem Bild einen wunderschönen Sonnenaufgang. Ich weiß, du wirst noch viele solcher Bilder malen.«

»Die Hoffnung ist erloschen. Mein Körper ist müde und kraftlos. Die Sinne sind getrübt. Nur ein Wunder kann mir noch helfen. Malen, so wie früher, werde ich wohl nie wieder können.«

»So etwas darfst du nicht sagen. Nicht einmal denken. Wir haben noch eine Chance.«

»Ich weiß, nur fehlt uns das Geld. Seit Monaten habe ich keine Bilder verkauft und unsere Ersparnisse sind nahezu aufgebraucht«, sagte er mutlos. »Nein, Liebes, diese Chance wird an uns vorbeiziehen wie eine Karawane in der Wüste.«

»Ich werde uns das Geld besorgen. Heute noch.«

»Was ist los, Andrea?«, besorgt schaute ihr Ehemann sie an. »Dein Gesicht. Du bist blass. Geht es dir nicht gut? Weshalb bist du so angespannt?«

»Ich bin nicht angespannt.«

»Seit Tagen hast du kein Buch in die Hand genommen. Wenn ich mit dir rede, bist du mit deinen Gedanken woanders. Was beschäftigt dich, Andrea? Bin ich schuld?«

»Nein, Klaus. Es ist alles gut. Ich schlafe nur etwas unruhig. Zudem quälen mich heftige Kopfschmerzen. Vermutlich ändert sich das Wetter oder der Mond ist schuld.«

»Geh zum Arzt. Lass dich untersuchen. Kopfschmerzen können unterschiedliche Ursachen haben.«

»Ich weiß, Klaus. Sollte bis Ende der Woche keine Besserung eingetreten sein, werde ich deinen Rat befolgen und einen Arzt aufsuchen.«

»Habe ich dich richtig verstanden, du willst das fehlende Geld besorgen? Heute noch? Wie?«

Andrea wusste nicht, was sie antworten sollte. Gerne wollte sie ihrem Mann neuen Mut und neue Hoffnung geben, andererseits wollte sie ihn nicht beunruhigen. Sie befand sich in einer Zwickmühle. Sollte sie ihm wirklich alles erzählen? Wie würde er reagieren?

NACHDEM IHR MANN sich auf ihr Anraten wieder ins Bett gelegt hatte, griff Andrea zum Smartphone. Sie war aufgeregt. Ihre Hände zuckten. Zweimal gab sie das falsche Passwort ein.

»Hallo, Johanna. Er hat sich gemeldet. Ich ... Er ... Mein Mann ...« Ihre Stimme überschlug sich. »Heute! Vor zwei Stunden. Ich habe eine WhatsApp Nachricht erhalten. Er will auf meine Forderungen eingehen.«

»Gratuliere! Ich habe es dir gesagt. Du musst nur die richtigen Worte wählen und überzeugende Argumente in petto haben. Ich denke, ihm ist klar, welches brisante Datenmaterial wir in den Händen haben. Der Typ hat Schiss. Es ist ihm bewusst, in welch einer prekären Situation er sich befindet. Er hat keine Wahl. Jetzt heißt es abkassieren.«

»Ich freue mich, Johanna, dennoch ist mir nicht ganz wohl bei der Sache.«

»Bleib cool, Andrea.«

»Das ist doch Erpressung, was ich hier mache.«

»Quatsch. Du hast ihn nur höflich aufgefordert, dich zu entschädigen«, erwiderte Johanna.

»Aber ...?«

»Nichts aber. Du hast ihn an der Angel. Nutze diese Situation.«

»Und jetzt? Was soll ich machen?«, fragte Andrea.

»Hat er dir mitgeteilt, wie es weiter gehen soll?«

»Er schlägt ein Treffen vor. Soll ich einwilligen?«

»Klar, auf jeden Fall. Wir haben den Stein ins Rollen gebracht. Jetzt mach nur keinen Rückzieher. Was ich bereits sagte, du hast ihn in der Hand. Zeig jetzt keine Schwäche.«

»Ort und Zeitpunkt des Treffens will er mir unmittelbar wenige Minuten vor dem eigentlichen Treffen mitteilen.«

»Das ist eine Vorsichtsmaßnahme. Der Junge ist clever.«

»Ich soll alleine mit der Festplatte erscheinen, das sind die Bedingungen, die er mit diesem Treffen verknüpft. Ich weiß nicht so recht. Ich habe ein ungutes Gefühl, Johanna. Soll ich wirklich alleine dort hingehen.«

»Zieh das durch, Andrea. Das ist deine Chance. Der Typ wird nicht gut auf dich zu sprechen sein, dennoch wird er dir nichts anhaben. Er ist harmlos. Ich kenne ihn seit Jahren. Der geht jedem Streit aus dem Weg. Vor dem musst du keine Angst haben. Der tut keiner Fliege etwas zuleide.«

»Wenn du meinst, dann werde ich antworten.«

»Wem hast du von der Aktion erzählt?«, fragte Johanna.

»Niemandem. Nur Klaus. Ich musste ihm davon berichten. Seit Tagen fragt er, was mit mir los ist. Ich konnte nicht anders, Johanna. Ich musste ihm alles erzählen.«

Johanna vernahm, wie Andrea schluchzte. Gerne hätte sie ihre Freundin jetzt in den Arm genommen.

»Wie hat dein Mann reagiert, als du ihm alles erzählt hast?«

»Er nahm meine Hand und hielt sie lange fest. Tränen rannen über seine Wangen. Gesagt hat er nichts.«

»Hast du ihm von mir erzählt?«

»Ich habe ihm nichts verschwiegen. Es musste sein, Johanna. Ich musste mir alles von der Seele reden.«

»Das verstehe ich, Andrea. Es war richtig, ihm alles zu berichten. Wie ist jetzt sein Befinden?«

»Gar nicht gut. Er war am Morgen in seinem Atelier. Eine Stunde, dann musste er sich wieder hinlegen. Besonders das Laufen fällt ihm schwer. Den überwiegenden Teil des Tages verbringt er im Bett. Er schläft sehr viel.«

Sie redeten noch fast eine halbe Stunde miteinander, dann beendete Andrea das Gespräch. »Ich muss jetzt auf die Nachricht antworten. Es wird Zeit.«

»Sei mutig, Andrea. Du schaffst es, da bin ich mir ganz sicher.«

Andrea beendete das Gespräch, legte das Smartphone auf den Küchentisch, nahm ein Glas mit Orangensaft und trank es in einem Zug aus. Motiviert nahm sie erneut das Smartphone in die Hand und antwortete mit wenigen Worten auf die WhatsApp Nachricht, die sie am Morgen erhalten hatte. Jetzt gab es kein Zurück mehr, das war ihr bewusst.

Den Tag verbrachte sie mit Aufräumen, Putzen und Staubsaugen. Sie versuchte, die Gedanken an den bevorstehenden Termin zu verdrängen, was ihr nicht gelang. Weder ihre Gefühle noch ihre Nervosität konnte sie verbergen. Sie musste sich oft setzen. Wiederholt versuchte sie sich, mit Hausarbeit abzulenken – ohne Erfolg. Fast zwei Stunden saß sie am Bett ihres Mannes und dachte über alles nach. Klaus schlief fast den ganzen Tag. Er röchelte. Sie weinte.

Kurz vor 19 Uhr setzte sie sich mit einem Becher Tee und einer Schnitte Brot, belegt mit Kochschinken, ins Wohnzimmer. Sie hatte den ganzen Tag nichts gegessen. Der Fernseher lief. Die Ablenkung tat ihr gut.

Ihre Augen wurden schwer. Sie kämpfte unentwegt mit dem Schlaf. Eine innere Unruhe hielt sie wach. Sie wusste nicht, wie spät es war, als ihr Smartphone summte. Völlig verwirrt griff sie nach dem schlanken Gerät, das neben ihr auf dem Sofa lag. Er hatte eine neue Nachricht gesendet. Andrea las sie leise. Ihre Hand, die das Handy hielt, zitterte.

Weg am Schwanenteich in Höhe der Kreuzung Mühlenstraße/Gartenstraße. 23 Uhr.

Ihr Herz pochte, als sie den Termin bestätigte.

Kapitel 34

»Klaus! Er hat zurückgeschrieben.« Andrea rüttelte ihren Mann wach. »Hast du verstanden, was ich gesagt habe? Er hat zurückgeschrieben, er will sich tatsächlich mit mir treffen. Gleich. In weniger als zwanzig Minuten. Offenbar wird doch noch alles gut.«

»Glaubst du wirklich, er wird dir das Geld geben?«, fragte Klaus Hentsch schlaftrunken.

»Er muss. Ihm bleibt keine Wahl. Scheinbar waren meine Argumente doch überzeugend.«

»Was hat er geantwortet?«

»Er nannte einen Treffpunkt. Den Schwanenteich. Heute. Um 23 Uhr. Ich muss pünktlich da sein.«

»Gehe dort nicht hin. Ich habe ein ungutes Gefühl.« Klaus hielt den Arm seiner Frau fest.

»Ich muss, Klaus. Es ist die einzige Möglichkeit, die uns bleibt.«

»Das ist Erpressung. Erpressung ist strafbar, das weißt du. Dieser Mann würde dir das Geld nie freiwillig geben.«

»Johanna sagt das Gegenteil. Sie behauptet, das Geld stehe uns zu.« Andrea reagierte sauer, löste sich vom Griff ihres Mannes. »Es ist unser Geld, das ich mir wiederhole.«

»Scheiß auf das Geld, Andrea. Bleib hier. Wir kommen auch so irgendwie klar. Das Haus, die Bilder, wir könnten alles verkaufen und dann ...«

»Nein«, unterbrach Andrea Hentsch ihren Mann. »Ich hole mir das Geld. Ich werde mit diesem Typen fertig. Der soll meine Wut zu spüren bekommen. Der wird sich wundern, zu was eine Frau fähig ist. Ich bin nicht doof. Was ich in der Hand habe, kann ihn seine Existenz kosten. Diese Festplatte ist meine Lebensversicherung. Er steht mit dem Rücken zur Wand, nicht wir.«

»Andrea, so kenne ich dich überhaupt nicht. Mach keinen Blödsinn. Überlege dir jeden Schritt. Solche Leute lassen sich nicht in die Enge treiben.«

»Du musst nicht alles so negativ sehen, Klaus. Wir sind hier auf Norderney und nicht in Chicago. Eigentlich ist es nur ein Geschäft, was wir abwickeln. Er bekommt die Daten und ich das Geld. Und beide Seiten sind glücklich.«

»Bist du wirklich so naiv? Glaubst du, der gibt dir einfach so einen Koffer voller Geld?«

»Das wird er machen. Weil ich die besseren Argumente habe. Ich habe alles durchdacht. Es kann nichts schief gehen.«

»Das Geld wird uns nicht glücklicher machen.«

»Doch!«, reagierte Andrea Hentsch trotzig. »Mit diesem Geld wirst du wieder gesund werden.«

»Geh nicht, Andrea.« Flehend blickte Klaus Hentsch zu seiner Ehefrau.

»Mach dir keine Sorgen. Ich warte, bis du aus dem Bad zurück bist, dann gehe ich.«

Andrea Hentsch schüttelte das Kopfkissen, deckte das Oberbett auf und legte ein zweites Kopfkissen ans Fußende.

»Soll ich dir helfen?«, fragte sie, als sie sah, wie ihr Ehemann mit dem Rollator zurückkam, sich auf das Bett setzte und sich mit den Socken mühte.

»Sind das neue Socken? Ich schaffe es nicht, sie von den Füßen zu ziehen. Meine Finger, sie taugen nur noch, um in der Nase zu bohren.«

Andrea Hentsch lachte.

»Heute helfe ich dir noch. Morgen musst du es alleine schaffen.«

»Während du unterwegs bist, werde ich trainieren«, sagte der Künstler mit einem gequälten Lächeln.

Sie holte ein Glas Wasser aus der Küche, stellte es auf das Nachtschränkchen, küsste ihren Mann und verließ das Schlafzimmer.

»Moment, Andrea. Warte! Soll ich dich begleiten?«

»Lieb von dir. Es ist sinnvoller, wenn du hierbleibst. Du musst dich schonen. Die Anstrengung wäre viel zu groß für dich. Ich möchte nicht, dass du morgen wieder diese unsäglichen Schmerzen bekommst.«

»Vielleicht ist es tatsächlich besser, wenn ich im Bett bleibe. Was sagtest du über das Treffen?«

»Er will mich um 23 Uhr am Schwanenteich treffen. Das sind keine 15 Minuten zu Fuß.«

»Nimm deine Freundin mit.«

»Johanna ist derzeit nicht auf Norderney. Mach dir keinen Kopf. Mit dem Typen werde ich auch alleine fertig. Ich nehme ‚*Buddy*' mit.«

»Und du bist sicher, der Kleine kann dich beschützen?«, fragte Klaus Hentsch.

»Unser ‚*Buddy*' ist ein sehr mutiger Hund.«

Klaus lachte. »Nur wenn es um Katzen geht. Vor allen Viechern, die größer sind als er selbst, nimmt er Reißaus.«

»Trotzdem nehme ich ihn mit.«

»Warum triffst du dich mit ihm am Schwanenteich?«

»Er hat den Treffpunkt vorgeschlagen. Ist mir auch egal. Hauptsache er kommt und wir können diese Sache endlich aus dem Weg räumen.«

»Pass auf dich auf.« Sorgenvoll schaute Klaus Hentsch zu seiner Frau.

»Laut Johanna ist ihr Ex-Chef ein cleverer Geschäftsmann, aber kein Gangster.«

»Ich würde niemandem trauen, den ich nicht kenne. Sei bitte vorsichtig«, sagte Klaus Hentsch mit leiser Stimme.

»Ich rufe dich an, wenn ich den Treffpunkt erreicht habe.«

»Gut. Bis später. Sei bitte vorsichtig.«

Andrea zog sich eine leichte Sommerjacke über, nahm den Hund an die Leine und verließ das Haus.

Kapitel 35

Andrea Hentsch traf drei Minuten vor der vereinbarten Zeit ein. Ihr Hund schnüffelte im trockenen Laub, als sie den Ankommenden bemerkte. ‚*Buddy*' hob den Kopf. Die Person, dunkel gekleidet, kam den schmalen Weg entlang gelaufen, der von der Mühlenstraße zum Teich führte. In der rechten Hand trug er eine handliche Reisetasche. Andrea schätzte den großgewachsenen Mann auf Mitte 40. Schlank, sportlich, mit dunkler Windjacke, dunkler Jeans und schwarzen Schuhen bekleidet, stoppte er drei Meter vor ihr. Auf dem Kopf trug er ein Basecap und obwohl es bereits dämmerte, eine dunkle Sonnenbrille.

»Hallo!«, sagte Andrea vorsichtig. Sie hatte ihre Jacke bis zum Hals zugezogen. Mund und Nase waren mit einer weißen FFP2-Maske bedeckt. Sie wollte nicht auf den ersten Blick erkannt werden.

Er verzichtete auf eine Begrüßung. Sie passte nicht zum Anlass des Treffens. Sie waren alleine in diesem kleinen, mit vielen Bäumen und Büschen bewachsenen Park. Rund um den Schwanenteich verliefen mehrere Wege. Ideal für einen kurzen Gang an der frischen Luft. Andrea schaute sich ängstlich um. Sie hatte Menschen mit Hunden erwartet. Wo waren sie und wo waren die jungen Leute, die üblicherweise auf den Parkbänken hockten, um zu rauchen und zu trinken? Wo waren die Feriengäste, die hier einen spätabendlichen Spaziergang absolvierten? An diesem Abend sah sie niemanden. Andrea hörte Enten, die nur wenige Meter entfernt auf dem kleinen Gewässer plärrten, sonst war es still. Sie kannte diesen Park. Tagsüber und am frühen Abend lief sie oft mit ‚*Buddy*' über die verschlungenen Wege, in der Dunkelheit bislang nie.

»Sie haben den Brief verfasst?« Der Mann schaute sie an. »Eine Erpresserin hatte ich mir anders vorgestellt«, sagte er mit leicht aggressivem Unterton.

»Ich, ich ...«, stotterte Andrea Hentsch, »ich bin keine Erpresserin.«

»Weshalb sollte ich Ihnen das Geld aushändigen?«

»Weil es mir zusteht«, sagte Andrea mutig, »wir können einen Sachverständigen hinzuziehen, der die Sachlage klärt.«

»Den Sachverständigen können Sie sich sparen. Das Geld ist hier«, sagte er lapidar. Lässig hob er mit der rechten Hand die schwarze Tasche in Brusthöhe.

»Das freut mich. Dann können wir diese unsägliche Geschichte endlich abschließen«, sagte Andrea Hentsch.

»Werden Sie mich zukünftig weiter mit derartigen Anschuldigungen belästigen? Wie kann ich sicher sein?«

»Ich gebe Ihnen mein Wort«, sagte Andrea selbstbewusst. »Mir geht es nur um eine angemessene Entschädigung. Sie wissen, was Sie meinem Mann und mir angetan haben. Das Geld soll uns eine Perspektive für die Zukunft bieten.«

»Weiß Ihr Mann von unserem nächtlichen Rendezvous?«

»Ich habe es ihm erzählt, bevor ich gegangen bin.«

»Wer kennt den Inhalt der Festplatte?«

»Nur ich. Sie können mir vertrauen. Sobald ich das Geld habe, bekommen Sie die Festplatte. Eine Kopie ist nicht vorhanden. Ansonsten gehe ich zur Polizei. Das Material, das ich bei mir trage, reicht, um Sie für viele Jahre ins Gefängnis zu bringen«, sagte Andrea kühn.

»Wie sind Sie an die Informationen gelangt? Solche Fakten, wie Sie in Ihrem Brief zitieren, findet man weder im Internet noch in den sozialen Medien.«

»Ich habe gut recherchiert.«

»Quatsch! Solche Informationen kann man nicht recherchieren. Wer war an meinem Rechner? Wer hat die Daten kopiert? Wer hat Sie mit Infos versorgt?« Seine Stimme wurde aggressiver. ‚*Buddy*' wich zurück.

»Das muss ich Ihnen nicht sagen.«

»Doch, das sollten Sie. Sonst bleibt die Tasche da, wo sie ist. Ich fahre zurück nach Hause, wir vergessen die Angelegenheit, Sie erhalten keinen Cent und wir sehen uns nie wieder.«

»Sollten Sie einen Rückzieher machen, werde ich alles, was ich habe, an die Presse oder die Polizei geben.«

»Sie drohen mir?«

Sie spürte eine aufkommende Nervosität bei ihrem Gegenüber. Ein gutes Zeichen? Er atmete tief ein und aus. Aufmerksam beobachtete Andrea sein Verhalten, als ihre Hand in die Tasche ihrer Jacke fuhr. Sie zog etwas Schwarzes, kaum größer als eine Zigarettenschachtel, heraus. »Das ist alles, was ich habe. Sie bekommen es. Im Gegenzug übergeben Sie mir das Geld.«

»Nennen Sie mir Ihren Informanten! Wer hat Ihnen diese Daten besorgt?« Er wurde lauter. Der Mann kam drei Schritte näher. Sie sah seine geballte Faust. Wut zeigte sich in seiner Körperhaltung. Die Stimme, aggressiver als zuvor, machte ihr Angst. Andrea wich zurück.

»Ich werde es herausfinden. Darauf können Sie sich verlassen.«

Andrea Hentsch sagte kein Wort, zeigte keine Regung, nur ihre Augen, die nervös zuckten, verrieten ihm ihre Furcht.

Sie ahnte es. Ihr Gegenüber hatte ihre Angst bemerkt. Schritt für Schritt, selbstsicher wie ein Türsteher von der Reeperbahn, kam er näher. Was sollte sie tun?

Andrea Hentsch überfiel plötzlich panische Angst. Der Hund begann zu winseln. Spürte er etwas? Entsetzt blickte Andrea zu dem Menschen, der unaufhaltsam näher kam. Hätte sie nur auf ihren Mann gehört. Wäre sie nur nicht alleine gegangen. Sollte sie wegrennen? Es war zu spät. Drei Armlängen entfernt stoppte er seinen Lauf. Andrea vernahm ein heftiges Atmen. Sie zitterte am ganzen Körper.

»Geben Sie mir die Tasche, dann verschwinde ich und Sie sehen mich nie wieder«, sagte sie ängstlich.

»Davon gehe ich aus«, sagte er und machte weitere Schritte auf sie zu. Der Hund wich zurück. Sie nicht.

»Was ist mit dem Hund?«

»Er ist harmlos.« Sie lachte gequält. »Er ist klein, treu und er wird mich auf jeden Fall verteidigen.«

»Halten Sie ihn zurück«, befahl er. Andrea gehorchte.

»Was ist jetzt mit dem Geld?«, fragte sie kleinlaut.

»Es ist in dieser Tasche.« Er stellte sie vor ihr auf den Boden.

Angst erfasste sie, als sie sein Gesicht aus der Nähe sah. Käme jetzt ein Spaziergänger, dann würde sie sofort um Hilfe rufen. Vergebens blickte Andrea nach links und rechts. Es kam niemand. Sie war mit diesem Mann alleine.

»Was wollen Sie von mir?«, rief Andrea Hentsch mit vibrierender Stimme.

»Geben Sie mir die Daten! Sofort!«

»Erst das Geld!«

»Seien Sie vorsichtig.«

»Die Daten bekommen Sie, sobald ich die Tasche mit dem Geld in Händen habe.«

»Sie sollten Ihren Gegenüber nie unterschätzen. Im Übrigen, ich habe Ihren Brief sorgfältig aufgehoben«, sagte er süffisant, »ich wette, die Kriminalpolizei findet auf dem Briefpapier Fingerabdrücke und DNA-Spuren von Ihnen. Sollten Sie je wieder von Ihrem Wissen Gebrauch machen, sind Sie dran. Ich werde Sie wegen Erpressung hinter Gitter bringen.«

»Dann, dann ...« Andrea fehlten die Worte.

»Ich denke, wir sind uns einig.« Sein Gesicht hatte sich mittlerweile zu einer hässlichen Fratze verändert.

»Geben Sie mir die Festplatte!«

»Erst das Geld.«, erwiderte Andrea entschlossen.

»Sie machen einen großen Fehler. Geschäftspartner sollte man nie provozieren.«

Mit großen Schritten trat er auf sie zu. Jaulend wich der Hund zurück. Andrea Hentsch versuchte auszuweichen, stolperte und fiel zu Boden. Der Hund rannte davon. Eine Hand ergriff sie, packte zu und hielt sie fest.

Kapitel 36

Am Himmel über Norderney schien ein fast voller Mond. Kurz nach Mitternacht schlenderten nur noch wenige Menschen durch die Straßen der Innenstadt. Sie kamen aus Kneipen, Bistros und Restaurants. Fröhlich und ausgelassen traten sie ihren Heimweg an. Niemand ahnte, was unweit des Schwanenteiches vorgefallen war. In der Gartenstraße, eine ruhige Nebenstraße mit überwiegender Wohnbebauung, eilte eine dunkel gekleidete Person hastig die Straße entlang. Sie trug eine gut gefüllte Tasche. Immer wieder blickte sie nach links und rechts. Als ihr ein Taxi begegnete, verschwand sie in einem Vorgarten hinter einer mannshohen Buchenhecke. Eilig lief die Person weiter, nachdem das Fahrzeug hinter einer Biegung verschwand. Vor dem Haus mit der Nummer 146 stoppte sie abrupt, öffnete das Gartentor und betrat das Grundstück.

Eine Straßenlaterne, die unmittelbar vor dem Grundstück stand, warf ein fahles Licht auf das beschauliche Anwesen. Vor der Eingangstür saß ein winselnder Hund, der das Weite suchte, als die Person sich dem Eingang näherte. Eilig schloss sie die Tür auf und betrat einen geräumigen Flur. Auf einer Kommode, rechts neben der Treppe, stand eine Tischleuchte mit bläulichem Schirm, die den Eingangsbereich sanft erhellte. Langsam, Schritt für Schritt, lief die Person durch den Flur. Suchend öffnete sie eine Tür nach der anderen. Bei der dritten Tür wurde sie fündig. Den Raum, nur spärlich beleuchtet, durchdrang ein laut anhaltendes Schnarchen. Klaus Hentsch war erschöpft eingeschlafen. Vorsichtig näherte die Person sich dem Bett. Ein kurzes, aber heftiges Räuspern und der Schlafende erwachte.

»Wer sind Sie?« Erschrocken fuhr Klaus Hentsch hoch. »Was machen Sie hier? Wie sind Sie ins Haus gekommen?«

»Moin, Herr Hentsch! Ihre Frau gab mir freundlicherweise Ihren Schlüssel.«

»Wo ist meine Frau? Wo ist Andrea?«, rief er aufgeregt.

»Sie ist in guten Händen. Ich denke, Sie werden Sie bald wiedersehen.«

Lässig, fast gelangweilt stand die Person mit der dunklen Sonnenbrille vor dem Bett und betrachtete nachdenklich den bettlägerigen Mann.

»Was wollen Sie?« Hentsch versuchte sich aufzurichten. Blass und mit Schweißperlen auf der Stirn blickte er zu dem ungebetenen Gast.

»Verschwinden Sie aus unserem Schlafzimmer. Verlassen Sie sofort das Haus.«

»Entspannen Sie sich, Herr Hentsch. Sie sollten sich in Ihrem Zustand nicht aufregen«, erwiderte die Gestalt mit ruhigen Worten. »Legen Sie sich wieder hin. Ruhen Sie sich aus. Ich hole Ihnen ein zweites Kissen.«

»Ich benötige kein weiteres Kissen.«

»Doch. Sie benötigen eines.«

Er streckte die Hand aus. Er wollte sich zum Nachtschränkchen recken. Dort lag das Smartphone. Sein Geist war motiviert, nur die Muskeln versagten den Dienst. Hentsch fehlte jegliche Kraft. Zu schwach war der Körper für diese spontane Handlung. Klaus Hentsch hatte sich am Morgen verausgabt. Vermutlich hätte er nicht einmal das Smartphone in Händen halten können, hätte man es ihm gereicht. Die Aufregung kostete ihn Unmengen Energie. Energie, über die er kaum noch verfügte. Trotz aller Bemühungen gehorchte ihm sein Körper nicht. Die knochigen mageren Beine und die kraftlosen dünnen Arme rührten sich nicht. Vor einem Jahr wog er noch 92 Kilogramm bei einer Körpergröße von 189 cm, war sportlich und joggte jeden Morgen am Strand. Bei der letzten Untersuchung vor vier Wochen waren es noch 64 Kilogramm. Nur mithilfe eines Rollstuhls konnte er das Haus verlassen. Von Tag zu Tag verlor er mehr und mehr an Kraft. An Malen war kaum noch zu denken. Seine Leidenschaft musste er aufgeben. Weder Borstenpinsel noch die Tuben mit den Acrylfarben konnte er in den Fingern halten.

Der ungebetene Gast lief im Raum umher. Suchend schaute die Person von links nach rechts. Hentsch verfolgte sie mit müden Augen. Als die fremde Person plötzlich stoppte und nach einem Kissen griff, das am Fußende des Bettes lag, wusste er, was passieren würde.

Andrea, wo bist du? Ich liebe dich, dachte er, schloss die Augen und ergab sich ohne äußerliche Regung seinem Schicksal. Draußen vor der Tür jaulte ein Hund.

Kapitel 37

»Wie siehst du aus? Wo warst du die ganze Nacht?«

Sie kam vom Tennis, verschwitzt, die Wangen rot und die Haare strähnig, stand sie in der Tür zum Lagerraum.

»Was machst du da? Das ist die Arbeit der Angestellten. Weshalb bist du nicht vorne? Du musst dich um deine Patienten kümmern.«

Er reagierte nicht. Ruhig, ohne Hast, leerte er einen Karton nach dem anderen, scannte jede Einheit, bevor er die Ware nach Alphabet in die Regale sortierte.

»Hast du gehört, was ich gefragt habe? Sag was!«, schrie sie ihn an.

»Musst du so laut sein?« Mürrisch blickte Thomas Kunert zu seiner Frau.

»Verheimlichst du mir etwas?«

»Geh duschen, Liebes. Ich mache das hier noch fertig und dann frühstücken wir. Hast du Brötchen mitgebracht?«

»Bevor wir frühstücken, solltest du dich auch duschen. Du siehst nicht gut aus. Was ist mit dir los? Seit Tagen redest du kaum mit mir.«

»Britta, es ist alles in Ordnung.«

»Lüg mich nicht an. Hast du dich mit dieser Tussi aus

Herne in den Dünen vergnügt?«

»Britta, hör bitte damit auf. Diese Geschichte ist längst vorbei. Das weißt du doch. Ich habe diese Frau seit dem Golfturnier im letzten Herbst nicht wieder gesehen. Da ist nichts und da war nichts.«

»Dann sage mir bitte, wo du die Nacht verbracht hast. In deinem Bett warst du jedenfalls nicht«, schrie sie ihn an.

»Ich musste etwas regeln.«

»Was hast du geregelt?«

»Etwas Geschäftliches. Mehr musst du nicht wissen«, sagte er mit ruhiger Stimme.

»Du meinst ...«, sie stockte, betrat den Raum und blickte fragend ihren Mann an, als hätte dieser gerade etwas Ungewöhnliches, nicht Nachvollziehbares ausgesprochen.

»Wie hast du das bewerkstelligt? Wo warst du? Deine Hose ist verdreckt. Du solltest sie wechseln.«

»Gleich, wenn ich hier fertig bin«, antwortete er.

»Sag mir, was du letzte Nacht getan hast. Ich will das wissen!«, Britta Kunert wurde lauter.

»Das willst du nicht wissen«, sagte er leise. »Ich habe ein Problem aus der Welt geschafft. Das muss als Antwort reichen. Begnüge dich damit. Alles andere würde dich nur belasten.«

»Hast du mit van Leeuwen gesprochen? Was sagt er dazu?«

»Er ist zufrieden und er bedankte sich für die gute Zusammenarbeit. Er zählt auf uns.«

»Thomas, ich will das nicht mehr. Ich halte das nicht mehr aus. Mach endlich Schluss. Kündige den Holländern alle Verträge. Sie sollen sich ihre Lieferungen sonst wo hinstecken. Ich will das nicht mehr. Lass uns verschwinden. Wir können woanders neu anfangen.«

»Britta! Wir können nicht aussteigen. Noch nicht. Wir schulden van Leeuwen noch sehr viel Geld. Diese Lieferung und noch zwei weitere, dann können wir über einen Ausstieg nachdenken.«

»Verkaufe alles und zahle diesen miesen Holländer aus!«

»Die Klinik. Sie ist seit Generationen in Familienbesitz. Ich kann sie nicht einfach aufgeben und verkaufen.«

»Wir könnten das Sportflugzeug, das Motorboot und die Finca veräußern.«

»Ein plötzlicher Verkauf würde uns verdächtig machen.«

»Veräußere das Haus und die Klinik. Sie war nie deine Leidenschaft. Mit dem Geld fangen wir neu an, irgendwo in Spanien oder Griechenland.«

»Die Klinik war immer der ganze Stolz unserer Familie. Mein Vater hat es von meinem Opa geerbt. So ein Unternehmen gibt man an die nächste Generation weiter, wenn der Sensenmann an die Tür klopft.«

»Ich weiß«, sagte sie leise.

»Zwei Lieferungen noch, dann ist Schluss. Versprochen! Nächstes Frühjahr packen wir die Koffer und verlassen für immer Norderney.« Nachdenklich legte Doktor Kunert die letzten Schachteln ins Regal.

Britta kam zwei Schritte näher. »Wird van Leeuwen uns gehen lassen?«

»Er muss. Wenn wir unsere Schulden bezahlt haben, kann er uns nicht mehr unter Druck setzen. Wir hingegen könnten der Polizei wertvolle Tipps geben, falls er sich quer stellt. Das weiß er und deshalb wird er uns mit Sicherheit gehen lassen.«

»Hast du ihn umgebracht, diesen Erpresser?«, fragte sie vorsichtig.

»Britta, geh` duschen. Ich komme später nach. Ich freue mich aufs Frühstück.«

Sie sah, wie er sich abwandte. Was sollte sie tun? Ohne ein weiteres Wort zu sagen, verließ sie das Lager. Etwas Folgenschweres war vorgefallen. Sie ahnte es. Würde er es ihr irgendwann beichten?

Kapitel 38

Endlich kam die ersehnte Nachricht aus dem Krankenhaus. Die Stationsschwester formulierte es so: *Das Ärzteteam schleicht die Medikamente aus.* Lea wusste, was dieser Satz bedeutete: Die Patientin wurde allmählich aus dem Koma geholt.

»Wann kann ich mit ihr sprechen?«, wollte Lea wissen.

»Eine Befragung wäre frühestens in einer Woche möglich.«

»In einer Woche? ... Könnte ich heute kurz ...«

»Nein! Mit Sicherheit nicht früher.« Die Stationsschwester ließ sich auf keine Diskussion ein.

VOR FÜNF TAGEN bekam sie die Nachricht aus dem Krankenhaus. Mit etwas Glück, so hoffte Lea, könnte sie morgen mit der verletzten Bloggerin reden. Bis dahin wollte sie die Zeit nutzen, Liegengebliebenes aufzuarbeiten. Sabine hatte ihren Schreibtisch bereits kurz vor Mittag aufgeräumt. Sie nahm einen Termin bei ihrer Frauenärztin war. Angeblich der übliche Jahrescheck.

Lea saß am Schreibtisch. Sie musste noch einige Berichte verfassen.

»Ich könnte Sven anrufen«, dachte sie. War es Gedankenübertragung oder nur Zufall. Plötzlich machte sich ihr Smartphone mit einem unüberhörbaren Klingeln bemerkbar. *»Ich muss dringend einen anderen Ton einstellen, dieses Klingeln ist ätzend.«*

»Hallo Sven, schön deine Stimme zu hören. Ich habe gerade an dich gedacht.«

»Hey, Lea. Die Sonne scheint. Draußen ist es herrlich. Ich dachte ... Darf ich dich auf ein Bier einladen? Hast du Zeit?«

»Klar. Für dich immer. Ich möchte mich nur kurz frisch machen und die Klamotten wechseln.«

»Wie wäre es in einer dreiviertel Stunde in der Strandstraße?«, fragte Sven.

»Okay. Das schaffe ich locker. Bis gleich.«

IHR AUTO BLIEB UNWEIT der Promenade stehen. Im Fenster lag ein ausgedruckter DIN A4 großer Zettel mit dem Text: *Kriminalpolizei im Einsatz*.

Sie saßen draußen auf dunklen Korbstühlen mit braunen, flachen Kissen unter einem schwarzen Sonnenschirm, der das Logo einer Bierbrauerei trug. Die luftige Kleidung, die sie gewählt hatte, erwies sich als gute Wahl. Die leichte Brise, die von Nordwesten über die Insel säuselte und minimale Abkühlung brachte, spürte man zwischen den Häusern nicht.

»Ich habe tierischen Durst.« Lea blickte zu Sven. Die Beine überkreuzt, lümmelte er sich lässig mit Sonnenbrille, Shirt und Shorts in einen Stuhl. Ohne sein Umfeld näher wahrzunehmen, befasste er sich intensiv mit der Karte des Lokals.

»Wie wäre es mit einem kühlen Bier?«, antwortete er, während er weiter das Angebot des Bistros studierte.

»Gerne. Bitte alkoholfrei.«

»Keinen Alkohol? Bist du noch im Dienst? Lea, versuche mal abzuschalten. Entspanne dich. Es ist Sommer. Genieße den Moment.«

»Ich werde es versuchen. Trotzdem bleibt es bei einem alkoholfreien Bier.«

Sie hatten sich seit Tagen nicht gesehen. Lea hörte gespannt zu, als Sven über Artensterben weltweit und der zunehmenden Verschmutzung der Weltmeere redete. »Ich plane eine Fotoserie über Wattvögel. Derzeit verhandle ich mit einem Verlag. Sobald der Vertrag unterschrieben ist, bereise ich die Küste von Borkum bis Sylt.«

Wohlwollend fuhren ihre Augen über seinen sportlichen Körper. *Ja. Er sieht gut aus. Sehr gut sogar. Besonders, wenn er so engagiert redet. Ich mag das. Ob er das spürt?,* dachte sie und nippte an ihrem Bierglas.

»In erster Linie geht es mir um gefährdete Vogelarten und davon gibt es zahlreiche an der Küste. Mit etwas Glück bekomme ich noch einige vor die Linse«, erzählte Sven.

»Wie lange wirst du unterwegs sein?«, fragte Lea.

»Ich denke von August bis Ende Oktober. Während der Brut- und Aufzuchtzeit darf ich nicht in die Vogelschutzgebiete. Danach muss ich mich beeilen. Viele Vogelarten verlassen Norddeutschland, sobald die Jungen flügge sind.«

»Interessant.«

»Hörst du mir überhaupt zu, Lea?«

»Natürlich. Du sagtest, die Vogelschutzgebiete dürfen nicht betreten werden.«

»Wohin schaust du die ganze Zeit?«, fragte Sven leicht verärgert.

»Zu der jungen Frau dort drüben, bei dem Kleiderständer«, antwortete Lea.

»Sie sucht etwas zum Anziehen. Das ist doch nicht ungewöhnlich. Was soll mit ihr sein?«

»Ich bin mir nicht zu einhundert Prozent sicher. Ich glaube, ich kenne diese Frau.«

»Wieso glaubst du das?«, fragte Sven.

»Weil ich sie nur im Bett gesehen habe. Ihr Kopf war verbunden. Sie trug eine blaue Plastikhaube und sie hatte einen Schlauch in der Nase.«

»Was redest du da? Wer trägt eine blaue Plastikhaube im Bett?«

»Es ist eigentlich unmöglich. Ich muss sie verwechseln. Die Frau, die ich meine, lag vor wenigen Stunden noch im Koma. Ich muss zugeben, mit dem Tuch wirkt sie befremdlich. Die Ähnlichkeit ist dennoch verblüffend.«

»Möchtest du etwas essen?«, fragte Sven.

»Essen? Wie? Ja. Ich hatte heute Morgen nur eine Scheibe Toastbrot und einen Joghurt.«

»Falls du es noch nicht bemerkt hast, diese Stühle, auf denen wir sitzen, gehören zu einem Bistro. Und dieses Bistro hat eine bemerkenswerte Speisekarte. Ich habe sie bereits in Augenschein genommen. Möchtest du gegebenenfalls auch einen Blick hineinwerfen oder willst du deine Aufmerksamkeit weiter dieser fremden Frau widmen?«

»Natürlich nicht.« Lea griff nach der Speisekarte, während ihr Blick weiter auf das Bekleidungsgeschäft gerichtet war. Die Frau war wohl fündig geworden. Sie verschwand mit einem Kleidungsstück in der Hand im Laden.

»Lea! Die Speisenkarte. Du hast sie in deinen Händen. Willst du etwas wählen oder weiter diesen Klamottenladen beobachten?«

»Schon gut. Ich nehme einen großen Salat, mit Hähnchenbruststreifen und Dressing nach Art des Hauses. Dazu noch ein Alkoholfreies.«

»Lea, hast du prinzipiell Zeit zum Essen?«

»Natürlich. Warum fragst du?«

»Während du den Salat ausgewählt hast, wanderte dein

Blick mehrmals zu dieser Boutique.« Vorwurfsvoll blickte Sven zu seiner Tischnachbarin.

»Entschuldigung. Diese Frau geht mir nicht aus dem Kopf. Vielleicht sollte ich mich im Krankenhaus erkundigen, ob sie noch auf der Station ist.«

»Hörst du mir noch zu? Wir wollten den Rest des Tages gemeinsam verbringen, noch merke ich davon nichts. Seit wir hier sitzen, bist du abwesend. Vergiss doch für ein paar Stunden deinen Job. Bitte.«

»Okay, du hast ja recht. Wir sollten diesen schönen Sommertag genießen. Was hast du dir bestellt?«

»Weißt du das nicht? Ich habe dir doch die Karte gezeigt. Du hast mehrfach zustimmend genickt, als ich fragte, ob du diese Gerichte kennst.«

»Sorry. Ich war wohl für einen Moment abwesend.«

»Vor drei Minuten war eine Bedienung an unserem Tisch, um die Bestellung entgegen zu nehmen. War die Bedienung ein Mann oder eine Frau?«, fragte Sven leicht verärgert.

»Was soll diese Frage?«

»Das weißt du doch. Warum verabredest du dich mit mir, wenn du in Wirklichkeit etwas ganz anderes im Kopf hast? Die letzten 15 Minuten hast du mich doch gar nicht wahrgenommen.«

»Entschuldigung. Es tut mir leid. Ich mache es wieder gut. Nach dem Essen gehen wir an den Strand und später, wenn du möchtest, zu dir. Ich bin nur für dich da. Versprochen.«

DIE JUNGE FRAU, die vor wenigen Minuten noch den Kleiderständer mit der Auslage durchstöbert hatte, kam mit neuem Shirt, neuer Jeans, Sneakers und neuem Kopftuch aus dem Laden. Lea sah nicht, wie sie die Boutique verließ. Sie aß und plauderte mit Sven. Immerhin musste sie einiges wieder gut machen. Mit verändertem Äußeren lief die junge Frau eilig davon.

Sven lachte, als Lea plötzlich sagte: »Die Bedienung war ein Mann. Da bin ich mir sicher. Und nicht nur das. Diese Bedienung sah auch noch verdammt gut aus. Siehst du Sven Kreutzer, ich war doch nicht so abwesend, wie du es vermutet hattest.«

»Das lag mit Sicherheit an dem attraktiven Kellner.«

»Quatsch. Ich bin immer aufmerksam, wenn du mit mir redest.«

»Fast immer!«, betonte Sven.

WIE FRISCH VERLIEBTE Teenager schlenderten sie nach dem üppigen Mahl durch die Fußgängerzone, kauften eine Postkarte, aßen Eis auf einer Parkbank, knutschten, alberten herum, liefen am Strand entlang, sammelten Muscheln, setzten sich in den Dünensand, vergaßen die Zeit und kamen erst gegen 21 Uhr in Svens Wohnung an.

»Was willst du mit dieser Ansichtskarte von Norderney?«

»Die sende ich meiner Freundin Stella. Es ist wichtig. Ich muss einiges wieder gut machen.«

»Mit einer Postkarte?«

»Das ist nur der Anfang.« Lea betrachtete nachdenklich das Motiv. »Sie mag Seehunde.«

»Bleibst du bis zum Frühstück?«, fragte Sven. Lea zog ihre Schuhe aus.

»Eventuell.«

»Morgen früh hole ich Brötchen«, rief Sven, als Lea in Richtung Badezimmer lief.

»Okay, das ist ein Argument. Ich muss mich frisch machen. Meine Hände, meine Lippen, alles klebt vom Eis.«

»Was machen wir, wenn du fertig bist?«, fragte Sven.

»Da wird uns schon etwas einfallen.«

Sven lief in die Küche, räumte eilig Teller, Tassen und Besteck vom Vortag in den Geschirrspüler, holte kühles Bier aus dem Kühlschrank, nahm Chips, Nüsse und Kürbiskerne aus dem Vorratsschrank und eilte zurück ins Wohnzimmer.

»Ich war total verschwitzt und habe noch schnell geduscht.« Lea kam aus dem Bad und legte sich auf das Sofa. Die nackten Beine übereinander gekreuzt, die Fernbedienung in der einen und die Programmzeitschrift in der anderen Hand, lachte sie Sven an, als dieser bepackt aus der Küche ins Wohnzimmer kam.

»Ich habe noch etwas zum Knabbern gefunden.«

»Sehr gut, lieber Sven. Bekommt deine kleine Freundin auch ein Bier?«, alberte Lea.

»Wenn ich mich recht entsinne, ist das mein Bademantel.«

»Er hing im Bad. Ich musste mir etwas überziehen oder soll ich mich etwa bei offener Jalousie nackt auf dein Sofa legen?«

»Warum nicht. Ich finde, du kannst dich sehen lassen.«

»Ich denke, wir sollten das Thema wechseln. Was gibt es morgen zum Frühstück, außer frischen Brötchen?«

»Genau das wollte ich mit dir gleich im Bett besprechen.«

»Im Bett? Hast du kein anderes Thema?«

»An was dachtest du?«, wollte Sven wissen.

»Ich dachte an ein Thema mit mehr Emotionen und mit mehr Leidenschaft.«

»Da muss ich nachdenken. Vielleicht fällt mir noch etwas ein, bevor mir die Augen zufallen«, antwortete Sven.

WO WAR IHR EHRGEIZ, ihr Elan geblieben? Lea erkannte sich nicht wieder. Sie saß entspannt am Frühstückstisch, plauderte mit Sven, als ob sie alle Zeit der Welt hätte.

»Es ist bereits nach acht. Ich muss ins Büro.« Lea erhob sich und wollte gehen.

»Was ist los? Ist dir mein Kaffee nicht bekommen?«

»Alles gut. Sven, du bist ein Schatz. Ich habe dich lieb, aber die Pflicht ruft. Auf mich wartet jede Menge Arbeit. Danke für alles. Der gestrige Nachmittag und der Abend mit dir waren wunderschön. Bis bald. Tschüss!«

Sie gab Sven einen Kuss, verließ die Wohnung und eilte zu ihrem Auto, das noch immer unweit der Promenade im Halteverbot stand.

Kapitel 39

»Guten Morgen, Lea. Was ist passiert? Du wirkst irgendwie happy. Hast du den Jackpot geknackt?«

»Sven hat es geschafft, dass ich fast 16 Stunden meinen Job und meine Arbeit total ausgeblendet habe. Es war wie Urlaub, nur schöner.«

»Das schafft mein Freund nie«, erwiderte Sabine enttäuscht.

»Gestern, als wir in der Stadt waren, habe ich etwas Seltsames erlebt«, sagte Lea.

»Du bist von einem Fernsehteam interviewt worden.«

»Nein, Biene. Lass den Quatsch. Es war dienstlich. Sven und ich saßen in einem Bistro und gegenüber, auf der anderen Straßenseite, sah ich eine Frau vor einer Boutique stehen. Sie stöberte zwischen den Klamotten. Sie sah aus wie die Bloggerin aus Hannover. Sie war es. Ich bin mir zu 99 Prozent sicher.«

»Die Frau mit der Kopfverletzung?«

»Ja. Mia Petzolt. Die Frau, die am Wattensteg überfallen wurde.«

»Die liegt doch im Krankenhaus.«

»Ich glaube, ich habe geträumt. Vermutlich sehe ich

bereits Gespenster. Dennoch werde ich auf der Station anrufen und mich nach dem gesundheitlichen Zustand der jungen Frau erkundigen.«

»Mach das, Lea. Möglicherweise hast du Glück und man bietet dir einen Besuchstermin an.« Lea eilte in ihr Büro und schloss die Tür hinter sich. Das Telefonat dauerte kaum drei Minuten. Nachdenklich beendete sie das Gespräch, blickte versonnen nach draußen, bevor sie erneut zum Telefonhörer griff.

»Moin, Herr Flessner. Sie erinnern sich an die Frau vom Wattensteg?«

»Moin, Frau Landgraf. Natürlich. Wie geht es ihr?«

»Sie ist abgehauen. Laut der Stationsschwester entwendete sie Kleidungsstücke aus dem Schwesternzimmer und verschwand.«

»Und das hat niemand bemerkt?«

»Man hatte sie vor einigen Tagen aus dem Koma geholt. Ihr gesundheitlicher Zustand hatte sich deutlich verbessert. Laut dem Krankenhaus war sie wohlauf, konnte wieder gehen und war nahezu schmerzfrei. Nächste Woche sollte sie entlassen werden. Man empfahl ihr einen Aufenthalt in einer neurologischen Rehabilitationsklinik, was sie ablehnte. Jetzt ist sie verschwunden. Vermutlich hatte sie Hilfe, sonst wäre diese Flucht unter den Umständen nicht möglich gewesen.«

»Günstigstenfalls meldet sie sich freiwillig bei der Polizei«, sagte Flessner.

»Ich denke nicht. Die Frau ist vorsichtig. Sie wird die Insel verlassen wollen. Informieren Sie die Reederei und senden Sie ein Foto der Frau dorthin. Ihre Leute sollten den Hafenbereich im Auge behalten. Sie ist eine wichtige Zeugin und wird mit Sicherheit dort bald auftauchen.«

»Weshalb ist sie geflohen?«

»Ich denke, sie hat Angst.«

»Dann wäre der Gang zur Polizei sinnvoll gewesen.«

»Ich werde mich mit ihrem Freund in Verbindung setzten. Ich hoffe, er kann mir etwas über Mia sagen.«

»Machen Sie das. Ich informiere Sie, wenn die junge Frau im Hafenbereich auftaucht«, sagte Flessner.

LEA HATTE die Mobilfunknummer von Marc, Mias Freund, von Stella erhalten. Marc befand sich in der Schweiz, als Lea ihn nach mehrmaligen Versuchen endlich erreichte.

»Es war seltsam«, sagte Marc, »gestern bekam ich eine Nachricht von einer Martina Kerkhoff. Ich wusste zunächst nicht, was ich mit dem Namen anfangen sollte. Die Nachricht kam von Mia, wie ich kurz darauf erfuhr. Sie nutzte das Handy einer Krankenschwester. Ihre WhatsApp Nachricht war nur kurz: Ich habe auf eigenen Wunsch das Krankenhaus verlassen und es geht mir gut, schrieb sie.«

»Herr Deissler, Ihre Freundin ist nicht entlassen worden. Sie ist geflohen.«

»Ich weiß. Mia hat mir alles erzählt. Schwester Martina hat ihr Kleidung besorgt und mit etwas Geld ausgeholfen. Sie fühlte sich im Krankenhaus nicht mehr sicher.«

»Wo ist sie? Ich muss mit ihr reden.«

»Ihren Aufenthaltsort kann ich Ihnen nicht sagen. Sie ist mit einigen jungen Leuten, die Mia in ihrem VW-Bulli versteckt hatten, bis nach Dortmund gefahren. Auf einem Rastplatz an der A1 ist sie dann zu mir ins Auto gestiegen. Wie gesagt, ihren derzeitigen Aufenthaltsort werde ich Ihnen nicht verraten.«

»Herr Deissler, ich benötige Mias Aussage! Was hat sie gesehen? Kannte sie ihren Widersacher? Was ist ihr von dem Überfall in Erinnerung geblieben?«

»Ich muss Sie enttäuschen, Frau Hauptkommissarin. Wir haben natürlich über den Vorfall gesprochen. Mia kann sich an absolut nichts erinnern. Das Einzige, was ihr im Gedächtnis geblieben ist, sind Schreie von Vögeln.«

»Okay, Herr Deissler. Für die Sicherheit Ihrer Freundin wäre es vorteilhaft, wenn sie mit uns sprechen würde. Wir können sie schützen. Zudem könnte ihre Zeugenaussage für weitere Ermittlungen sehr hilfreich sein. Teilen Sie ihr das bitte mit. Sie kann mich jederzeit unter dieser Nummer erreichen. Gute Besserung für Ihre Freundin! Alles Gute für Sie beide!«

Lea war enttäuscht. Sie hatte sich von Mias Aussage viel erhofft. Sie sah in Mia den Schlüssel zur Aufklärung dieser Straftat. Jetzt hatte sie nichts in der Hand. Keine Indizien, keine Zeugen und kein Tatwerkzeug. Ihre gute Laune vom Morgen war verflogen. Missmutig saß sie am Schreibtisch und starrte aus dem Fenster.

Es dauerte lange, bis sie sich aufraffte, den Rechner einzuschalten. Mehrere Stunden recherchierte sie im Internet, telefonierte und las Berichte. Es war bereits Nachmittag, als Rybeck sich bei ihr meldete.

»Sie haben mich nicht informiert. Seit wann ist Mia Petzolt aus dem Krankenhaus verschwunden?« Die Stimme vorwurfsvoll und der Tonfall aggressiv, fragte der BKA-Mann nach Einzelheiten. »Entschuldigung, Herr Rybeck, mir wurde die Information auch erst vor wenigen Stunden zugetragen. Details der Flucht sind mir nicht bekannt.«

»Waren Sie nicht im Krankenhaus? Was sagt der Stationsarzt?«

»Ich muss Ihnen gegenüber keine Rechenschaft ablegen, Herr Rybeck. Warum fragen Sie? Ist sie vor Ihnen geflohen?«

»Ich denke nicht. Aufgrund des Überfalls ist ihr wohl bewusst geworden, in welcher Gefahr sie schwebt, insbesondere hier auf Norderney«, antwortete Rybeck.

»Weshalb war sie hier in Gefahr?«

»Der illegale Medikamentenhandel. Es ist ein Milliardengeschäft. Wo derartige Summen fließen, ist man nicht zimperlich«, sagte Rybeck.

»Wurde sie von diesen Leuten zusammengeschlagen?«

»Davon gehe ich aus. Es wäre nicht das erste Mal. Man versucht auf diese Art, Menschen einzuschüchtern.«

»Sind Sie in Ihren Ermittlungen vorangekommen?«, wollte Lea wissen.

»Wir haben uns die Motoryacht vorgenommen. Ihr Hinweis war goldrichtig. Das Schiff wurde beschlagnahmt und die Crew festgenommen. Die Wasserschutzpolizei schleppt die Yacht nach Emden. Dort wird sie auf dem Gelände einer Werft auf Spuren untersucht.«

»Was erhoffen Sie sich?«, fragte Lea.

»Mit der Yacht wurden illegale Medikamente transportiert, da sind wir uns sicher. Wir müssen es nur noch beweisen. Hätte Frau Petzolt mit uns kooperiert, wären wir bereits ein Stück weiter. Wir müssen an die Drahtzieher herankommen. Mia Petzolt sollte uns zu dem Vertriebsstandort hier auf der Insel führen. Sie verfügt über wertvolle Informationen. Ein Gespräch mit ihr hätte uns weitergeholfen. Leider ist sie verschwunden. Jetzt ruhen alle Hoffnungen auf den Aussagen der Besatzungsmitglieder und der Arbeit der Spurensicherung.«

»Viel Erfolg, Herr Rybeck.«

»Sollte Mia Petzolt auftauchen, informieren Sie mich bitte sofort«, sagte Rybeck und beendete das Gespräch.

LEA HATTE sich zu Sabine gesetzt. Zwei dampfende Kaffeebecher standen auf einem der Umzugskartons.

»Ist der Fall *Mia Petzolt* jetzt abgeschlossen?«, wollte Sabine wissen.

»Noch nicht ganz. Unsere Hauptzeugin ist verschwunden

und weitere Zeugen haben sich bislang nicht gemeldet. Man könnte sagen, wir stecken in einer Sackgasse.«

»Endlich haben wir Zeit für eine Pause.«

»Pausen sind okay, dennoch wäre mir die Aufklärung dieser Straftat wesentlich lieber. Ich muss jetzt Flessner informieren und noch einen Bericht schreiben. Ich denke, in einer halben Stunde bin ich fertig, danach helfe ich dir beim Auspacken der Umzugskartons.«

»Ich schaffe das auch alleine, Lea.«

LEA SETZTE sich an ihren Schreibtisch und telefonierte mit der Polizeistation Norderney.

»Moin, Herr Flessner. Das Opfer vom Wattensteg hat nicht nur das Krankenhaus fluchtartig verlassen, sondern auch die Insel. Ich sprach vor einer Stunde mit ihrem Freund. Mia Petzolt ist untergetaucht. Ich denke, sie ist derzeit bei ihrem Freund in der Schweiz. Angeblich hat sie keine Erinnerungen an den Vorfall. Sie scheidet somit als Zeugin aus. Leider.«

»Das bedeutet, wir müssen den Fall ungeklärt abschließen«, sagte Flessner.

»Wir sollten noch nicht aufgeben.«

»Wir haben weder die Tatwaffe noch irgendwelche Zeugen. Wir stecken in einer Sackgasse, Frau Landgraf.«

»Wir haben noch ein Ass im Ärmel«, sagte Lea hochgestimmt.

»An was denken Sie?«

»Die Medien. Wir sollten einen Zeugenaufruf in den Zeitungen platzieren.«

»Wie Sie wissen, liegt der Vorfall bereits einige Wochen zurück.«

»Dennoch sollten wir diesen Versuch starten, Herr Flessner. Unter Umständen erinnert sich jemand an den Abend im Juni.«

»Gut, wenn Sie meinen. Ich spreche mit der hiesigen Zeitung. Ich kenne dort einige Leute.«

»Der Zeugenaufruf muss bundesweit gestartet werden«, sagte Lea, »da in den Sommermonaten Feriengäste aus ganz Deutschland auf Norderney sind. Je mehr Menschen wir mit diesem Aufruf erreichen, umso besser.«

»Ich werde es dem Redakteur mitteilen. Er wird den Artikel nach meinen Vorgaben verfassen und an sämtliche Presseagenturen in Deutschland weiterleiten.«

TATSÄCHLICH, Flessner konnte es selber kaum glauben. Seine alten Kontakte erwiesen sich als zuverlässig. Der zweispaltige Zeugenaufruf erschien wenige Tage später in den Samstagsausgaben vieler norddeutscher Zeitungen, das erfuhr Flessner von Freunden, die den Aufruf entdeckt hatten. Was er nicht wusste: Der kurze Artikel tauchte sogar in einem der größten Boulevardblätter Europas auf. Gut platziert, rechts oben, auf Seite fünf.

Kapitel 40

In der Kölner Innenstadt spürte man die Ferienzeit. Die Straßen waren weit weniger befahren als sonst. Besonders an diesem Wochenende schien die Stadt wie ausgestorben. Gabriele Oelkers saß vor einem dampfenden Kaffeebecher, in der Hand ein Butterhörnchen und vor ihr auf dem Tisch eine aufgeschlagene Zeitung. In den letzten Wochen reichte die Zeit nur für einen Kaffee im Stehen. *SALE. 30 Prozent auf alles.* Die Leute rannten ihr die Bude ein. Sie hatte viel verkauft. An diesem Samstagmorgen herrschte Tristesse. Die wenigen Kunden, die in die Boutique in der Schildergasse kamen, konnte ihre Mitarbeiterin alleine bewältigen. Gabriele Oelkers legte das Hörnchen auf den Teller und griff nach ihrem Smartphone, das neben ihr auf einem Stuhl lag.

»Hallo, Laura! Ich bin es. Gabi. Hast du heute schon die Zeitung gelesen? Der Zeugenaufruf. Norderney. Erinnerst du dich?«

»Habe ich gesehen. Weshalb?«

»Als das Verbrechen passierte, waren wir mit unserer Gym-Gruppe auf Norderney.«

»Kann sein. Interessiert mich nicht. Der Überfall passierte am späten Abend. So steht es in dem Artikel. Zu dem Zeitpunkt saß ich im *Klabautermann.* Du weißt, ich schätze das norddeutsche Bier. Als Zeugin komme ich garantiert nicht in Frage.«

»Ich weiß, aber ich. Ich war dort. Genau an dem Ort, der in der Zeitung beschrieben wurde.«

»Du warst dort?« Laura reagierte überrascht. »Und, hast du etwas gesehen?«

»Ich denke schon. Als ich den Artikel gelesen habe ...«

»Dann ruf dort an und melde dich als Zeugin«, sagte Laura energisch.

»Anrufen. Ich?«

»Möglicherweise bekommst du eine Belohnung.« Gabriele Oelkers hörte ihre Freundin lachen.

»Das kann ich nicht.«

»Weshalb nicht?«

»Weil ich dort zu dem Zeitpunkt nicht alleine war«, antwortete Gabi.

»Wer war bei dir? Eines von den Mädchen? So viel ich weiß, waren Natalie und Doris zu einem Konzert, alle anderen waren im Klabautermann.« Laura machte eine Pause. »Wo warst du?«

»Ich hatte eine Verabredung.«

»Das hätte ich dir gar nicht zugetraut. Dieser sportliche Typ mit den dunklen Haaren und dem *Metallica*-Shirt? Der dich am Strand angebaggert hat? Hattest du tatsächlich etwas mit dem? Ich dachte, du hättest ihn abblitzen lassen.«

»Ich traf ihn nachmittags in der Stadt, als ich mir eine neue Sonnenbrille besorgen wollte. Meine alte Brille ist am Strand zu Bruch gegangen, nachdem ich meinen Rucksack in den Sand fallen ließ. Ich brauchte dringend eine neue.«

»Und da ist er dir zufällig über den Weg gelaufen?«

»Ganz zufällig. Wir haben ein Bier zusammen getrunken und sind ins Gespräch gekommen.«

»Deshalb kannst du dich doch bei der Polizei melden, Gabi.«

»Da war mehr, Laura. Er hat mich am Abend mit seinem *Porsche* abgeholt und dann bin ich schwach geworden.«

»Du hast mit ihm ... Im Porsche ... Sportsitze ... Ist das überhaupt möglich?«

»Erspare mir Details«, antwortete Gabriele Oelkers leise.

»Deshalb kannst du dich doch als Zeugin melden. Immerhin geht es um ein Gewaltverbrechen.«

»Nein, ich kann nicht aussagen. Wenn mein Mann von dieser Affäre erfährt, ist der Teufel los. Er wird mich vor die Tür setzen.«

»Du übertreibst. Denk an den letzten Rosenmontag. Dein Mann ist auch kein Kind von Traurigkeit.«

»Die Polizei wird nach meinem Begleiter fragen.«

»Und?«

»Mein Begleiter ist auch in einer festen Beziehung.«

»Gabi. Du willst meinen Rat, sonst hättest du mich nicht angerufen. Ich sage dir, melde dich als Zeugin. Vielleicht kannst du mit deiner Aussage weitere Verbrechen verhindern. Denk daran: Auch dir und mir kann so etwas Schreckliches passieren.«

»Ich weiß. Dennoch habe ich Angst, diesen Schritt zu gehen. Ich möchte meine Ehe nicht aufs Spiel setzen wegen einer blöden Zeugenaussage. Auch ohne meine Aussage wird man den Täter finden. Sicherlich gibt es genügend andere Zeugen, da wird meine Aussage ohnehin kaum ins Gewicht fallen. Trotzdem danke, Laura. Bis bald. Tschüss.«

Kapitel 41

Ein stabiles Hochdruckgebiet bestimmte das Wetter in Ostfriesland. Auf Norderney herrschten sommerliche Temperaturen. In den Büroräumen staute sich die Wärme. Lea öffnete das Fenster. Die Luft, die von draußen kam, war angenehm und roch ein wenig salzig. Lea setzte sich an ihren Schreibtisch, sie musste noch einiges vom Vortag nachholen. In dem Moment klingelte das Telefon. Trotz des Lärms, der gerade von der Straße an ihr Ohr drang, erkannte sie sofort an Stimme und Tonfall, wer da gerade redete.

»Moin, Herr Flessner, wie kann ....« Lea kam nicht zu Wort.

»Kommen Sie bitte umgehend zur Dienststelle. Hier ist eine Frau, die vermisst ihre Freundin. Das sollten Sie sich anhören.«

»Gut, ich komme. In fünfzehn Minuten bin ich bei Ihnen.«

Vom neuen Büro in der Frisiastraße bis zur Polizeidienststelle waren es zu Fuß kaum zwei Kilometer. Lea genoss den kleinen Spaziergang, während die Sonne von einem wolkenlosen Himmel schien. Menschen zu Fuß, mit geliehenen Fahrrädern oder mit Bollerwagen kamen ihr entgegen. *Jetzt*

Urlaub, das wäre schön, dachte Lea, als sie die fröhlichen, sonnengebräunten Touristen in Shirts und Shorts sah. Seit sie auf Norderney arbeitete, kannte sie die Worte »*ausschlafen*« und »*erholen*« nicht mehr. In der Woche saß sie bereits um sechs Uhr in der Früh in der Küche und aß ihr Müsli. An den Wochenenden musste Versäumtes erledigt oder nachgeholt werden. Oft saß sie samstags oder sonntags für einige Stunden im Büro. Ihre Arbeitszeit verbrachte sie überwiegend am Schreibtisch. Die Zeit, die noch übrig blieb, widmete sie der Ermittlungsarbeit. Nach der Hauptsaison wollte Lea endlich ausspannen. Drei Wochen nichts tun, das hatte sie sich fest vorgenommen.

Flessner saß mit einer adretten Frau von etwa 40 Jahren im Vernehmungsraum, der von drei länglichen Deckenleuchten erhellt wurde. Nur ein winziges Fenster, kaum größer als ein Toaster, sorgte für Tageslicht. Vermutlich war es der kühlste Raum im ganzen Polizeigebäude. Es war aber auch der unbehaglichste. Mit einem deutlich vernehmbaren »Moin« betrat Lea den Raum.

»Moin, Frau Landgraf. Das ist Frau Ottersberg. Frau Ottersberg, das ist Hauptkommissarin Landgraf. Sie vertritt die Kriminalpolizei hier auf der Insel.«

»Moin, Frau Hauptkommissarin«, sagte Johanna Ottersberg leise.

»Frau Ottersberg, erzählen Sie uns alles noch einmal von Anfang an«, sagte Flessner.

»Auch das mit der Buchhandlung?«, fragte Johanna Ottersberg.

»Ja, Frau Ottersberg. Alles!«, betonte Flessner. »Jan, betätige bitte das Aufnahmegerät. Ich denke, es ist wichtig, was Frau Ottersberg uns mitteilen will. Sie sind damit doch einverstanden?«

»Ja! Natürlich«, antwortete Johanna Ottersberg.

Eilig positionierte Jan Lankow das Mikrofon vor Johanna

Ottersberg und drückte auf die Aufnahmetaste des Gerätes. Etwas unsicher blickte Johanna Ottersberg abwechselnd zu den Beamten, bevor sie zu reden begann.

»Ich weiß gar nicht, wo ich anfangen soll«, sagte sie, während sie fragend zu Flessner blickte.

»Sie erzählten von Ihrer Freundin. Sie lernten sie in einer Buchhandlung kennen. Seitdem treffen Sie sich regelmäßig.«

»Ja, das ist richtig. In einer Buchhandlung haben wir uns kennen gelernt. Sie suchte, wie ich, nach Büchern über alternative Heilverfahren. Wir verstanden uns sofort. Seit dieser unverhofften Begegnung trafen wir uns ein bis zweimal in die Woche in der Stadt. Immer im selben Bistro. Unweit vom Kurplatz. Wir verabredeten uns gewöhnlich per WhatsApp. Ich mache mir Sorgen, Frau Kommissarin. Ich kann meine Freundin nicht erreichen.«

»Was ist vorgefallen, Frau Ottersberg?«, wollte Lea wissen.

»Seit Tagen erhalte ich keine Nachrichten von ihr. Mehrfach habe ich sie per WhatsApp angeschrieben. Ich bekam bislang keine Antwort. Auch telefonisch kann ich sie nicht erreichen. Ich habe sogar im Bistro nachgefragt, aber auch dort hat man sie nicht gesehen.«

»Das ist doch nicht ungewöhnlich, Frau Ottersberg. Eventuell ist ihre Freundin krank, sie ist verreist oder hat einfach keine Zeit, um zu antworten«, sagte Lea.

»Die Sache ist etwas komplizierter, Frau Kommissarin. Ich hatte es Herrn Flessner bereits angedeutet. Meine Freundin ist in so eine dumme Sache hineingeraten, die ... Wie soll ich es sagen? Sie ist ...«

»Sie müssen Frau Landgraf die ganze Geschichte erzählen, Frau Ottersberg«, unterbrach Flessner.

»Gut, wenn Sie meinen.«

»Bitte, erzählen Sie alles!« Lea setzte sich auf den freien

Stuhl und nahm Stift und Block zur Hand, die sie immer bei sich trug.

»Ich wusste gar nicht, dass Sie noch so ganz altmodisch alles mit der Hand notieren«, sagte Flessner, als er sah, wie Lea sich Notizen machte.

»Ich liebe es, auf Papier zu schreiben. Hätte ich mehr Zeit, würde ich auch wieder mit dem Zeichnen beginnen.«

»Sie zeichnen?«, fragte Flessner erstaunt.

»Früher. In den letzten Jahren fehlte mir die Muße. Entschuldigung, Frau Ottersberg. Fahren Sie bitte fort.«

»Meine Freundin«, begann Johanna Ottersberg ihren Monolog, »hat eine Dummheit begangen.«

»Inwiefern?«, fragte Lea.

»Der Mann meiner Freundin ist schwer krank. Lungenkrebs. Er war mehrfach in Behandlung, zuletzt in einer Privatklinik hier auf Norderney. Sie können sich vorstellen, was das gekostet hat. Der Zustand des Krebskranken verschlechterte sich von Tag zu Tag, trotz Medikamente und Chemotherapie. Seit einem halben Jahr pflegt meine Freundin ihren Mann zuhause. Per Zufall stieß sie vor kurzem auf einen Weblog. Die Autorin, eine Journalistin und Bloggerin, berichtete von Medikamentenfälschungen im großen Stil. Beteiligt an diesem Medikamentenbetrug sei auch eine Privatklinik auf Norderney. Und in dieser Privatklinik wurde der Mann meiner Freundin über Monate hinweg behandelt«, berichtete Johanna Ottersberg ohne sichtlich äußere Regung.

»Wie ist der Name der Klinik?«

»*Nordsand Privatklinik*«, kam die Antwort wie aus der Pistole geschossen.

Lea notierte sich den Namen. »Was hat es mit den gefälschten Medikamenten auf sich?«

»Der Mann meiner Freundin ist dort über Monate mit Medikamenten behandelt worden. Medikamente, die völlig wirkungslos waren, wie sich später herausstellte.«

»Wirkungslos? Wie kam Ihre Freundin zu dieser Erkenntnis?«

»Sie war verwundert, dass die Behandlung ihres Mannes auch nach Wochen nicht anschlug. Nachdem sie die Info der Bloggerin erhalten hatte, sendete sie eine Medikamentenprobe zu einem unabhängigen Labor in Magdeburg. Bereits nach zwei Wochen erhielt sie ein Ergebnis. Meine Freundin war fassungslos. In den Medikamenten war statt eines Wirkstoffes nur Traubenzucker enthalten. Nicht schädlich, aber ohne jeglichen Nutzen für einen Krebspatienten.«

»Hat Ihre Freundin mit der Klinik über das Ergebnis gesprochen?«

»Sie wollte diese Privatklinik zur Rechenschaft ziehen und ihr Geld zurückfordern. Außer der Analyse des Labors hatte sie keine handfesten Beweise, um ihre Vermutungen zu untermauern. Natürlich bestritt die Klinik alle Vorwürfe. Daraufhin wandte sie sich an die Ärztekammer. Die Ärztekammer hat keinen Finger gerührt. Meine Freundin war sauer. Ich auch, als ich davon erfuhr. Ich musste etwas unternehmen. Das Problem konnte man ja nicht einfach so im Raum stehen lassen.«

»Was haben Sie unternommen?«, wollte Lea wissen.

»Meine Freundin benötigte stichhaltige Beweise. Diese Beweise habe ich ihr besorgt.«»Sie haben Beweise besorgt?« Erstaunt blickte Lea zu der sehr ruhig wirkenden Frau. »Wie haben Sie das bewerkstelligt?«

»Ich kenne diese Privatklinik sehr gut. Mehrere Jahre habe ich dort in der Verwaltung gearbeitet. Für mich war es ein Leichtes, an den Rechner des Klinikinhabers zu gelangen. Dort vermutete ich schlagkräftige Daten und Fakten, mit denen wir unsere Argumentation stützen könnten.«

»Sind Sie dort eingebrochen?«, fragte Jan Lankow.

»Ich bin dort nicht eingebrochen. Die Tür zum Garten stand offen. Einmal in der Woche ist die Klinik geschlossen.

Nur eine Notbesetzung ist vor Ort. Die Geschäftsleitung ist an diesem Tag auf dem Festland. Die Ehefrau des Inhabers nutzt den Tag für die Wellnessangebote der Insel. Während eine Reinigungskraft die unteren Räumlichkeiten säuberte, habe ich oben das Büro des Chefs aufgesucht und die Festplatte des Rechners kopiert.«

»Was nicht ganz legal war«, betonte Flessner.

»Das war mir bewusst, aber ich musste meiner besten Freundin helfen. Wie sollte sie sonst an die Beweise gelangen?« Johanna Ottersbergs Hände lagen auf ihrem Schoß und spielten mit der Kordel ihrer grünen Windjacke.

»Wo sind die Daten jetzt?«, fragte Lea.

»Das weiß ich nicht. Nachdem wir uns den Inhalt der Festplatte angesehen hatten, formulierten wir gemeinsam einen Brief. Meine Freundin hat den Chef der Klinik in diesem Brief aufgefordert, Schadensersatz zu leisten. Sie wollte eine Wiedergutmachung für das, was diese Klinik ihrem Mann angetan hatte, zudem forderte sie das Geld für die fehlgeschlagene Behandlung zurück, was in meinen Augen auch legitim war. Mit dem Geld wollte sie ihrem Mann helfen, wieder gesund zu werden. Im Gegenzug sollte der Klinikchef die Festplatte mit den Daten zurückerhalten.«

»Was war der Plan ihrer Freundin, wenn die Klinik nicht zahlen würde?«, fragte Lea.

»Sie drohte dem Klinikchef, falls er wirklich nicht zahlen sollte, mit der Veröffentlichung der Daten.«

»Wie hat der Inhaber der Privatklinik reagiert?«

»Vor einigen Tagen bekam ich einen Anruf von meiner Freundin. Sie war total euphorisch. Angeblich hatte der Brief Wirkung gezeigt. Der Klinikchef versprach eine Entschädigung zu zahlen. Während eines Treffens wollte er ihr das Geld in bar überreichen.«

»Von welcher Summe sprechen wir hier?«

»Ich weiß es nicht. Ich kann es nur ahnen. Meine

Freundin sprach von mindestens 250.000 Euro, die sie für eine Krebs-Therapie in den USA benötigte. Ob sie das Geld erhalten hat und wie hoch die Summe genau war, entzieht sich meiner Kenntnis.«

»Wenn ich das Ganze kurz zusammen fassen darf, dann hat Ihre Freundin einen Unternehmer erpresst. Vermutlich hat dieser eine beträchtliche Summe gezahlt. Jetzt ist Ihre Freundin verschwunden, beziehungsweise sie ist nicht erreichbar. Sie, Frau Ottersberg, befürchten ein Verbrechen, sonst säßen Sie nicht hier auf der Polizeidienststelle«, sagte Lea.

»Um Gottes willen, nein. An ein Verbrechen mag ich nicht denken.« Johanna Ottersberg wurde lauter. »Ich mache mir nur große Sorgen. Ich wusste mir keinen anderen Rat, als zur Polizei zu gehen.«

»Waren Sie bei ihr zuhause?«, fragte Flessner.

»Dort macht niemand auf. Ich habe geklingelt und geklopft. Nichts. Frau Hauptkommissarin, ich mache mir wirklich Sorgen um meine Freundin. Solch ein Verhalten passt nicht zu Andrea. Sie hätte sich garantiert gemeldet, wenn sie verreist wäre. Hoffentlich ist ihr nichts passiert.« Johanna Ottersberg schluchzte. Immer wieder griff sie zu einem Papiertaschentuch und trocknete damit ihre Tränen.

»Was können Sie uns über Ihre Freundin sagen?«, fragte Lea.

»Meine Freundin heißt Andrea Hentsch. Sie wohnt hier auf Norderney. Sie ist in etwa so alt wie ich und hat bis vor kurzem in einem Seniorenheim gearbeitet. Hier, das ist ihre Handynummer.«

Johanna Ottersberg reichte Flessner einen Zettel, den sie zuvor aus ihrer Handtasche gezogen hatte. »Was passiert jetzt?«, fragte sie.

Flessner erhob sich von seinem Platz. »Gehen Sie bitte

mit meinem Mitarbeiter. Herr Lankow wird die Vermisstenmeldung aufnehmen.«

»Werden Sie meine Freundin suchen?« Tränen rannen über Johanna Ottersbergs Wangen.

»Haben Sie ein Foto von ihr?«

»Auf meinem Smartphone«, erwiderte Frau Ottersberg.

»Mein Mitarbeiter wird das Foto an alle Institutionen weiterleiten. Zudem wird die Reederei informiert. Sollte sie auf eine der Fähren auftauchen, werden wir umgehend informiert. Machen Sie sich keine Sorgen. Wir werden Ihre Freundin finden. Hier auf Norderney geht niemand verloren.«

»Tschüss, Frau Ottersberg«, sagte Lea.

»Frau Hentsch muss sehr verzweifelt gewesen sein. Wie kommt man sonst auf die Idee, eine Klinik zu erpressen?« Flessner setzte sich wieder auf seinen Platz. »Ich kann verstehen, dass die Freundin sich Sorgen macht. Erpressung ist kein Kinderspiel.«

»Das Paar hat auf die Kompetenz der Privat-Klinik gesetzt, wurde betrogen und hat ihr ganzes Geld verloren. Der Mann ist todkrank. Die Frau ist gebrochen. Sie wusste vermutlich keinen anderen Ausweg. Wahrscheinlich hätten wir in solch einer ausweglosen Situation das Gleiche getan«, antwortete Lea nachdenklich. »Seltsam.«

»Was ist seltsam, Frau Landgraf?«

»Die Namen. Andrea Hentsch und Johanna Ottersberg. Beide Namen tauchten im Zusammenhang mit einer Bloggerin auf. Der Mann vom BKA erwähnte die Namen. Wir sollten diese Frau in den nächsten Tagen noch einmal befragen. Laut den Schilderungen von Frau Ottersberg, hatte die verschwundene Person Kontakt zu einer Bloggerin. Es könnte sich um das Opfer vom Wattensteg handeln. Ich möchte diese Spur verfolgen. Möglicherweise kommen wir über Umwege zu neuen Erkenntnissen und vielleicht dem Täter auf die Spur.«

»Lassen Sie uns zunächst den Ehemann der Vermissten aufsuchen. Eventuell kann er uns etwas über den Aufenthaltsort seiner Frau sagen.«

»Haben Sie die Adresse, Herr Flessner?«

»Wollen Sie wirklich die Zeit investieren und mich begleiten?«, fragte Flessner, »ich kann den Ehemann auch alleine aufsuchen.«

»Ich werde Sie begleiten«, sagte Lea, »möglicherweise hat seine Frau ihm etwas über diese Bloggerin erzählt. Ich bin neugierig, was er weiß.«

Kapitel 42

Das weiße Haus mit grauem Ziegeldach, weiß gestrichenem Holzzaun, einem kleinen Vorgarten, blühenden Sommerblumen, Büschen und Stauden, befand sich in der Gartenstraße. Eine ruhige, wenig befahrene Straße, die am Ende in die Mühlenstraße mündete.

»Soll ich die Befragung des Ehemanns übernehmen?«, fragte Lea, als das Einsatzfahrzeug mit den markanten gelben Streifen an der Gartenstraße 146 hielt.

»Fast 30 Jahre mache ich diesen Job. Lassen Sie mich das machen. Ich habe die Routine und vermutlich auch das ernstere Gesicht«, antwortete Flessner relativ gelassen. »Außerdem kenne ich Klaus Hentsch.«

»Sie kennen Herrn Hentsch?«

»Es muss vor drei oder vier Jahren gewesen sein, als ich ihn das letzte Mal gesehen habe. Gewöhnlich stellte er jedes Jahr seine Werke im Conversationshaus aus. Immer zu Beginn der Urlaubssaison. In den letzten Jahren nicht mehr. Seine Ausstellungen waren immer gut besucht. Weshalb er nicht mehr ausstellt, kann ich nicht sagen.«

»Wahrscheinlich verkauft er mittlerweile seine Bilder über das Internet.«

»Nicht Klaus Hentsch. Internet passt nicht zu diesem Mann. Er ist ein Künstler von der alten Garde. Er suchte immer das Gespräch mit den Ausstellungsbesuchern. Klaus Hentsch verkaufte seine Bilder nur an Menschen, die er mochte.«

VORBEIFAHRENDE RADFAHRER BLICKTEN VERWUNDERT zu dem Polizeifahrzeug, das an der Straße parkte. Einige Passanten blieben neugierig stehen, als ein Polizist, gefolgt von einer jungen Frau, auf eines der Häuser zulief.

Flessner stutzte. Die Eingangstür stand einen Spalt offen.

»Sollen wir läuten oder das Haus ungefragt betreten?«, fragte er.

Lea betätigte die Klingel. Alles blieb ruhig.

»Es ist niemand zu Hause«, sagte Lea.

»Vermutlich haben beide die Insel bereits verlassen und sind auf dem Weg in die USA.«

»Weshalb ist die Tür unverschlossen?«

Flessner pochte ans Fenster. Niemand kam, um die Besucher zu begrüßen. Nachdem Lea wiederholt den Klingelknopf gedrückt hatte, erschien urplötzlich schwanzwedelnd ein Hund an der Tür.

»Hallo! Wer bist du denn? Wo ist dein Herrchen?« Lea streichelte den Kopf des kleinen Vierbeiners, der diese Handlung sichtlich genoss. »Die Tür ist offen, damit der Hund rein und raus kann. Ich vermute, dass der Hausherr im Bett liegt, schläft und die Klingel nicht gehört hat.«

»Wir werden Hentsch wecken«, sagte Flessner, stieß die Tür auf und betrat das Haus. »Nur so erfahren wir etwas über den Verbleib seiner Frau.« Lea und der Jack Russel Terrier folgten.

»Seien Sie vorsichtig, Herr Flessner. Wir sollten auf alles

gefasst sein. Immerhin ist eine beträchtliche Geldsumme im Spiel.«

»Daran habe ich noch gar nicht gedacht. Glauben Sie, dass ein Verbrechen vorliegt und hier im Haus ...« Flessner zog seine Dienstwaffe aus dem Halfter. »Bleiben Sie hinter mir.«

Der Polizist verlangsamte seinen Gang. Schritt für Schritt durchquerte er den Flur, blieb plötzlich stehen und begann zu rufen.

»Hallo, Herr Hentsch! Sind Sie da?«

Niemand antwortete.

»Hallo, Herr Hentsch. Mein Name ist Flessner. Ich bin von der Polizei. Kann ich kurz mit Ihnen sprechen?« Wieder kam keine Antwort.

»Wenn der Mann im Tiefschlaf ist, wird er Sie nicht hören.«

»Eventuell ist Hentsch im Bad. Ich selber höre nichts, wenn ich dusche«, bemerkte Flessner.

»Was ist mit seiner Frau? Duscht sie auch?«, fragte Lea.

»Keine Ahnung. Wahrscheinlich ist sie mit dem Geld auf und davon.«

»Daran habe ich auch gedacht. Sie könnte mit dem Geld ein neues sorgenfreies Leben anfangen.«

Flessner und Lea riefen immer wieder die Namen der Hausbewohner. Nichts passierte. Weder zeigte sich die Vermisste, noch hörten sie die Stimme des Kunstmalers.

»Lassen Sie uns nachsehen, wo die Türen hinführen«, sagte Flessner. Lea öffnete die Tür, die ihr am nächsten war. Sie führte ins Wohnzimmer. Direkt neben der Tür stand ein Staubsauger.

»Hier war wohl vor kurzem jemand tätig«, resümierte Flessner. Wie im Flur, so hingen auch im Wohnzimmer überall Bilder mit maritimen Motiven.

»Sind die Bilder alle von Hentsch gemalt worden? Sie

sind schön. Der Norderneyer Leuchtturm scheint sein Lieblingsmotiv zu sein. So ein Bild würde ich gerne meiner Vermieterin schenken. Was mag ein derartiges Aquarell kosten?«, fragte Lea, während sie sich einige Bilder aus der Nähe ansah.

»Fragen wir den Künstler. Irgendwo muss er ja stecken«, erwiderte Flessner.

Lea öffnete eine weitere Tür. Sie führte zur Küche.

»Alles ist aufgeräumt. Es steht kein benutztes Geschirr herum. Frau Hentsch scheint eine ordnungsliebende Frau zu sein.«

»Die Terrassentür ist offen. Vielleicht ist jemand draußen?« Flessner lief in den Garten, kam aber sogleich zurück. »Fehlanzeige. Dort ist niemand.«

»Herr Hentsch, sind Sie zuhause?«, rief Flessner ein weiteres Mal, als sie wieder zurück im Flur waren.

»Schauen Sie, Herr Flessner. Der Hund. Er kratzt an der Tür.«

»Wenn das meiner wäre, würde ich ihn gleich nach draußen befördern. Kratzspuren an den Türen lassen sich sehr schwer wieder beseitigen.«

»Offenbar schnuppert er sein Herrchen«, sagte Lea.

»Möglich. Wenn die Tür zum Bad führt, wird diese womöglich zum Schlafzimmer führen. Hentsch muss einen gesunden Schlaf haben, sonst hätte er unser Rufen vernommen.«

Der Hund saß mit der Nase vor der Tür, die sich am Ende des schmalen Flures befand. Links davon, das hatte Lea überprüft, befand sich ein kleines Bad.

»Was ist mit dem Hund? Weshalb hockt er immer noch vor dieser Tür?«, fragte Flessner.

»Der will zu seinem Herrchen. Hinter der Tür muss das Schlafzimmer sein.«

»Bleiben Sie zurück. Ich habe eine Waffe. Lassen Sie mir

den Vortritt, Frau Landgraf.« Vorsichtig drückte Flessner die Klinke. Nahezu geräuschlos öffnete sich die Tür. Tatsächlich führte die Tür zum Schlafzimmer. Die Vorhänge waren ausnahmslos zugezogen. Ein unangenehmer Geruch streifte Flessners Nase. »Hier muss dringend gelüftet werden«, flüsterte er.

Eine Leuchte, die neben dem Bett auf einem kleinen Tischchen stand, erhellte den Raum nur spärlich. »Vorsicht«, wisperte Flessner, »dort liegt eine Person im Bett.«

»Das muss Hentsch sein. Wecken wir ihn?«

Beide sprachen leise. Sie wollten den kranken schlafenden Mann nicht erschrecken.

»Lassen Sie mich das machen, Frau Landgraf. Halten Sie meine Waffe. Sie wissen, was zu tun ist, wenn eine unbekannte Person auftaucht.«

Kaum dass Flessner einen Fuß in den Raum gesetzt hatte, wurde er von dem kleinen lebhaften Hund überholt, der sofort auf das Bett sprang, um es sich dort am Fußende gemütlich zu machen.

»Moin, Herr Hentsch. Mein Name ist Flessner. Wir kennen uns. Ich bin von der örtlichen Polizeidienststelle. Ich würde mich gerne mit Ihnen unterhalten. Hören Sie mich, Herr Hentsch?« Der Ruhende reagierte nicht.

»Herr Hentsch! Hallo! Mein Name ist Flessner, von der Polizei Norderney!«, wiederholte der Polizist.

»Was ist los? Warum reagiert er nicht? So tief und fest kann doch kein Mensch schlafen.«

»Machen Sie Licht! Irgendwo muss ein Schalter sein. Und bleiben Sie an der Tür«, befahl Flessner.

Lea fingerte nach einem Schalter und fand ihn links neben der Tür. »Der Schalter ist sehr ungünstig platziert«, sagte sie.

»Ist ja auch ein altes Haus«, sagte Flessner.

»Was ist mit dem Hausherrn?«

»Er rührt sich nicht. Kommen Sie rein.«

Wie auch Flessner trat Lea näher an das Bett heran.

»Herr Hentsch, wir sind von der ...,« Flessner stockte, ging ganz nahe an das Bett heran und berührte mit der rechten Hand den Ruhenden an der Schulter.

»Verdammt!«

»Was ist los, Herr Flessner?«

»Ich denke, wir kommen zu spät. Der Mann ist kalt wie ein Eisberg. Den können wir nicht mehr ansprechen.«

Lea kam näher. »Ich muss Ihnen zustimmen. Herr Hentsch weilt nicht mehr unter uns.« Lea sah die starren, leeren Augen, das blassblaue Gesicht und die farblosen Lippen.

»Das haben Sie sehr schön ausgedrückt. Ich würde sagen, Herr Hentsch ist mausetot.«

Flessner blickte zu dem Mann, dessen Kopf auf einem weißen, voluminösen Kissen ruhte. »Den Rettungswagen zu rufen, erübrigt sich wohl.«

»Das denke ich auch. Informieren wir Doktor Kaßmann. Er muss sich den Toten ansehen.«

»Das mache ich.« Flessner lief zurück in den Flur und telefonierte. Als er zurückkam, hatte Lea sich bereits Einmalhandschuhe übergestülpt.

»Was machen Sie da?«, fragte Flessner verwundert. Lea schob die Bettdecke ein wenig zur Seite und hantierte am Handgelenk des Toten, als wollte sie den Puls fühlen.

»Ich versuche, den Arm des Mannes anzuheben. So kann ich in etwa den Todeszeitpunkt bestimmen.«

»Woher wissen Sie das alles?«, fragte Flessner.

»Fast ein halbes Jahr bekam ich die Möglichkeit, einem Rechtsmediziner zu assistieren. Ein freiwilliges Unterfangen, was mir im Nachhinein betrachtet, sehr viele gute Erkenntnisse gebracht hat. Übrigens, der Rechtsmediziner arbeitet jetzt in Oldenburg. Er liebt seine Arbeit. Es mag makaber klingen, aber er wird sich über einen neuen Leichenzugang freuen.«

»Ein Praktikum bei einem Rechtsmediziner? Wie kommt man auf eine derartige Idee? Gab es keinen Praktikumsplatz bei der Reiterstaffel oder den Hundeführern?«

Nachdenklich blickte Lea zu Flessner. »Dieser Mann ist definitiv länger als ein Tag tot.«

»Mir ist bekannt, dass Herr Hentsch krank war, sein Tod überrascht mich dennoch.«

Lea betätigte die Lichtfunktion ihres Smartphones und sah sich Hände, Arme und das Gesicht des Toten näher an.

»Klaus Hentsch ist nach langer Krankheit friedlich eingeschlafen«, sagte Flessner nachdenklich. Ruhig entfernte Flessner sich vom Bett des Toten und schaute sich im Raum um. »Offenbar wusste Frau Hentsch nicht, wie es um ihren Mann stand, sonst wäre sie wohl nicht zu diesem Geldübergabetermin gegangen.«

»Ich denke, sie wusste es und genau deshalb hat sie den Termin wahrgenommen. Die Frage ist nur: Wollte sie ihren Mann mit dem Geld retten oder brauchte sie das Geld für einen persönlichen Neuanfang?«

Flessner stand in der Tür und blickte ratlos zum Bett, als der kleine Hund plötzlich zu winseln begann.

»Der Hund spürt, dass sein Herrchen von ihm gegangen ist«, sagte Lea beim Anblick des trauernden Jack Russel Terriers.

»Hunde können angeblich bestimmte Krankheiten erschnüffeln«, antwortete Flessner, »vermutlich wusste der Kleine, wie es um sein Herrchen stand.«

Lea zeigte mit dem Zeigefinger auf das Gesicht des Toten.

»Sehen Sie sich die Augen an, Herr Flessner.«

»Was ist mit den Augen?«

»Der Mann hatte Atemnot. Dem Anschein nach wurde

dieser Mann mit diesem Kissen erstickt.« Lea deutete auf das Bett, wo mittig ein weißes Kissen lag.

»Kein natürlicher Tod?«

»Definitiv nicht. Ich denke, der Rechtsmediziner wird Fasern von diesem Kissen in den Atemwegen des Toten finden.«

»Somit müssen wir von Mord ausgehen«, stellte Flessner fest.

»Hier im Haus wurde offenbar nichts angerührt. Einbruchspuren haben wir nicht gesehen. Der Hund wurde weder verletzt noch getötet.«

»Sie meinen, die Ehefrau hat die Tat begangen?«

»Sehen Sie die Medikamente auf dem Nachtisch? Der Mann war krank. Frau Ottersberg erzählte von einem Krebsleiden im Endstadium. Möglicherweise war es sein Wunsch, durch die Hand seiner Frau zu sterben«, sagte Lea.

»Krebs ist ein schreckliches Leiden«, sagte Flessner betroffen.

»Insofern gehe ich davon aus, dass die Ehefrau diese Tat begangen hat. Vielleicht sogar auf Wunsch ihres kranken Mannes. Sie hat ihren Ehemann von seinen Qualen erlöst. Ob es die humanste Sterbehilfe war, darüber lässt sich streiten. Man weiß nicht, was ein Sterbenskranker denkt und man weiß nicht, wozu eine liebende Frau fähig ist.«

»Und wenn es nicht im gegenseitigen Einvernehmen passiert ist?«

»Ganz gleich, ob es Mord oder Sterbehilfe war, wir sollten die Frau schnellstens zur Fahndung ausschreiben«, sagte Lea entschlossen.

»Dann hat sie auch das Handy an sich genommen. Hier im Schlafzimmer sehe ich keines«, sagte Flessner.

»Davon können wir ausgehen.«

Betroffen blickte Flessner zu dem Toten.

»Ich informiere die Spurensicherung und spreche mit der

Staatsanwaltschaft Aurich. Der Tote muss zur Rechtsmedizin. Herr Flessner, sorgen Sie bitte dafür, dass niemand das Haus, beziehungsweise das Grundstück betritt, bis die Spurensicherung ihre Arbeit abgeschlossen hat.«

»Natürlich. Ich informiere Doktor Kaßmann. Sobald der Totenschein ausgestellt ist, wird der Bestatter benachrichtigt. Auf den Bestatter ist Verlass. Heute Abend ist der Tote in Oldenburg. Bekommen Sie die gewünschte Unterstützung aus Aurich?«

»Wir haben einen Toten und eine vermisste Frau. Ich denke, das reicht, um die Staatsanwaltschaft in Aurich zu überzeugen.«

»In meinen Augen reicht das. Sie kennen die Bürokraten. Ohne triftige Gründe rühren die keinen Finger«, sagte Flessner.

»Als Erstes müssen wir nach der Frau suchen. Es ist derzeit die dringlichste Aufgabe. Herr Flessner, benachrichtigen Sie bitte umgehend Ihr Büro. Die Fähren müssen vor dem Auslaufen überprüft werden. Informieren Sie Ihre Kollegen auf dem Festland. In Norddeich soll man die Augen aufhalten. Leiten Sie eine bundesweite Fahndung ein. Die Frau ist auf der Flucht. Sie muss gefunden werden, bevor sie sich ins Ausland absetzt.«

Flessner verließ das Schlafzimmer und begab sich nach draußen. Der Hund folgte. Während der Polizeibeamte telefonierte, saß ‚*Buddy*' zu seinen Füßen und winselte. »Ja, Kleiner, hoffentlich kommt dein Frauchen bald zurück, sonst müssen wir für dich ein neues Zuhause suchen.«

Lea machte schnell einige Fotos mit dem Smartphone. Später wollte sie sich das Haus genauer ansehen, wenn die Spurensicherung mit ihrer Arbeit fertig war.

»Ich habe mit Aurich telefoniert. Die Fahndung läuft. Wo wollen Sie anfangen?«, fragte Flessner, als Lea aus dem Haus kam.

»Ich werde zwischenzeitlich eine andere Spur verfolgen. Frau Ottersberg sagte, Frau Hentsch hätte sich gestern Abend mit dem Inhaber dieser Privatklinik getroffen, um das geforderte Geld in Empfang zu nehmen. Ich habe mir den Namen der Klinik notiert. Womöglich war der Inhaber dieser Klinik der Letzte, der die Frau gesehen hat. Ich muss mit ihm sprechen. Können Sie mich zu dieser Klinik fahren?«

Kapitel 43

Das weiße Gebäude leuchtete in der Vormittagssonne. *»Nordsand Privatklinik«* las Lea. Der Name prangte in goldenen Lettern auf einem fast zwei Quadratmeter großen weißen Schild. Es stand gut sichtbar nur wenige Meter von den Parkbuchten entfernt auf einem grünen, kurzgeschorenen Rasen. Lea hatte sich erkundigt: 14 Betten, in 10 Einzel- und zwei Doppelzimmern standen für gutbetuchte Patienten zur Verfügung. Flessner und Lea folgten einem schmalen gepflasterten Weg. Er endete vor dem Eingang der Villa. Durch eine wuchtige zweiflügelige dunkle Eichentür betraten sie das historische Gebäude. Sie führte in einen großräumigen Eingangsbereich. Links und rechts befanden sich Sitzgruppen. Weiße Ledersessel, Glastische mit Marmorsockeln und üppige Grünpflanzen in wuchtigen hölzernen Kübeln. Ein Getränkeschrank sowie ein Kaffeeautomat luden zum Verweilen und Verzehr ein. Dahinter, zur linken und rechten Seite, jeweils ein gut gefülltes Bücherregal. Direkt gegenüber der Eingangstür befand sich der Empfang. Das Mobiliar, ebenfalls in weiß und mit mattem Glas an den Kanten abgesetzt, wirkte vornehm und modern. Ein deutlicher Kontrast zu dem alten Bauwerk.

Lea lief schnurstracks auf die junge Frau am Empfang zu und zeigte ihren Dienstausweis. »Moin! Wer leitet diese Klinik?«

Verdutzt blickte die angesprochene Dame auf das Dokument.

»Doktor Kunert. Doktor Kunert leitet die *Nordsand Privatklinik.*«

»Wir würden gerne mit Doktor Kunert sprechen.«

»Einen Moment bitte.« Man merkte ihr eine gewisse Nervosität an, als sie zum Telefonhörer griff. »Hallo, Herr Doktor. Hier sind zwei Herrschaften von der Polizei. Sie möchten mit Ihnen sprechen.« Die junge, kaum 22 Jahre alte brünette Frau im weißen Shirt zeigte mit einer ausladenden Bewegung zu einer der Sitzgruppen.

»Nehmen Sie dort bitte Platz. Herr Doktor Kunert wird sofort bei Ihnen sein. Darf ich Ihnen einen Kaffee oder ein Kaltgetränk anbieten?«

»Apfelschorle. Zwei.« Mit ausgestrecktem Zeige- und Mittelfinger unterstrich Flessner seinen Wunsch.

»Sie trinken doch Apfelschorle, Frau Landgraf?«

»Ja, natürlich«, antwortete Lea. Sichtlich überrascht von Flessners leicht rüpelhaftem Benehmen.

Die beiden Beamten mussten fast 15 Minuten warten, bis ein großgewachsener, sportlicher Mann auf sie zukam. Er trug, wie vermutlich alle in dieser Klinik, schneeweiße Kleidung mit einem gestickten, goldfarbenen Schriftzug auf der Brust.

»Guten Tag, mein Name ist Kunert. Ich bin der Inhaber dieser Klinik. Was kann ich für Sie tun?«

Lea zeigte ihren Ausweis. »Mein Name ist Landgraf, ich bin Hauptkommissarin, das ist Polizeihauptmeister Flessner, Leiter der Polizeidienststelle Norderney«, sagte Lea.

»Wir sollten nach nebenan gehen. Dort können wir ungestört reden«, sagte Kunert und zeigte auf eine Tür rechts vom

Empfang. Es war ein Raum, der gewöhnlich für Patientengespräche genutzt wurde. Er war stilvoll und hochwertig eingerichtet.

»Herr Doktor Kunert, haben Sie sich gestern am späten Abend mit einer Frau Andrea Hentsch getroffen?«

Das Gesicht des Angesprochenen wechselte die Farbe. Er rang nach Worten. Doktor Kunert versuchte durch ein aufgesetztes Lächeln Souveränität auszustrahlen. »Wer soll das sein? Ich kenne keine Frau Hentsch«, so begann der Arzt seine Antwort etwas unsicher zu formulieren.

»Herr Doktor Kunert, reden wir nicht lange um den heißen Brei. Wir wissen von der Erpressung. Und wir wissen, dass eine Geldübergabe stattgefunden hat«, sagte Lea entschlossen. »Wo fand diese Geldübergabe statt?«

»Sie meinen ...« Doktor Kunert machte eine Pause. »Ich habe ...« Der Klinikchef atmete tief ein und aus. »Richtig!«, antwortete er mit klarer Stimme. »Ich habe mich mit einer Frau getroffen. Ihr Name ist mir nicht bekannt.«

»Wo haben Sie sich getroffen?«, wollte Lea wissen.

»Wo?«

»Ja! Wo, Herr Doktor Kunert? Hier in der Klinik, in einem Lokal oder am Strand? Wo trafen Sie diese Frau?« Flessners Stimme war wesentlich lauter als zuvor.

»Am Teich. Am Schwanenteich. Kennen Sie vielleicht. Ein kleiner Park. Ein schöner Park unweit der Mühlenstraße. Ganz idyllisch«, stammelte Kunert.

»Nach dem Treffen, wo ist die Frau hingegangen?«

»Das kann ich Ihnen nicht sagen. Sie ist einfach gegangen und ich auch.«

»Können wir kurz unter vier Augen reden?«, fragte Lea. Lea blickte zu Flessner. Dieser nickte. »Natürlich, ich muss ohnehin meine Mitarbeiterin instruieren«, antwortete Kunert.

Kunert verließ den Raum.

»Herr Flessner, es stehen zwei Hypothesen im Raum. Die

erste: Die Gesuchte ist mit dem Geld auf der Flucht. Die Zweite: Die Frau befindet sich noch auf der Insel.«

»Wenn sie noch auf der Insel ist, werden wir sie finden«, antwortete Flessner.

»Als Erstes werden wir den Park nach Spuren absuchen. Eventuell finden wir dort einen Hinweis auf den Verbleib der Frau.«

»Gut, Frau Landgraf. Ich kümmere mich darum. Ich informiere Doktor Kunert, dass die Befragung fortgesetzt wird. Während Sie mit ihm sprechen, rufe ich in der Dienststelle an.«

Schweißperlen rannen von der Stirn des Arztes, als Lea das Gespräch mit ihm fortsetzte.

»Herr Doktor Kunert, diese Frau, mit der Sie sich getroffen haben, wird vermisst. Können Sie mir dazu etwas sagen? Schildern Sie mir bitte, wie dieses Treffen ablief. Ich möchte alles wissen. Jedes Detail«, sagte Lea energisch.

»Ich, wir ...«, stotterte Kunert. Der Arzt transpirierte. Deutliche Schweißflecken zeigten sich auf seinem Shirt.

Flessner kam zurück, steckte sein Handy in die Jackentasche, setzte sich und nahm einen kräftigen Schluck aus dem mit Apfelschorle gefüllten Glas.

»Sie wollte Geld von mir«, erzählte Kunert zögerlich. »Im Gegenzug wollte sie mir eine Festplatte mit Daten aushändigen.«

»Das wissen wir bereits. Schildern Sie uns das Treffen am Schwanenteich.« Flessner wirkte nach dem Telefonieren überraschend ungeduldig.

»Gestern, kurz vor 23 Uhr, habe ich dieser Frau eine WhatsApp Nachricht geschickt. Ich habe ihr den Treffpunkt und die Uhrzeit mitgeteilt. Sie war pünktlich vor Ort.«

»War sie alleine?«

»Ja. Ich meine nein. Sie hatte einen Hund dabei.«

»Also doch alleine«, betonte Flessner.

»Ja. Könnte man sagen«, erwiderte Doktor Kunert, der sich mittlerweile in den freien Sessel gesetzt hatte. Er nutzte nur wenige Zentimeter der weichen Sitzfläche. In seinen Händen hielt er ein silberfarbenes glänzendes Schreibgerät, das er zwischen den Fingern hin und her bewegte.

»Wie lief das Treffen genau ab?«, wollte Lea wissen.

»Wir trafen uns auf dem Weg, der von der Mühlenstraße zum Wasser führte. Der Teich ist von dem Treffpunkt noch gut 150 Meter entfernt. Man konnte die Enten hören.«

»Waren noch andere Personen in der Nähe?«, fragte Flessner.

»Ich habe niemanden gesehen.«

»Wie lief die Übergabe ab?«, fragte Lea.

»Wir haben kaum ein Wort gewechselt. Ich habe ihr das Geld, das sich in einer Reisetasche befand, übergeben und sie gab mir postwendend die Festplatte. Unmittelbar nach der Übergabe ist sie Richtung Gartenstraße gelaufen und ich zurück zur Mühlenstraße. Dort parkte mein Auto.«

»Sie sind einfach gegangen?«

»Ja. Ich hatte, was ich wollte.«

»Hat Sie jemand gesehen?«, fragte Lea.

»Nein. Wie ich bereits sagte, waren wir alleine in dem Park.«

»Haben Sie noch einmal zurückgeblickt, bevor Sie zum Auto gelaufen sind?«, fragte Lea.

»Nein. Weshalb sollte ich?«

Flessner gefiel die Antwort nicht. »Ist Ihnen nichts aufgefallen? Haben Sie nichts bemerkt? Kein Geräusch gehört? Keine Stimmen? Nichts?«

»Nur als ich mein Auto erreicht hatte, hörte ich entfernt einen Hund aufgeregt bellen.«

»War es der Hund von Frau Hentsch?«

»Das kann ich nicht sagen. Hunde gibt es reichlich auf der Insel. Und aus der Entfernung klingen doch alle gleich.«

»Sie sind direkt nach Hause gefahren?«

»Nein, Frau Hauptkommissarin. Ich war dermaßen aufgewühlt .... Ich ... Wie soll ich es sagen? Ich musste mich abreagieren. Es mag seltsam klingen, aber als ich den Strand erreicht hatte und das Meer rauschen hörte, fühlte ich mich befreit. Der ganze Druck, der ganze Stress der letzten Tage und Stunden, waren wie weggeblasen. Ich habe mich in den Sand gelegt und bin irgendwann eingeschlafen. Gegen sieben Uhr am Morgen wachte ich auf. Ich bin sofort nach Hause gefahren.«

»Zeugen? Hat Sie jemand gesehen?«

»Meine Frau bemerkte meine Ankunft.«

»Eine Frage noch, Herr Doktor Kunert«, Lea erhob sich von ihrem Platz, »möchten Sie Anzeige erstatten?«

»Weshalb?« Fragend blickte der Arzt zu Lea.

»Sie wurden erpresst, Herr Doktor Kunert. Das ist eine Straftat laut Strafgesetzbuch.«

»Nein. Ich habe meine Daten zurück und der entstandene Schaden ist minimal.«

»Gut, dann schließen wir die Befragung hiermit ab. Danke, Herr Doktor Kunert, dass Sie sich die Zeit genommen haben. Halten Sie sich bitte in den nächsten Tagen zu unserer Verfügung. Das heißt, Sie sollten die Insel nicht verlassen. Kommen Sie heute, spätestens morgen, zur Polizeidienststelle. Ihre Aussage muss protokolliert werden.«

Sichtlich erleichtert über das Ende der Befragung, erhob Doktor Kunert sich von seinem Platz und verabschiedete die beiden Beamten.

»Ich fahre zum Schwanenteich. Ich muss die Arbeit meiner Leute koordinieren. Wie kommen Sie nach Hause?«, fragte Flessner.

»Von hier zur Frisiastraße sind es etwa drei Kilometer«, antwortete Lea, »das schaffe ich gut zu Fuß.«

Die beiden Beamten verließen die Klinik. Draußen angekommen, blieb Flessner plötzlich stehen. »Ich frage mich, was vorgefallen ist. Weshalb ist der Hund alleine nach Hause gelaufen?«

»Er war nicht angeleint, Herr Flessner. Möglich, dass er öfters nach dem Gassigehen zurück zum Herrchen lief. Deshalb auch die offene Haustür.«

»Möglicherweise hat Frau Hentsch die Nacht noch zuhause verbracht. Am frühen Morgen ist sie dann mit der ersten Fähre zum Festland gefahren«, sagte Flessner nachdenklich. »Vermutlich ist sie mit der Tasche voller Geld unterwegs Richtung Amsterdam. Von dort aus kann sie überall hinfliegen. Wenn sie clever gewesen ist, dann sitzt sie jetzt in einem Flieger Richtung Südamerika.«

»Ihre Mitarbeiter sollten im Umfeld des Schwanenteiches die Anwohner befragen. Womöglich hat jemand etwas gesehen oder gehört«, sagte Lea.

»Das wird nicht einfach sein, Frau Landgraf. Wir haben viel zu wenig Leute. Ich habe bereits die Feuerwehr zum Schwanenteich beordert. Sie unterstützt uns bei der Suche. Sobald wir fündig geworden sind, informiere ich Sie«, sagte Flessner.

Kapitel 44

An den Tischen der Cafés und Bistros saßen die Sommergäste und genossen bei sommerlichen Temperaturen von über 25 Grad Eis und durstlöschende Kaltgetränke. Sie sah einige bekannte Gesichter. Gerne hätte Lea sich zu ihnen gesellt, aber ihr fehlte die Zeit. Eilig lief sie zurück zum Büro.

»WIE GEFÄLLT dir dein neues Reich?« Fragend schaute Lea zu ihrer Mitarbeiterin, die mit einem Tablett voller Geschirr durch den Flur lief.

»Die Küche ist popelig. Wo sollen wir sitzen? Der Platz reicht weder für zwei Stühle, noch für einen Tisch. Sollen wir unsere Pausen zukünftig am Schreibtisch verbringen?« Missmutig blickte Sabine in den winzigen Raum, der sich ‚*Küche*' nannte.

»Mensch, Sabine. Lass den Kopf nicht hängen. Die neuen Räumlichkeiten haben auch Vorteile. Kurze Wege von Büro zu Büro und alles ist neu eingerichtet. Wir haben jetzt sogar verstellbare Schreibtische, einen neuen Drucker und eine schnelle Internetverbindung.«

»Dennoch finde ich hier einiges nicht sonderlich durchdacht. Ich denke, wir müssen das Ganze neu planen.«

»Mach` das, Biene. Wie wäre es, wenn wir den Eingangsbereich zu einer Pausenecke umfunktionieren?«

»Gute Idee. Wir benötigen dafür einen kleinen Tisch und zwei oder drei gemütliche Stühle und gegebenenfalls ein Ostfriesensofa.«

»Das lässt sich realisieren«, antwortete Lea, »ich spreche mit dem Bürgermeister.«

Sabine schien nicht ganz zufrieden. Das alte Büro gefiel ihr deutlich besser, wie sie immer wieder betonte. Aufgrund von Sparmaßnahmen der Landesregierung mussten sie es verlassen.

»Ich werde einen Plan entwickeln, wie wir die Räume sinnvoller nutzen können.«

»Das ist okay. Dennoch haben wir einen Job zu erledigen. Heute Morgen suchten Flessner und ich das Haus von Klaus und Andrea Hentsch auf. Frau Hentsch wird seit gestern vermisst. Klaus Hentsch fanden wir tot in seinem Bett. Alles deutet auf ein Verbrechen hin. Ich möchte, dass du mir alle Informationen ausdruckst, die du über die *Nordsand Privatklinik* finden kannst«, sagte Lea.

»Was ist mit dieser Privatklinik?«

»Frau Hentsch hat diese Klinik erpresst. Klaus Hentsch war Patient der Klinik und Johanna Ottersberg hat in der *Nordsand Privatklinik* gearbeitet.«

»Wer ist diese Frau Ottersberg?«

»Frau Ottersberg ist eine Freundin von Andrea Hentsch, die derzeit vermisst wird. Johanna Ottersberg hat eine Vermisstenanzeige aufgegeben und damit den Stein ins Rollen gebracht.«

»Wow! Das ist eine Menge Input. Da müssen meine grauen Zellen ordentlich ackern. Ich muss nur noch eine Kleinigkeit erledigen, danach widme ich mich voll und ganz diesem Fall.«

Sabine ließ das Tablett in der Küche stehen. Nachdenklich lief sie zurück zu ihrem Schreibtisch. Dort angekommen, nahm sie einen Zettel zur Hand und begann auf die Schnelle einen Plan zu entwickeln, wie man die Räume am effektivsten nutzen könnte. Sie tat das, weil sie Angst hatte, die gute Idee, die ihr gerade in den Sinn gekommen war, wieder zu vergessen. Kaum dass sie mit der Skizze begonnen hatte, musste sie ihr Vorhaben auch schon wieder stoppen. Ihr Telefon klingelte.

»Büro von Hauptkommissarin Landgraf. Mein Name ist Sabine Kirsch. Was kann ich für Sie tun?«

»Moin, Frau Kirsch. Könnte ich Frau Landgraf sprechen?«

»Moin, Herr Flessner. Ja! Natürlich. Ich stelle durch.«

»Lea! Telefon. Es ist Herr Flessner«, schrie Sabine durch die Räumlichkeiten.

Lea eilte zu ihrem Schreibtisch und nahm das Gespräch entgegen.

»Hallo, Herr Flessner. Gibt es etwas Neues? Hoffentlich positive Nachrichten.«

»Damit kann ich nicht dienen. Wir haben den Park weitgehend durchsucht und vor wenigen Minuten in einem schwer zugänglichen Bereich eine Leiche entdeckt.«

»Eine Leiche?«, wiederholte Lea überrascht.

»Ja. Weiblich. Sie sollten sich die Tote anschauen.«

»Okay. Ich denke, ich bin in 30 Minuten vor Ort.«

»Sie können es in 15 Minuten schaffen.« Wortkarg wie immer, beendete Flessner das Gespräch.

Was ist mit Flessner los? Weshalb diese Eile? Die Leiche wird schon nicht weglaufen, dachte Lea, nahm Jacke und Autoschlüssel und begab sich zum Büro von Sabine.

»Was machst du unter dem Schreibtisch?«

»Ich suche Steckdosen. Meine Schreibtischleuchte, unser Drucker und mein Computer benötigen Strom.«

»Sabine, weißt du, wo der Schwanenteich ist?«

»Dreißig Minuten zu Fuß. Sieben Minuten mit dem Auto. Neuer Kurpark/Napoleonschanze. Wieso?«

»Flessner wartet dort auf mich.«

»Hast du ein Verlängerungskabel, Doppelstecker oder eine Steckdosenleiste?«

»Es gibt eine Tote.«

»Was hat das mit dem Drucker zu tun?«

»Mit dem Drucker nicht, aber mit dem Schwanenteich. Kannst du mir den Weg beschreiben oder muss ich mein Navi fragen?«

»Weshalb willst du dein Navi befragen? Die Steckdosen finde ich auch ohne dessen Hilfe.«

»Flessner wartet. Wie komme ich am schnellsten zum Tatort?«

»Ich denke, ich schaue mal im Keller nach. Dort habe ich Kartons mit Kabeln gesehen.«

»Ich benötige keine Kabel, nur eine Auskunft«, reagierte Lea leicht angesäuert.

»Okay. Okay. Moment, ich zeig dir den Weg auf der Karte. Was willst du am Schwanenteich? Triffst du dich dort mit dem Bürgermeister?«

»Hast du mir nicht zugehört? Ich treffe mich mit Flessner. Dort liegt eine Tote.«

»Noch eine Leiche? Soll ich mitkommen?«

»Kümmere du dich um die Infos. Ich muss alles über diese Klinik wissen.«

»Natürlich. Die Klinik. Ich bin dran. Ich mache mich gleich ans Werk. Sobald der Drucker läuft und ich Licht auf dem Schreibtisch habe, lege ich los. Außerdem muss ich noch einen Einrichtungs- und Nutzungsplan für alle Räume erstellen. Ausreichende Steckdosen sind noch nicht gefunden. Es gibt noch viel zu tun.«

Sabine hatte die große Inselkarte, die sich früher im alten Besprechungsraum befand, zunächst im Flur aufgehängt. Routiniert erklärte sie Lea den Weg.

»Dorthin finde ich auch ohne Navi«, sagte Lea selbstsicher.

»Ruf mich an, wenn du dich verlaufen hast.«

»Ich bin kein kleines Kind, Biene. Wieso soll ich mich verlaufen?«

»In der Hauptsaison kommt das öfters vor. Immer wieder begegnen mir Feriengäste, die hilflos durch die Stadt irren, weil sie den Weg zu ihrer Unterkunft nicht finden können.«

»Ich bin keine hilflose Touristin!«, entgegnete Lea.

»Übrigens: Von was für einer Leiche hast du vorhin gesprochen?«

»Von einer toten Frau, Sabine. Falls ein Verbrechen vorliegt, gibt es in den kommenden Tagen reichlich Arbeit. Dann brauche ich deine vollständige Aufmerksamkeit.«

Sabine schaute missmutig, als Lea das Gebäude verließ und zu ihrem Dienstwagen eilte.

»Infos, Infos. Kann ich zaubern? Heute Nachmittag? Recherchieren, drucken und, und ... Ich bin schon happy, wenn die Kaffeemaschine bis zum Abend wieder funktioniert«, murmelte Sabine mies gelaunt.

Kapitel 45

Bereits von Weitem sah sie die Einsatzfahrzeuge. Polizei, Rettungswagen und ein Fahrzeug der Feuerwehr waren vor Ort. Den Bereich rund um den Schwanenteich hatten die Einsatzkräfte weiträumig abgesperrt. *Sie haben dazugelernt,* dachte Lea und parkte an der Gartenstraße hinter einem Fahrzeug der Polizei.

Ein schmaler Weg führte von dort durch dichtes Buschwerk zum Fundort der Leiche. Gut zu erkennen aufgrund zahlreicher Personen in Uniform und auffälliger Rettungsdienstbekleidung. Polizeihauptmeister Johann Flessner ragte wie immer, dank seiner Statur, aus der Masse hervor. Lea lief zu ihm.

»Hallo, Frau Landgraf.« Trocken, freundlich und mit ostfriesischer Gelassenheit begrüßte der Leiter der Norderneyer Polizeidienstelle die junge Beamtin.

»Ein beschaulicher Ort für ein Gewaltverbrechen. Oder müssen wir einen Unfall in Betracht ziehen?«, fragte Lea.

»Das sieht nicht nach einem Unfall aus, wenn Sie mich fragen«, sagte der Polizeibeamte. »Der Doktor hat sich nicht konkret festgelegt. Wie immer. Jedenfalls hat er das Ableben der Frau bestätigt.«

»Zwei Tote an einem Tag. Was können Sie mir über diese Person sagen?«

»Wir sind so vorgegangen, wie Sie es uns gesagt haben. Sehr professionell, wie ich meine. Ja, Frau Landgraf, auch wir sind lernfähig.« Flessner schmunzelte. Was ein Mann von der Feuerwehr scheinbar unpassend fand. Er drückte sein Missfallen durch einen vorwurfsvollen Blick aus.

»Nur zu Ihrer Information, Frau Landgraf: Zusammen mit der Feuerwehr haben meine Leute mittlerweile den Bereich rund um den Schwanenteich penibel abgesucht.« Flessner zog einen weiten Bogen mit seinem rechten Arm. »Das war der Suchradius. Außer der üblichen Hinterlassenschaften der Spaziergänger wurde nichts entdeckt, was im Zusammenhang mit diesem Verbrechen stehen könnte. Was an Müll gefunden wurde, steckt dort in den grauen Säcken. Diese Säcke werden von uns in den nächsten Tagen akribisch durchsucht und alles, was wir finden, wird dokumentiert, bevor es endgültig entsorgt wird. Sie sehen, Frau Landgraf, wir haben bereits viel von Ihren Anregungen umgesetzt. Wie ich bereits sagte, auch wir sind lernfähig.«

»Sehr gut, Herr Flessner. Es liegt nicht in meinem Interesse, mich in Ihre Arbeit einzumischen. Wie ich schon in der Vergangenheit immer wieder betont habe, sind die ersten Stunden nach einem Verbrechen von entscheidender Bedeutung. Wertvolle Spuren können verloren gehen, wenn der Bereich um einen Tatort nicht abgesperrt und systematisch abgesucht wird. Gute Arbeit, Herr Flessner!«

»In der Vergangenheit hat sich kaum jemand um Dinge wie Beweis- und Spurensicherung gekümmert. Wir sind Polizisten, unsere Aufgaben sind andere. Nach einem Verbrechen informierten wir bislang immer die Kollegen vom Festland. Bis die hier eintrafen, vergingen Stunden, manchmal Tage. Von kollegialer Zusammenarbeit war wenig zu spüren. Die Herrschaften aus Aurich führten sich auf, als hätten sie das Wissen für sich alleine gepachtet. Man könnte deren Verhalten zeitweilig als arrogant bezeichnen. Wir waren froh, wenn die Festländer die Insel wieder verlassen hatten. Mit Ihnen ist es anders, wenn ich das so sagen darf. Sie unterstützen uns, statt uns zu belehren. Jan betont immer wieder die gute Zusammenarbeit mit Ihnen.«

»Danke, Herr Flessner. Das höre ich gerne«, erwiderte Lea. »Gibt es Zeugen?«

»Zeugen gibt es bislang leider nicht. Zwei meiner Mitarbeiter befragen derzeit noch Anwohner.«

»Ist Fundort gleich Tatort?«

»Sieht nicht so aus. Die Frau lag abseits des befestigten Weges. Auf den ersten Blick, zwischen den wuchernden Gräsern, Brennnesseln und Büschen, kaum zu erkennen. Wären wir nicht so systematisch vorgegangen, hätten wir die Leiche vermutlich übersehen. Das hier könnte eine Schleifspur sein.« Flessner zeigte mit ausgestrecktem Arm auf eine Stelle, an der die Grasnabe seitlich vom Weg leicht aufgerissen war.

»Dann ist sie hier auf dem Weg ihrem Widersacher begegnet.«

»Davon gehe ich aus«, sagte Flessner betont sachlich.

»Was sagt der Arzt?«

»Wenig. Doktor Kaßmann stellte erhebliche Kopfverletzungen fest. Sie könnten die Todesursache sein, sagt er. Ob sie gestürzt oder niedergeschlagen wurde, konnte oder wollte er nicht sagen. Er schätzt den Todeszeitpunkt auf gestern Abend kurz vor Mitternacht.«

»Trug sie Dokumente bei sich? Wurde sie ausgeraubt?«

»Davon gehe ich aus, Frau Landgraf. Wir fanden bei der Toten weder Papiere, Wertsachen, Handy noch eine Handtasche. Das Einzige, was wir fanden, war eine Hundeleine.«

»Somit wissen wir nicht, wer die Tote ist?«

»Doch!«, sagte Jan Lankow laut, der mit großen Schritten auf Lea zukam.

»Hallo, Jan. Ich habe dich gar nicht bemerkt zwischen den ganzen Leuten.«

»Chef kennt das Opfer.«

Lea folgte Flessner zum Leichenfundort. Nach wenigen Metern blieb der altgediente Polizist stehen. Nachdenklich blickte Flessner zu der Toten, die zu seinen Füßen lag. Ihr Gesicht blass, die Lippen bläulich und das Haar strähnig und vom Blut verklebt, lag sie versteckt hinter einem Busch. Tau benetzte das Gras, in dem sie lag.

»Der Arzt hat sie bewegt. Als ich ihr Gesicht sah, da wusste ich Bescheid. Ich kenne die Frau nur flüchtig. Manchmal traf ich sie morgens beim Bäcker oder samstags im Supermarkt. Sie ist die Frau von Klaus Hentsch. Ich bin mir zu 95 Prozent sicher, dass diese Tote tatsächlich die Ehefrau des Kunstmalers ist.«

»Absurd. Erst wird der Mann und jetzt die Frau tot aufgefunden.«, bemerkte Jan Lankow. »Was ist da vorgefallen? Ein Familiendrama?«

»Wurde eine Reisetasche gefunden?«, wollte Lea von Flessner wissen.

»Meine Leute, sowie die Männer von der Feuerwehr, sind das ganze Gelände abgelaufen. Jeder Quadratmeter im Umkreis von 150 Metern wurde durchsucht. Nichts. Keine Tasche, kein Handy – nichts. Die Suche wird ausgeweitet und bis zum Abend fortgesetzt«, sagte Flessner.

Lea zog sich Einweghandschuhe über und trat an den Leichnam heran. Sie beugte sich über die Tote, betrachtete Kopf, Arme, Hände, Beine und Oberkörper, so weit es möglich war.

»Ich kann keine Abwehrspuren entdecken. Es gab augenscheinlich keinen Kampf. Die Kleidung ist intakt und nirgends sind Hautabschürfungen, Hämatome oder Verletzungen zu erkennen, außer am Hinterkopf. Am rechten Unterarm fand ich eine leicht gefärbte Stelle. Sie könnte von einer festen Umklammerung stammen. Irgendjemand hat sie am Handgelenk festgehalten.«

»Ähnliches sagte Doktor Kaßmann auch. Die massiven Kopfverletzungen könnten die Todesursache sein, betonte er.«

Lea zeigte mit dem Finger auf die Kopfwunde. »Definitiv rühren die Kopfverletzungen nicht von einem Sturz her. Die Wunde ist oberhalb der Hutkrempe. Ein Indiz dafür, dass die Verletzungen von Schlägen auf den Kopf herrühren. Lassen Sie Ihre Leute nach der Tatwaffe suchen, Herr Flessner. Eventuell benötigen wir einen Taucher, der den Teich absucht.«

»Habe ich es mir doch gedacht.« Leicht überheblich blickte Lankow zu seinem Chef.

»Die Verletzungen können nicht von einem Sturz herrühren. Im weichen Gras, beziehungsweise auf dem Fußweg kann man sich unmöglich derartige Verletzungen zuziehen.«

»Das denke ich auch, Jan. Gut beobachtet«, folgerte Lea.

»Chef, Sie sagten doch ....«

»Jan, kümmere dich um den Bestatter und rede nicht so viel.«

»Der Bestatter ist bereits unterwegs. Er müsste in wenigen Minuten hier eintreffen«, erwiderte Lankow.

»Die Leiche muss nach Oldenburg. Ich beantrage eine Untersuchung durch die Rechtsmedizin«, sagte Lea.

»Jan spricht mit dem Bestatter. Dieser wird sich um alles kümmern. Er reserviert auch den Platz auf der Fähre.«

»Sie muss noch heute aufs Festland«, betonte Lea nachdrücklich.

»Jan, wenn du mit dem Bestatter fertig bist, nimm dir fünf Leute und durchkämme noch einmal dieses Buschwerk hier.« Flessner zeigte auf eine Fläche, die extrem dicht mit Farn,

Dornenbüschen, Efeu, Gräsern und Brennnesseln überwuchert war. »Möglicherweise hat der Täter das Tatwerkzeug dort unmittelbar nach der Tat entsorgt.«

»Okay, Chef. Wir werden den Bereich noch einmal intensiv durchstöbern und jeden Grashalm umdrehen, bis wir etwas gefunden haben.«

Lea zog die Handschuhe aus und steckte sie in die Jackentasche. Mit ihrem Smartphone machte sie diverse Aufnahmen von der Toten und dem Fundort, bevor sie sich von Flessner verabschiedete.

»Ich fahre zurück zum Büro. Ich muss mit dem Staatsanwalt sprechen. Er wird über das weitere Vorgehen entscheiden. Zwei Tote, das ist sicherlich auch in Aurich nicht oft an der Tagesordnung. Möglich, dass Kollegen von dort hinzugezogen werden«, sagte Lea.

»Eggers und seine Truppe brauchen wir hier nicht.« Flessner blickte mürrisch zu Lea.

»Die Entscheidung liegt bei der Staatsanwaltschaft. Jedenfalls muss die Leiche nach Oldenburg, die Kleidung muss kriminaltechnisch untersucht werden und wir benötigen grünes Licht für weitere Ermittlungen. Eventuell haften Faserspuren vom Täter an der Kleidung. Was ist mit Fußspuren, Herr Flessner?«

»Als wir kamen, fanden wir jede Menge Fußspuren, Frau Landgraf. Ob Fußspuren vom Täter darunter sind, kann niemand sagen. Das lässt sich bei der Fülle an Schuhabdrücken nicht feststellen. Morgens sind hier zahlreiche Spaziergänger unterwegs. Der Park ist zudem beliebt bei Hundebesitzern und Joggern.«

Jan Lankow verschwand mit mehreren Kollegen im dichten Bewuchs, während die Feuerwehr abrückte. Wenige Minuten später verließ auch der Rettungswagen den Fundort der Leiche. Marco Doyen nahm das Absperrband zur Seite und ließ die Fahrzeuge passieren. Kaum dass er die Absperrung wieder eingerichtet hatte, traf der Bestatter ein. Eilig entfernte Doyen erneut das Absperrband.

Alle traten zurück, als die beiden Männer vom Bestattungsinstitut sich routiniert um die Tote kümmerten. Als der graue Sarg an ihnen vorbeigetragen wurde, nahmen die Beamten ihre Kopfbedeckungen ab und zollten der Toten ihre Ehrerbietung. Schweigend verfolgten die Anwesenden, wie der Sarg abtransportiert wurde.

»Jetzt kommt Arbeit auf uns zu. Wir sollten unverzüglich einen Zeugenaufruf starten.«

»Zweifelsfrei, Herr Flessner. Zunächst muss ich die Staatsanwaltschaft informieren. Danach sprechen wir mit der Presse.«

»Was machen Sie, wenn der Staatsanwalt sich für Eggers als zuständigen Ermittler entscheidet und nicht für Sie, Frau Landgraf?«

Kapitel 46

Es war ungewohnt still an der Frisiastraße. Drei Umzugskartons standen noch im Flur. Es machte den Eindruck, als hätten die Aufräumarbeiten ein jähes Ende gefunden. Überall lagen Mappen, Berge von Papier und in den Büros stapelten sich Aktenordner. Lea bahnte sich einen Weg zu ihrem Büro. Es befand sich glücklicherweise unweit des Eingangs. Insofern waren es nur ein paar Schritte bis zu ihrem Schreibtisch. Sabines Büro lag am Ende des Flurs. Sie war nicht zu hören. Lea setzte sich an ihren Schreibtisch, wählte über die Kurzwahltaste das Büro des Staatsanwaltes und wurde sofort verbunden. Wie so oft stand Doktor Maibach unter Termindruck. Er ließ sich von Lea die Sachlage erläutern. Obwohl Doktor Maibach zur Eile drängte, berichtete sie ausführlich von dem Fund der Leichen.

»Wir haben einen Engpass in Aurich«, begann Doktor Maibach, »hoher Krankenstand und zudem hat Eggers einigen Leuten Urlaub bewilligt. Für mich unverständlich. Nun gut. Die Mütter und Väter wollen die unterrichtsfreie Zeit für Familienurlaub nutzen. Ich habe selber zwei Kinder. Ich weiß, wie das ist. Nicht einfach, Privatleben und Beruf unter einen Hut zu bringen.« Lea hörte Doktor Maibachs

Ausführungen schweigend zu. »Wie gesagt, wir haben ein Personalproblem in Aurich. Zudem wurde hier vor wenigen Tagen ein Juwelier überfallen. Der gute Mann stellte sich den Räubern in den Weg. Ein Fehler. Der Mann hinterlässt Frau und drei Kinder. Die Polizei in ganz Ostfriesland ist alarmiert. Und jetzt melden Sie mir noch zwei Todesfälle auf Norderney. Damit müssen Sie sich zunächst alleine befassen. Sobald der Personalengpass überwunden ist, bekommen Sie Hilfe. Bis dahin liegt die Zuständigkeit in Ihren Händen. Ich informiere meine Mitarbeiter. Sie werden Sie, so weit möglich, bei Ihrer Ermittlungsarbeit unterstützen.«

Doktor Maibach, Staatsanwalt in Aurich, beendete das Telefonat mit den Worten: »Sie bekommen alles noch schriftlich. Eine Kopie geht an Hauptkommissar Eggers, ebenso an die Polizeidienststelle Norderney. Klären Sie diese Tötungsdelikte umgehend auf, wir wollen keine Beeinträchtigung des Tourismus auf Norderney haben. Lassen Sie um Himmels willen die Presse aus dem Spiel. Kein Wort an die Zeitungen. Sie wissen ja, wie wichtig die Feriengäste für Ostfriesland und insbesondere für die Inseln sind. Allein im Jahr 2020 wurden auf den Ostfriesischen Inseln über 4 Millionen Übernachtungen gezählt. Eine Pressemeldung über mögliche Straftaten kann hier großen Schaden anrichten. Wie gesagt, ermitteln Sie, hängen Sie aber die Sache nicht an die große Glocke. Wir verstehen uns? Mein nächster Termin ist in zehn Minuten. Ich muss das Gespräch beenden. Sie wissen, was zu tun ist. Im Übrigen erwarte ich von Ihnen, dass sie das BKA in der Ausübung ihrer Tätigkeiten auf Norderney nicht behindern werden. Halten Sie mich über alles auf dem Laufenden. Schönen Tag noch, Frau Landgraf.«

»LEA, hast du mit dem Staatsanwalt telefoniert?« Sabine stand urplötzlich in der Tür.

»Hast du gelauscht?«

»Nein, natürlich nicht. Ich hörte nur per Zufall, wie du den Namen Maibach erwähntest.«

»Ich soll ermitteln. Wir haben zwei Todesopfer. Das bedeutet viel Arbeit. Vom Festland erhalten wir wenig Unterstützung. Angeblich gibt es in Aurich einen Personalengpass. Insofern sind wir jetzt gefordert.«

»Wie soll das gehen?«

»Frag mich nicht. Maibach hat das Sagen. Ich muss dringend mit Flessner telefonieren. Danach bin ich für eine Weile außer Haus.«

»Wenn du zurück bist, erzähle ich dir bei einer Tasse Kaffee, was ich recherchiert habe«, sagte Sabine, nahm einen Stapel Aktenordner vom Boden und lief damit in den Flur.

»Hallo, Herr Flessner«, Lea telefonierte im Stehen. »Es ist so weit. Der Staatsanwalt gab mir soeben seine Zustimmung. Wir können handeln. Schicken Sie eine Streife mit zwei Ihrer Leute zu der *Nordsand Privatklinik*. Ich werde in 10 Minuten dort vor Ort sein.«

Kapitel 47

Feriengäste aus ganz Deutschland lieben die Insel, weil sie neben der weiten Dünenlandschaft und den fast endlosen Sandstränden auch mit städtischem Flair aufwarten kann. »Norderney hat viel zu bieten und wird nie langweilig«, sagte Bürgermeister Redenius zu Beginn der Saison vor 85 geladenen Gästen im Conversationshaus.

An diesem Julimorgen schien die Sonne von einem wolkenlosen Himmel. Der Großteil der Strandkörbe war bereits am frühen Vormittag belegt. Ein Streifenwagen parkte vor der *Nordsand Privatklinik.* Jan Lankow und Marco Doyen warteten geduldig vor dem Eingang des Hauses.

»Ihr seid aber schnell. Blaulicht?« Lea hatte den kürzeren Weg, war dennoch mit ihrem Smart fast 6 Minuten später als die Kollegen von der Polizei vor Ort.

»Klar. Immerhin ist diese Sache dringlich«, grinste Doyen.

ERSCHROCKEN BLICKTE die Mitarbeiterin am Empfang zur Tür, als die Beamtin schnellen Schrittes auf sie zu kam.

Doyen blieb an der Tür stehen, während Lankow ihr auf dem Fuß folgte.

»Moin. Wo finden wir Doktor Kunert?«

»Doktor Kunert führt gerade ein Patientengespräch. Da darf ich nicht stören.«

»Zeigen Sie mir den Weg. Sofort!«, sagte Lea mit Nachdruck.

Eilig lief die Klinikmitarbeiterin eine weiße Holztreppe hinauf, die in den ersten Stock führte. Lea und Lankow folgten. Vor einer Tür mit der Aufschrift, *»Behandlung 1«* blieb sie stehen.

»Hier, in diesem Raum, führt Herr Doktor Kunert das Patientengespräch«, flüsterte die Angestellte.

»Klopfen Sie!«, befahl Lea.

Die junge Frau tat, was Lea verlangte. Vorsichtig pochte sie an die Tür, drückte zaghaft den Griff und öffnete. Lea und Lankow drängten an ihr vorbei in den Raum. Doktor Kunert saß auf einem Schemel neben einer Liege, auf der eine ältere Frau lag. Entsetzt blickte die Patientin zur Tür, als sie den Polizisten sah.

»Herr Doktor Kunert, Sie sind vorläufig festgenommen. Bitte begleiten Sie uns zur Polizeidienststelle.«

»Handschellen?«, fragte Lankow.

»Ich denke, Herr Doktor Kunert wird uns keine Probleme bereiten.«

»Ich weiß nicht, was Sie wollen, Frau Kommissarin, aber wenn Sie darauf bestehen, werde ich Ihrem Wunsch nachkommen und Sie begleiten.«

Der Arzt erhob sich von seinem Platz und folgte den Beamten.

Bevor Doktor Kunert das Haus verließ, wandte er sich seiner Mitarbeiterin zu. »Friedericke, informieren Sie bitte meine Frau. Sagen Sie Ihr, dass ich für eine Weile außer Haus bin. Sie soll sich um unsere Patienten kümmern.«

. . .

LEA WOLLTE die Befragung nicht ohne Flessner durchführen. Fast eine Stunde musste Doktor Kunert in dem kargen Vernehmungsraum warten, bis die Vernehmung begann. Flessner hatte einen wichtigen Termin. Er saß beim Frisör. Eine Streife holte ihn von dort ab. Übel gelaunt betrat er den Vernehmungsraum. Lea musste schmunzeln, als Flessner eintrat und Doktor Kunert die Nase rümpfte. Eine Duftwolke von feinstem Rasierwasser umgab den Polizeibeamten und füllte nach und nach den Raum.

»Hallo, Frau Landgraf. Entschuldigen Sie meine Verspätung. Mein Termin duldete keinen Aufschub.«

»Alles in Ordnung, Herr Flessner. Sie wissen die Prioritäten richtig zu setzen.«

»Moin, Herr Doktor Kunert!«, sagte Flessner und setzte sich an den Tisch neben Lea.

»Sie ahnen sicherlich, weshalb Sie hier sind.«

»Nein!«, antwortete der Arzt.

»Wirklich nicht?«, fragte Lea gelassen.

»Herr Polizeihauptmeister, ich bin absolut ahnungslos. Ich weiß nicht, was ich hier soll«, betonte Doktor Kunert erneut lautstark.

»Man sagt von Ihnen, Sie seien ein ehrgeiziger und erfolgreicher Unternehmer, der in manchen Situationen zu Wutausbrüchen neigt. Sind Sie Choleriker?«, fragte Flessner, während er sich mehrfach mit der flachen Hand über sein spärliches Haupthaar strich.

»Das trifft nicht zu. Wie jeder andere Mensch werde auch ich in bestimmten Situationen wütend. Schlimmstenfalls bin ich etwas aufbrausend. Ein Choleriker bin ich mit Sicherheit nicht.«

»Sie erzählten uns bei unserer letzten Begegnung vom Treffen mit Frau Hentsch. Sie erinnern sich? An dem Abend, an dem Sie Frau Hentsch eine Tasche mit Geld ausgehändigt haben, waren Sie da verärgert?« Fragend blickte Lea den Arzt an, der mittlerweile heftig transpirierte.

»Nein! Warum sollte ich?«

»Man hat Sie erpresst und Sie mussten eine große Summe zahlen, das macht doch wütend.«

»Nein! Was soll diese Fragerei?«

»Frau Hentsch wurde vor wenigen Stunden in der Nähe des Schwanenteiches gefunden. Sie ist tot. Erschlagen. Haben Sie Frau Hentsch getötet?«, polterte Flessner.

Schweißperlen rannen von der Stirn des Arztes.

»Ich kannte diese Frau kaum. Weshalb sollte ich sie töten?«, entgegnete Kunert zornig.

»Sie trafen Frau Hentsch in der Nähe des Schwanenteiches und dort haben Sie die Frau erschlagen.«

»Nein! Nein! Natürlich nicht. Warum sollte ich? Ich kann mir das nicht erklären. Als ich den Ort verließ, war die Frau putzmunter. Wir haben uns noch über ihren Hund unterhalten. Warum sollte ich der Frau etwas antun?«

»Die Gründe liegen doch auf der Hand. Die Frau hat sie erpresst. Sie wollten nicht nur die Daten, sondern auch das Geld zurück.«

»Unsinn. Ich habe ihr das Geld gegeben, weil ich Mitleid mit ihr hatte. Sie stand heulend vor mir. Ich konnte nicht anders. Ich musste ihr das Geld geben.«

»Hatten Sie das nicht ohnehin vor?«, fragte Flessner.

»Nein. Ich wollte mich nicht von einer naiven Hausfrau erpressen lassen. Mein Anliegen war, die Daten zu bekommen. Im Gegenzug hätte ich der Frau einen Obolus ausgehändigt, aber nicht die komplette Summe.«

»Wie kam es zu Ihrem Sinneswandel?«

»Die Frau erinnerte mich an meine Mutter. Sie tat mir so unendlich leid, dass ich ihr, ohne nachzudenken, das ganze Geld ausgehändigt habe.«

»Bei diesem Treffen ging es um eine Festplatte mit wichtigen Daten. Was wäre passiert, wenn Frau Hentsch den Inhalt der Festplatte weitergegeben hätte?«, wollte Lea wissen.

»Auf meinem Rechner waren Informationen, die nicht für die Öffentlichkeit bestimmt waren. Die Veröffentlichung wäre ein Dolchstoß für unser Unternehmen gewesen. Ein enormer Imageverlust für die Klinik wäre entstanden, und natürlich ein Vertrauensverlust bei den Patienten. Ich denke, wir hätten alle unsere Kunden verloren. Insolvenz wäre die Folge gewesen.«

»Weshalb? Was hatten Sie zu verbergen? Was waren das für Informationen?«

Kunert wurde unruhig. Mit den Fingern der rechten Hand trommelte er auf die Tischplatte, biss sich auf die Unterlippe, schluckte mehrfach und atmete hektisch. Kunert überlegte krampfhaft, was er antworten sollte.

»Sagen Sie uns, was wir schon längst wissen!« Flessner reagierte ungehalten. »Wir haben nicht ewig Zeit, Herr Doktor!«

»Ich weiß nicht, worauf Sie hinaus wollen. Ich habe Ihnen bereits alles gesagt, was Sie wissen wollten.«

»Sie beziehen gefälschte und unwirksame Medikamente aus dem Ausland«, sagte Flessner laut und vorwurfsvoll. »Diese illegalen Arzneimittel haben Sie nicht nur vertrieben, sondern sogar selbst in Ihrer Klinik eingesetzt.«

»Woher haben Sie diese Information?«, fragte Kunert.

»Unwichtig, Herr Doktor. Was ist an diesem Vorwurf dran?« Lea, betont energisch, wollte Antworten und kein Gefasel.

»Ich ... Wir haben Medikamente in Umlauf gebracht, das ist richtig. Diese Medikamente bezogen wir aus dem Ausland, was heute weit verbreitet ist. Medikamente, die, nach meinem derzeitigen Kenntnisstand, nicht die Qualität vergleichbarer Produkte erfüllten, im Einkauf aber deutlich günstiger waren als handelsübliche Arzneimittel.«

»Ihnen war bewusst, dass Sie sich damit strafbar machten?«, fragte Lea.

»Es war ein Fehler. Mein Vater hatte die Klinik heruntergewirtschaftet. Ich brauchte dringend Geld und da kam mir das Angebot aus dem Ausland sehr gelegen. Ich wusste damals nicht, auf was ich mich da eingelassen hatte. Irgendwann gab es kein Zurück.«

»Das ist Betrug, Herr Doktor«, sagte Flessner laut.

»Betrug ist nicht unsere Baustelle. Darum kümmern sich andere. Uns interessiert nur der Tod von Andrea Hentsch«, sagte Lea. »Haben Sie Frau Hentsch getötet?«

»Nein! Das sagte ich Ihnen bereits.«

»Doch, Sie haben! Frau Hentsch wandte Ihnen den Rücken zu. Diesen Augenblick nutzten Sie und schlugen ihr den Schädel ein«, schnauzte Flessner den Klinikchef an.

»Ich ... Womit sollte ich zuschlagen? Außer dieser kleinen Festplatte hatte ich doch nichts in der Hand.«

»Mit einem Geständnis könnten Sie Ihre Situation deutlich verbessern, Herr Doktor Kunert«, mischte sich Lea ein.

»Ich ... Ich habe nichts zu gestehen«, stammelte der Arzt.

»Doktor Kunert, machen Sie uns und Ihnen selbst das Leben nicht unnötig schwer«, sagte Lea. »Erzählen Sie uns die Wahrheit. Es ist nur zu Ihrem Vorteil.«

»Da gibt es nichts zu erzählen. Die Frau war bei bester Gesundheit, als ich gegangen bin.«

»Ich möchte Ihnen helfen. Erzählen Sie uns, was nach der Geldübergabe passiert ist. Es wird sich mildernd auf das Strafmaß auswirken, wenn Sie mit uns kooperieren.« Flehend blickte Lea den Arzt an. »Bitte, Herr Doktor Kunert, nutzen Sie diese Chance. Sagen Sie uns, wie es war. Was ist am Schwanenteich geschehen, nachdem Sie Frau Hentsch die Tasche mit dem Geld übergeben haben?«

Doktor Kunert hielt sich die Hände vors Gesicht.

»Nein, nein und nochmals nein. Ich habe der Frau nichts angetan. Glauben Sie mir! Ich bin kein Mörder.«

Flessner beugte sich vor. Sein Gesicht war nur wenige Zentimeter von dem Klinikchef entfernt. Lautstark attackierte er den Arzt. »Herr Kunert, Sie sind ein Mörder und wir haben dafür den Beweis.«

Kapitel 48

Blass, wie die Wand des Vernehmungsraumes, saß Doktor Kunert, den Kopf leicht nach vorne gebeugt, vor dem grauen Tisch. Schweißperlen bildeten sich auf der Stirn und mit den Füßen wippte er wie ein Schulkind, das seine Hausaufgaben vergessen hatte.

Immer wieder schüttelte der Klinikarzt den Kopf. »Nein! Und nochmals nein«, beteuerte er, »Sie haben definitiv die falsche Person. Ich bin nicht der Mörder, den Sie suchen.«

»Denken Sie nach. Was ist am Schwanenteich passiert? Warum haben Sie zugeschlagen? Gab es einen Streit? An was erinnern Sie sich? Antworten Sie!«, fuhr Flessner den Arzt erneut an.

»Nichts! Nichts ist passiert. Ich nahm den Datenträger und die Frau erhielt die Tasche mit dem Geld«, antwortete Thomas Kunert. »Das war alles.«

»Das glaube ich Ihnen nicht, Herr Doktor. Sie haben die Frau brutal erschlagen. Wir haben den Beweis.«

LEA ERHOB sich von ihrem Platz, verließ den Raum und kam nach wenigen Minuten mit einem länglichen, etwa einem Meter langen Gegenstand, der sich in einer durchsichtigen Plastiktüte befand, zurück.

»Herr Doktor Kunert, wissen Sie, was das ist?«

»Natürlich«, sagte er leise. »Was für eine Frage. Das kann Ihnen jedes Kind beantworten.«

»Ich möchte es von Ihnen hören«, sagte Lea entschlossen.

»Das ist ein Golfschläger. Ein 3er-Eisen. Prämium-Eisen. Genauer gesagt, handelt es sich um ein *Wedge*. Es wurde in Japan gefertigt. Das erkenne ich auf den ersten Blick. Es ist ein Meisterstück.«

Lea fuhr mit dem Zeigefinger über den oberen Teil des Golfschlägers.

»Dieser Golfschläger trägt Ihren Namen und den Namen Ihrer Klinik. Wir fanden den Schläger gut versteckt in unmittelbarer Nähe des Tatorts. Wollen Sie bestreiten, dass es sich hier um Ihren Schläger handelt?«

Kunert richtete sich auf seinem Stuhl auf, griff nach dem Wasserglas, das vor ihm stand und nahm einen kräftigen Schluck. Gelassen nahm er seine Brille in die rechte Hand, holte mit der Linken ein Papiertaschentuch aus der Hosentasche und reinigte damit vorsichtig die Gläser.

»Was wollen Sie damit andeuten?«, fragte der Arzt. Er hatte sein Selbstwertgefühl zurückgewonnen. Kunert reagierte verärgert, als würde ihn jemand grundlos des Falschparkens bezichtigen. Flessner zeigte auf den Golfschläger. »Mit diesem Eisen ist die Frau erschlagen worden. An dem Schläger haftet Blut. Blut vom Opfer.«

Ohne Regung starrte der Klinikchef auf das Sportgerät.

»Soweit ich informiert bin, spielen Sie hervorragend Golf. Ich habe die Pokale im Foyer Ihrer Klinik gesehen. In der Handhabung eines Schlägers sind Sie geübt«, sagte Lea leicht süffisant. Sie wollte ihren Gegenüber bewusst provozieren, was ihr auch gelang.

»Was reimen Sie sich da zusammen?«, schrie Doktor Kunert. »Ich spiele Golf. Na und? Macht mich das zum Täter?«

»Mit Sicherheit werden wir Ihre Fingerabdrücke oder DNA-Spuren am Tatwerkzeug finden. Es wäre von Vorteil, wenn Sie jetzt kooperieren würden.«

»Ich habe Ihnen alles erzählt. Mit dem Tod der Frau habe ich nichts zu tun«, erwiderte Kunert.

»Das glaube ich Ihnen nicht«, sagte Flessner laut. »Sie waren am Tatort und Sie haben ein Motiv.«

»Es ist mir egal, was Sie glauben. Ich habe der Frau nichts angetan.«

»Wir haben eine Verfärbung am rechten Handgelenk des Opfers festgestellt. Es deutet alles auf eine kräftige Männerhand hin. Sie haben diese Frau am Handgelenk festgehalten und als sie sich zur Wehr gesetzt hat, schlugen Sie zu«, sagte Flessner laut.

Der Arzt hob den Kopf und blickte zornig den Polizisten an. »Sie irren sich, Herr Flessner. Ja, ich habe die Frau angefasst. Ja, Sie werden DNA-Spuren von mir an der Kleidung der Toten finden. Dennoch bin ich kein Mörder. Ich habe die Frau nicht getötet.«

»Und weshalb haben Sie das Opfer angefasst?«, wollte Flessner wissen.

»Sie ist gestolpert und zu Boden gefallen, als sie mir den Datenträger geben wollte. Ich habe ihr wieder auf die Beine geholfen. Sie hat sich bedankt und ich bin gegangen.«

»Das glaube ich Ihnen nicht!«, polterte Flessner. »Sie haben die Frau erschlagen und wir werden das beweisen.«

»Wer wusste von der Erpressung und der Geldübergabe?«, fragte Lea.

»Nur meine Frau, sonst niemand.«

»Ihre Frau spielt auch Golf. Ihr Name prangte auf einem der Pokale.«

»Was wollen Sie damit andeuten?« Erbost über diese Äußerung der Hauptkommissarin sprang Doktor Kunert auf und schlug mit der Faust auf den Tisch.

»Setzen Sie sich!«, schrie Flessner.

»Ausgerechnet Ihr Golfschläger wurde am Tatort gefunden«, sagte Lea ruhig. »Haben Sie dafür eine Erklärung?«

»Wollen Sie damit andeuten, dass es mein Golfschläger sein soll?«

»Wer sollte sonst einen Golfschläger benutzen, der Ihren Namen und den Namen ihrer Klinik trägt? Wie gesagt: Mit größter Wahrscheinlichkeit wird die Kriminaltechnik Fingerabdrücke oder DNA von Ihnen auf dem Schläger finden. Herr Doktor Kunert, Sie sollten uns endlich alles erzählen.«

Kunert nahm einen weiteren Schluck aus dem Wasserglas. Entspannt lehnte er sich zurück und begann mit seinen Ausführungen. Die Beine hatte er übereinandergeschlagen. Die Nervosität war gewichen.

»Dieser Golfschläger ist ein Einzelstück. Er hat mir vor Jahren gehört«, sagte Kunert ruhig.

»Was ist das für eine Geschichte?«, Flessner wurde lauter. »Sie haben den Schläger verloren? Irgendwer hat ihn dann gefunden und damit Frau Hentsch erschlagen?« Flessner sprang auf und schrie dem Beschuldigten ins Gesicht. »Herr Doktor Kunert, wollen Sie uns für dumm verkaufen?«

»Das ist die Wahrheit«, verteidigte sich Kunert. »Jedenfalls war ich es nicht, der die Frau getötet hat.«

»Wer soll es sonst gewesen sein?«

»Das müssen Sie herausfinden. Dieser Golfschläger ist etwas Besonderes. Er ist ein Unikat. Ich habe ihn vor Jahren erworben. Inklusive der Gravur habe ich damals über 6000 Euro bezahlt. Ich habe das Eisen dem *Norderneyer Golfklub* gestiftet. Es war einer von mehreren Ehrenpreisen, die Mann oder Frau bei einem Golfturnier gewinnen konnte.«

»Sie gehen davon aus, dass der Gewinner dieser Trophäe Frau Hentsch getötet hat?«

»Vermutlich.«

»Wer hat den Golfschläger damals erhalten?«

»Das kann ich Ihnen nicht sagen. Ich weiß es nicht mehr. Wenden Sie sich an den Golfklub. Die haben mit Sicherheit Aufzeichnungen, aus denen hervorgeht, wer das Turnier bestritten und gewonnen hat.«

Lea griff zum Smartphone.

»Hallo, Sabine. Setze dich bitte umgehend mit dem *Norderneyer Golfklub* in Verbindung. Ich muss wissen, wer in den letzten Jahren einen Golfschläger im Wert von über 6000 Euro dort gewonnen hat. Der Golfschläger ist ein Einzelstück, wurde in Japan handgefertigt und trägt eine Gravur.«

»Was für eine Gravur?«

»Es ist ein Name eingraviert. Mitarbeiter oder Angestellte des Golfklubs müssten sich eigentlich an diesen besonderen Schläger erinnern.«

»Okay, Lea. Ich werde dort nachfragen.«

»Es eilt, Sabine.«

»WAS IST JETZT?« Fragend blickte der Arzt zu den Beamten.

»Warten Sie hier. Ich muss mit der Staatsanwaltschaft sprechen.«

Lea verließ den Vernehmungsraum. Flessner folgte. Ein junger Polizist kam und blieb bei dem Verdächtigen.

»WAS SAGT DIE STAATSANWALTSCHAFT?«

»Es ist zum Verzweifeln.« Lea kam frustriert von draußen. »Die Indizien reichen nicht aus, um den Klinikchef in U-Haft zu nehmen. Jeden Kleinkriminellen hätten sie eingesperrt, aber ein angesehener Arzt, wie Doktor Kunert, bleibt auf freiem Fuß. Es ist zum Haareraufen.«

»Ich werde es dem Arzt mitteilen. Ärgern Sie sich nicht. Sie werden den Täter irgendwann überführen. Da bin ich mir ganz sicher«,sagte Flessner.

Kapitel 49

»Sie können gehen, Herr Doktor Kunert. Bleiben Sie für uns erreichbar. Ohne unser Einverständnis sollten Sie die Insel nicht verlassen.«

Kunert nickte. »Wenn Sie darauf bestehen, werde ich Norderney nicht den Rücken kehren.«

Mit einem höhnischen Lächeln erhob der Arzt sich von seinem Platz.

»Ich wünsche Ihnen einen schönen Tag!«

»Teilen Sie bitte Ihrer Frau mit, sie soll sich umgehend bei der Polizeidienststelle melden. Wir benötigen ihre Zeugenaussage«, erwiderte Flessner.

»Meine Frau?«, sagte Kunert leise. »Ich werde es ihr ausrichten.«

»Danke, Herr Doktor Kunert.«

»Wer bringt mich zurück zur Klinik?«

»Derzeit steht leider kein Fahrzeug für Inselrundfahrten zur Verfügung«, antwortete Flessner gelassen.

Beim Hinausgehen wandte sich Kunert mit einem Dackelblick an Lea.

»Würden Sie mir ein Taxi rufen, Frau Hauptkommissarin? Bei Gelegenheit revanchiere ich mich mit einem Kaffee in meiner Privatklinik.«

»Schwierig, Herr Doktor Kunert. Wie Sie sehen, sind wir gerade schwer beschäftigt. Später vielleicht.«

Wortlos verließ Kunert die Polizeidienststelle.

»Haben wir wirklich nichts gegen diesen Mann in der Hand, Frau Landgraf?«

»Man könnte ihm Betrug nachweisen, aber dafür sind wir nicht zuständig. Bleibt uns die Hoffnung, dass seine Frau etwas ausplaudert, was uns weiterhelfen könnte«, erwiderte Lea.

Lea fuhr zurück zum Büro.

»Hallo, Lea. Soll ich dir jetzt von meinen Recherchen erzählen?«, fragte Sabine, als Lea das Büro betrat und zu ihrem Schreibtisch lief.

»Nein, jetzt nicht.« Eilig deponierte sie ihre Dienstwaffe in der Schublade, nahm den Blumenstrauß aus einer Vase, der seit dem Morgen auf ihrem Schreibtisch stand, und eilte zu ihrem Wagen.

»Moment, Lea! Flessner hat gerade angerufen.«

»Ich habe keine Zeit. Ich bin zum Essen eingeladen bei Tante Martha. Das bedeutet, ich darf auf keinen Fall zu spät kommen. Tschüss.«

»Frau Kunert kommt am Nachmittag. Du möchtest doch bitte gegen 15 Uhr zur Polizeidienststelle kommen.«

Kapitel 50

Sie passte so gar nicht in das triste Ambiente des Polizeidienstgebäudes an der Knyphausenstraße. Jan Lankow betrat Flessners Büro mit verwirrtem Blick, als wäre ihm vor wenigen Sekunden *der Bundespräsident* auf dem Flur begegnet.

»Chef, da ist ...«

»Was ist los, Lankow? Hat es Ihnen die Sprache verschlagen?«, fragte Flessner schroff.

»Sie haben Besuch.«

»Wer?«

»Es ist eine Frau. Sie ist ... Wie soll ich sagen ... Es ist ... Sie heißt Kunert. Britta Kunert.«

»Frau Kunert? Die Frau von Doktor Kunert?«

»Ich denke schon, dass sie die Gattin von Doktor Kunert ist, Chef.«

»Platzieren Sie diese Frau im Vernehmungszimmer.«

»Im Vernehmungszimmer?«, fragte Jan Lankow ungläubig.

»Natürlich, Lankow. Sind Sie schwerhörig?«

»Aber, das Vernehmungszimmer ist so ...«

»Was ist mit dem Vernehmungszimmer? Gut, schicken Sie die Frau zu mir.«

»Soll ich Kaffee bringen?«

»Nein. Das ist eine Zeugenbefragung und kein Kaffeekränzchen.«

Eilig verließ Lankow das Büro seines Chefs. Britta Kunert stand wartend im Eingangsbereich des Dienstgebäudes.

»Frau Kunert, wenn Sie mir bitte folgen möchten. Mein Chef erwartet Sie«, sagte Jan Lankow freundlich. Unversehens erhielt sein Gesicht einen leicht rötlichen Ton, als die attraktive Frau ihn kurz anlächelte.

Britta Kunert schritt den Flur entlang, als wäre sie auf der Fashion Show eines internationalen Designerlabels. In einem figurbetonten korallenroten Etuikleid, das leicht ihre Knie umspielte, folgte sie Jan Lankow. Sichtlich bemüht, eilte er voraus und öffnete ihr alle Türen. Ihr schulterlanges dunkelblondes Haar trug sie offen. Engelsgleich betrat sie das Büro des Leiters der Polizeidienststelle Norderney. Flessner, der die Reste seines Frühstücks hastig beseitigte, blickte zur Tür, als er Stimmen vernahm. Ohne Regung und mit offenem Mund starrte er zu der Person, die soeben sein tristes Büro in einen Showroom verwandelte. Hastig erhob er sich von seinem Platz und eilte auf die Schönheit zu, die ihn mit einem freundlichen »*Guten Tag*« begrüßte.

»Lankow, was stehen Sie hier noch herum? Bringen Sie uns Kaffee. Sehen Sie nicht, dass wir einen Gast haben?«

»Natürlich, Chef. Kommt sofort.« Jan Lankow eilte davon.

»Setzen Sie sich, Frau Kunert. Wir sind hier etwas bescheiden eingerichtet. Einen besseren Platz als unseren Besucherstuhl kann ich Ihnen leider nicht anbieten«, stammelte Flessner.

. . .

LEA VERBRACHTE die Mittagspause bei Tante Martha. Die rüstige Vermieterin hatte sie zu Kartoffelpüree, Röstzwiebeln, rote Beete und Bismarckhering eingeladen. Ein leckerer Nachtisch durfte natürlich nicht fehlen. Mehr als gesättigt, ließ Lea ihr Auto stehen und lief nach dem Essen zu Fuß zum Dienstgebäude der Norderneyer Polizei an der Knyphausenstraße.

Verwundert blickte Lea auf den Schreibtisch von Polizeihauptmeister Flessner, als sie dessen Büro betrat. Selten sah sie einen derartig prall gefüllten Teller mit Gebäck wie an diesem Nachmittag.

»Hallo, Frau Landgraf. Das ist Frau Kunert. Wir unterhalten uns gerade über Mallorca. Frau Kunert verbringt dort häufig den Winter. Kann man verstehen. Ich würde den Süden auch dem ostfriesischen Winter vorziehen. Sie sagte, ich könne sie dort auf einen Kaffee besuchen.«

»Tun Sie das, Herr Flessner. Mallorca ist sicherlich eine Reise Wert. Haben Sie Frau Kunert nach einem Alibi befragt?«

»Nein, soweit sind wir noch nicht gekommen. Im Übrigen habe ich natürlich auf Ihre Anwesenheit gewartet.«

»Ihr Mann wurde erpresst? War Ihnen das bekannt?«, fragte Lea.

»Vor Tagen machte ich ihn bereits darauf aufmerksam, dass eine Bloggerin uns ins Visier genommen hat. Mein Mann nahm die Sache nicht sonderlich ernst, bis dieser Erpresserbrief kam.«

»Hat Ihr Mann etwas von dem Geld erzählt?«

»Die Summe hat er nicht genannt. Er sagte, er hätte das Problem aus der Welt geschafft.«

»Wo waren Sie an dem Abend, als Ihr Mann zu dem Treffen fuhr?«

»Ich war zuhause. Bis Mitternacht saß ich vor dem Fernseher. Ich wusste nichts von der Geldübergabe. Ich dachte, er wäre geschäftlich unterwegs. Als mein Mann nicht nach Hause kam, bin ich zu Bett gegangen.«

»Kann das jemand bezeugen?«

»Ich war zu dem Zeitpunkt alleine.«

»Sie besitzen Golfschläger?«

»Seit Jahren spielen wir Golf. Und wir investieren viel Zeit und Geld in diesen schönen Sport.«

»Wir hätten von Ihnen gerne Fingerabdrücke und eine DNA-Probe. Hätten Sie dagegen Einwände? Ihr Mann hat ohne zu zögern eingewilligt.«

»Dann werde ich auch zustimmen.«

»Herr Lankow wird ihre Personalien aufnehmen und er kümmert sich auch um die Fingerabdrücke und die Speichelprobe.«

»Okay«, sagte Britta Kunert leise und lächelte.

»Ich bringe Sie zur Tür«, sagte Flessner betont freundlich und erhob sich von seinem Platz.

»Jan! Unser Gast möchte gehen. Kümmerst du dich um die Formalitäten?«

»Natürlich, Chef.«

»Anschließend begleitest du Frau Kunert zu ihrem Auto.«

Lankow eilte herbei, lächelte und führte Britta Kunert in einen Nebenraum, wo er sich mit hochrotem Kopf um die Personalien der Schönen kümmerte. „Ich benötige Ihre Fingerabdrücke und, und ... eine Speichelprobe«, stammelte er.

»Okay, kein Problem«, sagte Britta Kunert mit einem aufgesetzten Lächeln.

»Was denken Sie, Frau Landgraf?«, fragte Flessner, als er wieder hinter seinem Schreibtisch Platz genommen hatte.

»Ich denke, dass diese aufgedonnerte Schnepfe durchaus als Täterin in Frage kommt.«

»Verstehe ich Sie richtig? Sie haben das Ehepaar Kunert noch immer im Visier?«

»Doktor Kunert und seine Frau verbergen etwas. Das Paar hat definitiv ein Motiv. Beide haben kein Alibi. Noch habe ich nichts gegen sie in der Hand und ohne Geständnis bleiben sie auf freiem Fuß.«

»Wie wollen Sie diese Leute zu einem Geständnis bewegen?«, fragte Flessner.

»Was alle nicht wissen: Ich habe einen Zeugen.«

»Einen Zeugen?« Flessner blickte fragend zu Lea. »Habe ich das richtig verstanden? Sie haben einen Zeugen, der die Taten beobachtet hat?«

»Morgen Nachmittag werde ich die Kunerts mit dem Zeugen konfrontieren. Ich bin gespannt, wie das Paar reagiert.«

»Sie wollen eine Gegenüberstellung durchführen?«

»Ja, Herr Flessner. Jan wird alles vorbereiten. Die Kunerts werden von Marco Doyen abgeholt. Um 15 Uhr beginnt die Show.«

Kapitel 51

Im Westen türmten sich Wolken. Der Wetterbericht hatte für den frühen Nachmittag ein Gewitter angekündigt. Noch schien die Sonne und nichts deutete auf der Insel auf ein Unwetter hin. Entspannt und gut gelaunt liefen die ersten Sonnenhungrigen Richtung Strand.

»Moin, Sabine. Heute Morgen brauchte ich keinen Parkplatz suchen. Herrlich. Ich konnte direkt vor dem Grundstück mein Auto abstellen. Die neue Parkbucht ist sehr vorteilhaft. Danke, für deine Bemühungen.«

»Jetzt benötigen wir noch einen sicheren Stellplatz für mein Fahrrad«, sagte Sabine.

»Für dein Rad finden wir auch noch eine Lösung.«

»Der überwiegende Teil der Akten ist verstaut, die Küche ist komplett eingeräumt und alle Geräte sind an ihrem Platz und funktionieren. Mittlerweile habe ich mich an unser neues Domizil gewöhnt«, sagte die Mitarbeiterin.

»Ich auch. Es hat einige Vorteile. Das Büro liegt nur wenige Gehminuten von der Fußgängerzone und einen Katzensprung von der Polizeidienststelle entfernt.«

»Kommt Flessner uns jetzt häufiger besuchen?«

»Das glaube ich nicht. Der hat immer viel um die Ohren und wenig Zeit.«

»Übrigens: Wir haben Post bekommen. Vor zehn Minuten kam ein Fax von der Rechtsmedizin. Es liegt bereits auf deinem Schreibtisch.«

»Hast du den Bericht gelesen?«

»Das Wesentliche habe ich mir einverleibt. Wie du vermutet hattest: Die Frau wurde erschlagen.«

»Das ist alles?«

»Nö. Die Rechtsmediziner in Oldenburg haben noch etwas herausgefunden.«

»Was haben sie herausgefunden? Mach es nicht so spannend, Biene.«

»Sie haben mit verschiedenen Gegenständen experimentiert. Sie wollten herausfinden, womit die Frau erschlagen worden ist.«

»Und was ist dabei herausgekommen?«

»Das möchte der zuständige Rechtsmediziner dir gerne persönlich am Telefon sagen. Er hat vor 10 Minuten angerufen. Er sagte, er kennt dich und er würde sich freuen, wenn du zurückrufst.«

»Warum erzählst du mir das nicht gleich?«

»Hier sind Name und Telefonnummer des Mediziners.«

»Den Namen kenne ich. Er hat früher in Hannover gearbeitet. Dort hatten wir öfters Kontakt.«

»Ein ehemaliger Lover?«

»Sagen wir es so: Er sah gut aus, war sympathisch und wir haben uns gut verstanden.«

»Und? Was lief zwischen euch?«

»Biene, du darfst alles fragen, aber du musst nicht alles wissen. Ich gehe jetzt in mein Büro und telefoniere mit Oldenburg. Und ich möchte in den nächsten 30 Minuten nicht gestört werden.«

»Es wird also ein längeres Telefonat. Alte Liebe rostet nicht.«

»Biene, es ist ein dienstliches Gespräch, mehr nicht«, erwiderte Lea.

DOKTOR MALTE MACKROTH hatte in München studiert. Nach dem Studium folgte er seinem Professor nach Göttingen. Hier, an der Georg-August-Universität Göttingen, bekam er eine Assistenzstelle, die er zwei Jahre innehatte. Während eines Auslandsaufenthalts in den USA entdeckte er seine Leidenschaft für die Rechtsmedizin. Fünf Jahre arbeitete er an der MHH, der medizinischen Hochschule Hannover am Institut für Rechtsmedizin, bis ihm die Stelle in Oldenburg angeboten wurde. Seit einem Jahr leitete Doktor Malte Mackroth die MHH-Zweigstelle in Oldenburg an der Pappelallee 4.

Doktor Mackroth und sein Team konnten auf einen Fundus von Gegenständen und Utensilien zurückgreifen, die in der Vergangenheit als Tatwerkzeuge genutzt worden waren, darunter Baseballschläger, Schlagstöcke, Schlagringe, Hämmer und Äxte. Sie verglichen die Schädelverletzungen mit der Form der Tatwerkzeuge.

»Wir hatten sofort einen Volltreffer. Es war zunächst eine Vermutung. Diese Vermutung hat sich bei genauerer Betrachtung bestätigt«, sagte Doktor Mackroth in einem sachlich, ruhigen Tonfall. »Der Täter nutzte einen Golfschläger. Genauer gesagt einen *Wedge*. Ich bin kein Golfspieler. Man sagte mir, das wäre die Bezeichnung für einen Golfschläger mit einer besonders breiten Schlagfläche.«

»Wir fanden einen Golfschläger unweit des Tatortes. Wir waren uns nicht sicher und haben gegenüber einem Tatverdächtigen geblufft. Jetzt haben wir die Bestätigung«, erwiderte Lea. »Das sagt alles. Daher die massiven Kopfverletzungen.«

»Du sagst es. Es ist eine tödliche Waffe in der Hand eines aggressiven Menschen.«

»Das heißt, wir sollten unser Augenmerk auf einen Golfspieler richten.«

»Jedenfalls solltest du nach Personen Ausschau halten, die einen Golfschläger ihr Eigen nennen.«

»Ich ermittle bereits in diese Richtung. Das grenzt die Zahl der mutmaßlichen Täter etwas ein. Dennoch wird es nicht einfach sein, den Richtigen zu finden. Konntet ihr sonst etwas feststellen, beziehungsweise finden, was uns weiterhelfen könnte?«

»Sie wurde drei Mal am Kopf getroffen. Eine rasche Intensivbehandlung hätte ihr das Leben retten können.«

»Das bedeutet, sie war nicht sofort tot.«

»Eine derartige Schädelfraktur führt nicht unweigerlich zum Tod. In diesem Fall spielte die Zeit eine Rolle. Wäre sie umgehend in ein Krankenhaus eingeliefert worden, hätte sie vermutlich überlebt. Dennoch, auch wenn man ihr Leben hätte retten können, Spätfolgen kann man nach solchen Frakturen nicht zu hundert Prozent ausschließen.«

»Interessant«, sagte Lea.

»Neben den Kopfverletzungen fanden wir noch Hämatome am Gesäß und am Rücken. Vermutlich vom Sturz. Ungewöhnlich waren Hautverfärbungen am rechten Handgelenk. Wir gehen davon aus, dass die Frau festgehalten wurde. Größe und Form der Hämatome deuten auf eine kräftige Männerhand hin.«

»Ein Tatverdächtiger gab zu, die Frau festgehalten zu haben. Ob er der Täter ist, muss noch geklärt werden. Er war auf jeden Fall nicht geständig«, sagte Lea.

»Ein Sexualdelikt liegt definitiv nicht vor. Abwehrspuren fanden wir nicht. Ich denke, die Frau wurde überrascht. Der Täter traf sie am Hinterkopf. Den endgültigen Bericht erhältst du in den nächsten Tagen. «

»Danke, Malte.«

»Immer wieder gerne, Lea. Tschüss.«

MINUTENLANG SASS sie vor ihrem Schreibtisch, starrte ins Leere und versuchte, das eben Gehörte zu reflektieren. Erschrocken hob sie den Kopf, als Sabine ihr Büro betrat.

»Na, Lea. Was sagt dein Ex-Lover?«

»Ich denke, du sprichst von Doktor Mackroth. Es ist so, wie wir vermutet haben. Aller Wahrscheinlichkeit nach wurde das Opfer mit einem Golfschläger erschlagen. Das Tatwerkzeug muss jetzt noch in der Rechtsmedizin abgeglichen werden. Wir können aber zu 99 Prozent davon ausgehen, dass der 6000-Euro-Schläger das Tatwerkzeug ist.«

»6000 Euro für einen Golfschläger. So eine Summe hätte ich anderweitig investiert«, sagte Sabine nachdenklich.

»Hast du mit dem *Norderneyer Golfklub* gesprochen?«

»Ja. Dennoch wird es nicht einfach sein, an die Information zu kommen. Wir benötigen ein Schreiben von der Staatsanwaltschaft.«

»Ich dachte, wir bekommen ohne Formalitäten Einblick in die Spielerlisten?«

»Datenschutz. Da lässt sich der Golfklub auf keine Diskussion ein.«

»Ich spreche mit der Staatsanwaltschaft.«

»Was soll diese Liste bringen?«

»Wie ich es bereits gestern sagte, wir suchen nach einem Spieler oder einer Spielerin, die vor einigen Monaten oder einigen Jahren einen teuren exklusiven Golfschläger als Siegestrophäe erhalten hat.«

»Daran müsste man sich doch im Golfklub erinnern. Oder werden dort öfters derartig teure Trophäen vergeben?«

»Das werde ich hoffentlich im Golfklub erfahren. Ich

telefoniere jetzt mit Aurich. Sobald das Schreiben der Staatsanwaltschaft vorliegt, fahre ich zum Golfklub.«

DIE STAATSANWALTSCHAFT LIESS sich Zeit mit der Übermittlung des benötigten Schreibens. Lea musste sich in Geduld üben und bis zum nächsten oder eventuell sogar übernächsten Tag warten. Sie nutzte die Zeit und telefonierte mit Flessner. Es war mittlerweile einige Zeit vergangen, seit sie einen Zeugenaufruf in der Presse gestartet hatten.

»Zwei Personen meldeten sich aufgrund des Zeitungsartikels«, sagte Flessner mürrisch. »Eine Frau hatte an dem betreffenden Abend eine 20-köpfige Motorradgang gesehen. Ein Mann aus Berlin will am Tatort einen verwirrten 90-Jährigen mit Rennrad, Vollbart und Baseballschläger beobachtet haben. Beide Aussagen wurden zu Protokoll genommen und von meinen Leuten überprüft. Ohne Erfolg.«

»Somit war der Zeugenaufruf ein Flop.«

»Ja, Frau Landgraf. Leider. Ich hatte mir auch mehr von diesem Presseartikel erhofft.«

Die Suche nach der Tatwaffe wurde eingestellt und der Bereich rund um den Wattensteg wieder frei gegeben. Lea dachte oft an die junge Frau aus Hannover. Gerne hätte sie ihr eine positive Nachricht übermittelt. Lea musste sich damit zufriedengeben, dass Mia Petzolt die Attacke auf ihre Person überlebt hatte. Glücklicherweise trug sie keine Spätfolgen davon. Dennoch spürte Lea ein Unbehagen. Immerhin befand sich der Gewalttäter noch auf freiem Fuß. Hatte sie etwas übersehen, falsche Schlüsse gezogen, war sie unprofessionell vorgegangen? Welche Fehler hatte sie gemacht? Lea stellte alles in Frage. Sie war unzufrieden.

Kapitel 52

Sabine kam gut gelaunt aus der Mittagspause. Das Schreiben von der Staatsanwaltschaft war noch nicht eingetroffen, als sie sich wieder an ihren Schreibtisch setzte. Stattdessen kam ein Fax aus Oldenburg. Es war der Abschlussbericht der Rechtsmedizin, den sie sofort Lea übergab.

Gespannt las Lea den ausführlichen Abschlussbericht. Klaus Hentsch wurde erstickt, las sie. Wie Lea vermutet hatte, fand man Fasern vom Kissenbezug in seinen Atemwegen. Lea griff sofort zum Telefon, nachdem sie den Text in groben Zügen gelesen hatte. Nach nur wenigen Minuten wurde sie mit dem Rechtsmediziner Doktor Mackroth verbunden.

»Hallo, Malte! Ich studiere gerade deinen Bericht. Herr und Frau Hentsch wurden unmittelbar nacheinander getötet. Wer starb zuerst?«

»Anhand der Verletzung, dem Blutverlust und diversen anderen Parametern gab es für uns keinen Zweifel. Die Ehefrau starb vor ihrem Mann. Der Mann starb etwa 30 bis 50 Minuten nach seiner Frau.«

»Das bedeutet, die Frau hat ihren Mann nicht getötet.«

»Korrekt«, antwortete der Arzt.

»Ist dir sonst etwas aufgefallen?«

»Klaus Hentsch war schwer krank. Auch wenn er gewollt hätte, er wäre nicht in der Lage gewesen, seiner Frau zu helfen. Ich behaupte sogar, er wäre nicht in der Lage gewesen ohne fremde Hilfe das Bett zu verlassen. Sein Krebsleiden war in einem fortgeschrittenen Stadium. Ihm fehlte die Luft für eine derartige sportliche Leistung. Gleiches gilt auch für die Ehefrau. Auch sie war erkrankt. Herr und Frau Hentsch hatten beide Krebs. Sie im Anfangsstadium.«

»Eine Zeugin erwähnte die Erkrankung. Sie erzählte vom Krebsleiden des Mannes. Dass die Ehefrau Krebs hatte, erwähnte sie nicht. Die Ehefrau wirkte wesentlich vitaler als ihr Mann. Höchstwahrscheinlich sind beide deshalb das Risiko mit der Erpressung eingegangen. Offenbar hatten sie wenig zu verlieren.«

»Deine These klingt nachvollziehbar, wäre da nicht eine kleine Unstimmigkeit.«

»Was für eine Unstimmigkeit?«

»Wir haben die Patientenakten der Verstorbenen angefordert. Vor allem interessierten uns die Medikamentenlisten und die Befunde der Ärzte. Aus der Akte ging hervor, dass bei Herrn Hentsch vor 14 Monaten Lungenkrebs diagnostiziert wurde. Frau Hentsch erhielt die bittere Botschaft nach einer Mammografie vor einem halben Jahr. Brustkrebs. Er erhielt in den Folgemonaten eine Chemotherapie. Sie erhielt eine homöopathische Behandlung. Laut den Befunden verbesserte sich der gesundheitliche Zustand der Ehefrau in den Folgemonaten deutlich. Der Ehepartner, Klaus Hentsch, erhielt eine Therapie in der *Nordsand Privatklinik*, wo er mehrere Wochen stationär aufgenommen worden war. Selbst nach der zweiten medikamentösen Behandlung zeigte sich bei ihm keine Verbesserung des Allgemeinzustandes.«

»Wie bist du an die Befunde gelangt?«, fragte Lea.

»So viele Hausärzte gibt es ja nicht auf Norderney.

Bereits die zweite Anfrage war erfolgreich. Bei Herrn Hentsch hatten sich Metastasen bereits im ganzen Körper verteilt. Bei Frau Hentsch war es nicht so dramatisch. Sie hätte eine gute Chance auf Genesung gehabt. Vom Hausarzt bekamen wir die Patientenakte sowohl von Herrn als auch von Frau Hentsch zugesandt«, sagte Doktor Mackroth.

»Hat der Hausarzt noch irgendetwas gesagt?«

»Nein. Er hat nur die Nachuntersuchungen vorgenommen. Wie gesagt, das Ergebnis liegt uns hier vor.«

»Wie ist dein Gesamteindruck?«, fragte Lea.

»Man weiß nicht, was in Menschen vorgeht, wenn sie mit einer solchen Diagnose konfrontiert werden. Jeder Mensch geht damit anders um. Das Ehepaar Hentsch suchte Hilfe beim Hausarzt und in einer Privatklinik. Klaus Hentsch wurde eine Zeit lang in der *Nordsand Privatklinik* stationär aufgenommen. Dort erhielt er eine Therapie, die den Allgemeinzustand des Patienten nicht verbesserte«, antwortete Doktor Mackroth.

»Ich denke, ich kenne die Ursache. Es ist etwas komplizierter. Vom BKA weiß ich, dass weltweit Medikamente im großen Stil gefälscht und in Umlauf gebracht wurden. Ein Umschlagplatz für diese illegalen Arzneimittel ist offenbar Norderney. Herr Hentsch, so meine Vermutung, wurde mit diesen fragwürdigen Medikamenten behandelt.«.

»Für Herrn Hentsch war der Tod eine Erlösung. Er muss in den letzten Tagen und Wochen sehr gelitten haben. Hätte Frau Hentsch ihre Therapie fortgesetzt, wäre sie wahrscheinlich in wenigen Monaten genesen.«

»Tragisch«, sagte Lea leise.

»Gefälschte Medikamente? Ist diese Privatklinik involviert?«, fragte Doktor Mackroth.

»Das weiß ich nicht. Wir konzentrieren uns derzeit auf die Tötungsdelikte. Diese Geschichte mit der Medikamentenfälschung ist Sache des BKAs.«

»Halt mich auf dem Laufenden. Das Thema interessiert mich.«

»Okay. Danke, Malte, für die Infos.«

»Gerne, Lea. Wenn du zufällig in Oldenburg bist, komm doch auf einen Kaffee vorbei. Ich würde mich freuen.«

»Gerne. Tschüss.«

Kapitel 53

In der Nacht regnete es unaufhörlich. Erst gegen Mittag setzte sich die Sonne gegen die dunklen Wolken durch. Die Stühle draußen vor den Cafés wurden gesäubert und trocken gewischt, Sonnenschirme aufgespannt und die Straßen vor den Lokalen gefegt. Läden und Boutiquen schoben Ständer mit Waren nach draußen und auf den Bänken entlang der Promenade saßen die ersten Urlauber.

Lea musste an das Paar Hentsch denken. Ihr Haus sah so schön aus. Alles wirkte friedlich, idyllisch und einladend. Das ganze Anwesen strahlte etwas Positives aus. Und jetzt? Andrea und Klaus Hentsch starben einen mörderischen Tod. Waren sie womöglich Opfer der Medikamenten-Mafia geworden? Das Ehepaar Hentsch hatte keine Angehörigen. Es gab niemanden, den die Polizei benachrichtigen konnte. Die einzige Bezugsperson, die Lea in den Sinn kam, war Frau Ottersberg, die Freundin. Sie hatte die Polizei aufgesucht, sich selbst angezeigt und Andrea Hentsch als vermisst gemeldet. Was wusste Johanna Ottersberg über den Gesundheitszustand des Ehepaares Hentsch? Lea musste noch einmal mit ihr sprechen. Sie wurde aus ihren Gedanken gerissen, als Sabine plötzlich in der Tür stand. Die Mitarbeiterin wedelte mit einem weißen Blatt Papier, das sie in der rechten Hand hielt.

»Vom Staatsanwalt. Du kannst jetzt den Golfklub besuchen.«

»Sehr gut. Ich mache mich sofort auf den Weg. Ruf bitte Herrn Flessner an. Er möchte für morgen einen Termin mit Frau Ottersberg machen. Ich muss mit ihr sprechen. Ich habe noch einige Fragen an sie. Mich interessiert, was Frau Ottersberg von der Krebserkrankung des Ehepaares Hentsch wusste. Hier, in unserer Unordnung, ist derzeit eine Befragung nicht möglich.«

»Lea, ich wollte dir noch von meinen Recherchen berichten.«

»Was hast du herausgefunden, Biene?«

»Ich habe mich über die *Nordsand Privatklinik* erkundigt. Leider muss ich dich enttäuschen, etwas Negatives ist mir nicht über den Weg gelaufen. Die *Nordsand Privatklinik* hat einen exzellenten Ruf. Der Inhaber der Klinik, Doktor Kunert, engagiert sich in zahlreichen Verbänden, Vereinen und Organisationen. Er ist Sponsor von mehreren Sportvereinen.

Über das Ehepaar Hentsch habe ich nur sehr wenig gefunden. Sie sind ebenfalls nicht negativ in Erscheinung getreten. Klaus Hentsch wurde öfters aufgrund seiner Ausstellungen in den Medien erwähnt. Er bekam in der Vergangenheit viel Lob aus der Fachwelt. Hentsch hat mehrere Kunstpreise erhalten. Wie der Klinikchef hat auch das Ehepaar Hentsch keine Vorstrafen. Das hat mir mein Kontakt in Aurich mitgeteilt.«

»Danke, Biene.«

»Lea, ich würde gerne pünktlich Feierabend machen. Friseur. Wäre das für dich okay?«, fragte Sabine vorsichtig.

»Möchtest du dir eine neue Frisur zulegen?«

»Nein. Nur die Spitzen müssen ein wenig geschnitten werden.«

»Kein Problem, Biene. Wir sehen uns morgen. Tschüss.«

IN DER POLIZEIDIENSTSTELLE an der Knyphausenstraße wurde der sonst für Vernehmungen genutzte Raum auf Leas Wunsch hin leergeräumt. Der Zeuge wartete seit einer halben Stunde in einem Nebenraum.

»Warum haben Sie alles rausschaffen lassen, Frau Landgraf? Wo sollen die Verdächtigen sitzen? Wo sollen wir sitzen? Wo bleibt der Zeuge?«

»Geduld, Herr Flessner. Der Zeuge wartet nebenan. Jan wird ihn hereinführen, sobald er mein Okay bekommt. Einen Stuhl kann ich Ihnen leider nicht anbieten. Der Zeuge sollte in keiner Weise abgelenkt werden. Auch nicht von einem Möbelstück.«

Pünktlich traf das Ehepaar Kunert auf der Polizeidienststelle ein.

»Wer wird als Erstes mit dem Zeugen konfrontiert?«, fragte Flessner.

»Doktor Kunert.« Kaum dass Lea den Namen ausgesprochen hatte, betrat der Arzt den Vernehmungsraum.

»Guten Tag. Weshalb wurde ich von einem Streifenwagen abgeholt? Wissen Sie, was das für einen Eindruck auf meine Patienten macht?«

»Sagen Sie Ihren Patienten, Sie hätten falsch geparkt«, erwiderte Lea.

Doktor Kunert blickte sichtlich verärgert zu den Beamten.

»Wie lange wird das hier dauern? Ich habe noch Termine.«

»Stellen Sie sich bitte dorthin. Wir haben einen Klebestreifen auf den Boden geklebt. Nicht zu übersehen.« Lea zeigte auf eine Stelle im hinteren Bereich des Raumes.

»Was soll das hier werden?«, fragte Kunert.

»Was haben Sie vor, Frau Landgraf?«, flüsterte Flessner.

Ohne auf die Fragen einzugehen, nahm Lea ihr Smartphone.

»Jan! Du kannst jetzt mit dem Zeugen kommen.«

Erstaunt blickte Flessner zu Lea, als die Tür sich öffnete und Jan Lankow in Begleitung eintrat.

»Soll das Ihr Zeuge sein?« Flessners Frage hatte einen höhnischen Unterton.

»Ja, das ist ‚*Buddy*'. Der Hund unseres Opfers. Er kennt den Täter.«

»Und da sind Sie sich wirklich sicher?«

»Ja, Herr Flessner«, sagte Lea. »Jan, lass den Hund bitte von der Leine.«

Kaum dass ‚*Buddy*' die Leine nicht mehr spürte, rannte er ungehalten durch den Raum. Schnupperte hier und da und zeigte keine Furcht.

»Den Hund kenne ich«, sagte Doktor Kunert. »Ein scheues Tier.«

‚*Buddy*' reagierte mit einem freundlichen Kläffen, als er die Stimme des mutmaßlichen Täters vernahm. Neugierig schnupperte er an dessen Schuhen, bevor er wieder zu Jan Lankow eilte, der ein Leckerli bereit hielt.

»Sie können gehen, Herr Doktor Kunert. Wir melden uns wieder bei Ihnen.«

Kopfschüttelnd verließ der Angesprochene den Raum. Kurz danach kam Frau Kunert an die Reihe. Vermutlich hatte die Polizei sie überrascht. Sie kam ungeschminkt in Jeans, Sweatshirt und Turnschuhen.

»Ich hätte die Frau fast nicht wieder erkannt«, flüsterte Flessner.

Auch sie musste sich im hinteren Teil des Raumes platzieren. ‚*Buddy*', der kleine Hund, nahm kaum Notiz von der Frau, die unruhig hin und her trippelte.

»Sie können gehen, Frau Kunert. Ich denke, Ihr Mann wartet draußen.«

»Was jetzt, Frau Landgraf? Ihre Show scheint reine Zeitverschwendung gewesen zu sein. Der Hund interessiert sich nur für die Leckerlis.«

»Ich frage mich, warum der Hund nicht auf Doktor Kunert reagiert hat. Frau Kunert hat er überhaupt nicht beachtet«, sagte Lea nachdenklich.

»Hund ist nicht gleich Hund. Vermutlich ist dieser Kläffer etwas durch den Wind. Immerhin hat er Frauchen und Herrchen verloren.«

»Jan, bring ‚*Buddy*' zurück ins Tierheim«, sagte Lea enttäuscht.

Kapitel 54

»Für 15 Uhr 30 habe ich Frau Ottersberg hierher bestellt. Sie müsste gleich kommen«, sagte Flessner und schaute auf die Uhr an seinem Handgelenk.

»Herr Flessner, kann ich die Zeugenbefragung in Ihrem Büro durchführen?«

»Ja, natürlich. Ich hole das Aufnahmegerät.«

Zehn Minuten vor dem eigentlichen Termin traf Johanna Ottersberg ein.

»Moin, Frau Ottersberg. Hier entlang!«, sagte Lea und zeigte Johanna Ottersberg den Weg zu Flessners Büro.

»Was war das für ein Hund, Frau Hauptkommissarin?«

»Das war ‚*Buddy*‘. Der Hund Ihrer Freundin. Wir bringen ihn zum Tierheim.«

»Andrea hat viel von ihm erzählt. Gesehen hatte ich ihn noch nicht. Er soll ein sehr lieber Hund sein. Im Moment wirkt er auf mich etwas verstört und gereizt. Sicherlich vermisst er sein Frauchen. Ein Hund wie ‚*Buddy*‘ benötigt jetzt Zuwendung. Sie sollten viel mit ihm reden und ihn immer wieder ihre Zuneigung zeigen. Ich kenne dieses Verhalten. Früher hatte ich einen Border Collie. Ein toller Hund. Er ist leider vor ein Auto gelaufen. War sofort tot. Ich habe lange um den Hund getrauert. Sollte *‚Buddy‘* kein neues Zuhause finden, würde ich ihn sehr gerne nehmen. Bei mir hätte *‚Buddy‘* es gut. Ich würde mich gerne um ihn kümmern«, sagte Johanna Ottersberg.

»Wir werden mit dem Tierheim sprechen. Man wird sich bei Ihnen melden.«

Johanna Ottersberg setzte sich auf den freien Besucherstuhl. Lea wollte noch einmal alles wissen, was Johanna Ottersberg über das Ehepaar Hentsch wusste. Insbesondere interessierte sie sich für die Krebsdiagnose ihrer Freundin.

»Die Polizei hatte Ihnen ja bereits den Tod des Ehepaares Hentsch mitgeteilt. Mein Beileid zum Tod Ihrer Freundin.«

Johanna Ottersberg begann zu weinen. »Wissen Sie, wann die Beisetzung ist?«, schluchzte sie.

»Das erfragen Sie bitte beim Bestatter. Noch befinden sich die beiden Toten in der Rechtsmedizin. Ich denke, bis zur Beisetzung wird noch mindestens eine Woche vergehen«, sagte Flessner.

»Sie hatten keine Angehörigen. Ich denke, ich werde mich um die Trauerfeier kümmern. Das bin ich Andrea schuldig«, sagte Johanna Ottersberg. Erneut rannen Tränen über ihre Wangen.

»Hat Frau Hentsch mit Ihnen über ihre Krankheit gesprochen? «, fragte Lea.

»Andrea hat mir oft vom Krebsleiden ihres Mannes erzählt. Von Andreas Krankheit wusste ich nichts. Ich habe es vorhin von Herrn Flessner mitgeteilt bekommen.« Johanna Ottersberg wischte sich die Tränen aus den Augen. »Entschuldigung. Wenn ich an Andrea denke, muss ich weinen. Ich vermisse sie. Heute wäre unser üblicher Kaffee-Nachmittag gewesen«, sagte Johanna Ottersberg.

»Was wissen Sie über den Aufenthalt von Klaus Hentsch in der *Nordsand Privatklinik?*«

»Die Therapie in der *Nordsand Privatklinik* musste abgebrochen werden, erzählte Andrea bei einem unserer Treffen. Klaus und Andrea waren mit ihren finanziellen Mitteln am Ende. Einen längeren Aufenthalt in der Klinik konnten sie nicht finanzieren. Nach der Entlassung übernahm der Hausarzt die weitere Patientenbetreuung. Die Konstitution von Klaus Hentsch war nach der Entlassung aus der Klinik miserabel. Tag für Tag verschlechterte sich sein gesundheitlicher Zustand weiter.«

»Was hat Frau Hentsch unternommen? «, wollte Lea wissen.

»Sie hat ihren Mann zu Hause, so gut es ging, gepflegt. Es hat sie viel Kraft gekostet. Immer wieder erzählte sie mir, dass sie mit ihrem Mann im Ausland einen Spezialisten aufsuchen wollte. Das Geld für die Reise und die Behandlung sollten ihr die Banken zur Verfügung stellen. Die Banken haben aber nicht mitgespielt.«

»Deshalb hat sie die Klinik erpresst?«

»Andrea hatte ernsthafte Geldprobleme. Ich habe sie oft zum Essen oder zu Kaffee und Kuchen eingeladen. Ehrlich gesagt: Sie war finanziell am Ende. Der Gedanke, dass sie das Geld von der Klinik zurückfordern konnte, stieß bei ihr auf großes Interesse«, antwortete Johanna Ottersberg.

»Mit Ihrer Unterstützung hat sie dieses Vorhaben durchgezogen«, sagte Lea.

»Ja, sie hat es gewagt. Leider ist der Plan nicht aufgegangen. Andrea ist jetzt tot. Wissen Sie, wie sie gestorben ist?«

»Wir gehen von einem Verbrechen aus. Mehr kann ich Ihnen nicht sagen.«

»Hat Doktor Kunert ihr etwas angetan?«

»Wie kommen Sie zu der Vermutung?«, fragte Flessner.

»Ich kenne Doktor Kunert seit vielen Jahren. Ich will jetzt nichts Schlechtes über ihn sagen. Sein Vater war ein herzensguter Mensch. Thomas würde ich dagegen alles zutrauen.«

»Das ist eine schlimme Anschuldigung«, sagte Lea.

»Eventuell liege ich falsch, aber hinter der sauberen Fassade verbirgt sich einiges. Doktor Thomas Kunert sollte man nicht unterschätzen. Seinen Wohlstand hat er nicht nur seinem freundlichen Lächeln zu verdanken. Lassen Sie sich nicht täuschen, Frau Hauptkommissarin.«

»Danke, Frau Ottersberg, für Ihre Aussage und Ihren Schilderungen. Wir haben keine weiteren Fragen. Ein Wagen der Polizei wird Sie nach Hause fahren. Vielen Dank, dass sie sich die Zeit genommen haben. Auf Wiedersehen, Frau Ottersberg.«

DOKTOR THOMAS KUNERT war tatsächlich eine charmante Persönlichkeit. Er hatte eine positive Ausstrahlung und er verstand es, Menschen zu lenken und zu beeinflussen. War dieser Mann in der Lage einen Menschen zu töten? Geld wäre für ihn kein Antrieb gewesen, davon hatte er genug. Womöglich zählten andere Kriterien. Nur welche? Lea wollte es herausfinden.

Kapitel 55

Lea blickte aus dem Fenster auf einen grünen kurzgeschorenen Rasen. »Ein herrliches Grün.«

»Nur mit viel Pflege und Aufwand kann man dieses Niveau halten. Leider haben wir einen Feind, der uns das Leben schwer macht.«

»Was für einen Feind?«, fragte Lea.

»Kaninchen. Hunderte Kaninchen. Trotz intensiver Bejagung schaffen wir es nicht, sie von unserem Grün fernzuhalten.«

»Dennoch eine sehr schöne Anlage«, betonte Lea.

»Spielen Sie Golf? Ich kann Ihnen eine Gästekarte geben. Neue Mitglieder nehmen wir dieses Jahr leider nicht mehr auf.«

»Für ein solches Hobby fehlt mir die Zeit.«

Die Frau reichte Lea ein Glas und ein Fläschchen Tafelwasser. »Danke. Das kann man bei diesen Temperaturen gebrauchen.«

»Sie möchten eine Turnierteilnehmerliste? Von welchem Turnier sprechen Sie? Aus welchem Jahr? Wir haben jedes Jahr diverse Veranstaltungen. Hier kommen Menschen von überall her zum Golf spielen. Da müssen Sie schon etwas konkreter werden, Frau Hauptkommissarin«, sagte Marlis Korte, Mitarbeiterin des Golfklubs. »Ich bin seit fast 20 Jahren in der Verwaltung des Klubs tätig. Ich kenne nahezu alle Mitglieder. Die Gäste selbstverständlich nur zu einem Bruchteil. In den letzten 20 Jahren konnten wir hier mehrere Tausend begrüßen.«

»Es geht mir um ein Golfturnier, bei dem ein sehr teurer Golfschläger ausgelobt wurde.«

»Die meisten guten Golfschläger sind teuer.«

»Dieser hat angeblich über 6000 Euro gekostet.«

»Stolzer Preis für einen einzigen Schläger.«,

»Er wurde von der *Nordsand Privatklinik* gestiftet.«

»Von Thomas? Warum sagen Sie das nicht gleich. Doktor Kunert hat öfters derartig verrückte Ideen. Vor zwei Jahren hat er eine Reise in die Antarktis gestiftet.«

»Können Sie mir sagen, wer diesen besonderen Golfschläger gewonnen hat?«

»Klar. Seine Freundin.«

»Seine Freundin? Sind Sie sicher?«

»Thomas Kunert kommt zu den Veranstaltungen des Golfklubs immer mit einer attraktiven Begleitung.«

»Mit seiner Frau?«

»Selten mit Britta. In der Regel begleitet ihn eine seiner hübschen Freundinnen. Sie wechseln sehr oft.«

»In Begleitung welcher Freundin war er, als der besagte Golfschläger als Preis vergeben wurde?«

»Schwer zu sagen, obwohl ich mich an das Turnier noch sehr gut erinnern kann. Es muss vor exakt sieben Jahren gewesen sein. Mein Mann hat in dem Jahr den zweiten Platz belegt. Es war sein erstes größeres Turnier. Er bekam einen Pokal. Die untalentierte Freundin von Doktor Kunert erhielt den teuren Golfschläger. Das hat meinen Mann damals sehr gewurmt. Er war richtig sauer.«

»Das glaube ich«, sagte Lea.

»Thomas hat das fast immer so gehandhabt. Er stiftete teure Preise, kam damit in die Presse und letztendlich gewann immer seine Begleitung den Preis.«

»Haben Sie einen Namen für mich?«

»Einen Namen kann ich Ihnen nicht nennen. Ich könnte Ihnen aber die Gästeliste aus dem betreffenden Jahr ausdrucken.«

»Das wäre sehr nett von Ihnen.«

»Es sind mehr als 40 DIN A4 Seiten mit über 2.600 Namen. In dem Jahr hatten wir eine Vielzahl an Gästen, mehr als in den anderen Jahren«, sagte Marlis Korte, »vielleicht lag es am guten Wetter.«

»Ihren Schilderungen zufolge war der Golfschläger zuletzt im Besitz einer Frau. Somit können sie alle männlichen Gäste von der Liste streichen«, sagte Lea.

»Übrig bleiben 703 Frauennamen. Sie kamen aus Deutschland, aus den Niederlanden, Österreich und der Schweiz. Ich drucke Ihnen die Namen aus.«

Lea nahm die Liste an sich, bedankte sich für die freundliche Unterstützung und fuhr direkt vom Golfklub zum Supermarkt am Gorch-Fock-Weg. Mit einer gut gefüllten Einkaufstasche und einer Kiste Wasser fuhr sie anschließend zu ihrer Wohnung. Die Liste mit den Namen wollte sie später am Abend auf dem heimischen Sofa durchstöbern.

»KIND, soll ich dir beim Tragen helfen?«

»Nein, danke, Tante Martha. Ich schaffe das schon.«

»Ich habe Tee gemacht. Kannst gleich kommen«, sagte die alte Dame mit einem Lächeln, als Lea den Kofferraum ihres Autos leerte.

»Ich wollte noch ...« Lea seufzte. »Tante Martha, ich komme gleich. Ich muss nur noch den Einkauf verstauen.«

Nach der willkommenen Pause auf der Terrasse ihrer Vermieterin fuhr Lea zurück zum Büro.

»HALLO, Lea. Wie war die Gegenüberstellung? Wie hat der Hund reagiert.«

»Es war nicht wie erwartet. ‚*Buddy*' lief freudig auf Doktor Kunert zu und auch gegenüber Frau Kunert zeigte sich der Kleine von seiner charmanten Seite. Später auf dem Flur hat er gebellt und sich wesentlich gereizter und aggressiver verhalten als zuvor. Jan hatte Probleme, ihn zu bändigen. Der Kleine war ganz aus dem Häuschen. Der Grund ist mir schleierhaft. Höchstwahrscheinlich ist der Hund noch traumatisiert.«

»Möglicherweise lag es auch an der ungewohnten Umgebung«, sagte Sabine.

»Ich habe noch mit der Zeugin Ottersberg gesprochen. Eine sympathische Frau. Was wissen wir eigentlich über sie?«, fragte Lea.

»Moment, Lea. Mein Computer wird uns gleich auf den neusten Stand bringen.«

»Ich habe immer noch nicht die Gästeliste des Golfklubs durchgesehen«, bemerkte Lea. »Gestern Abend habe ich es nicht mehr geschafft. Nach den ersten 100 Namen sind mir die Augen zugefallen.«

Sabine starrte auf den Monitor ihres Rechners. »Frau Ottersberg war einige Jahre in der *Nordsand Privatklinik* tätig. Zuletzt in der Buchhaltung.«

»Das ist mir bekannt. Sie war eine gute Freundin des Opfers. Zudem hat sie Andrea Hentsch als vermisst gemeldet«, sagte Lea.

»Ich habe hier vermerkt, dass Frau Ottersberg regelmäßig ihre Mutter im Alten- und Seniorenheim in Norddeich besuchte. Derzeit arbeitet sie stundenweise in einer Boutique und in einer Drogerie. Benötigst du Adressen und Telefonnummern?«

»Frau Ottersberg hat mir in einem Gespräch von ihrer dementen Mutter erzählt. Es ist schon beachtlich. Nahezu jede Woche fährt sie nach Norddeich, um für ein paar Stunden bei der alten Dame zu sein. Jetzt will sie sich auch noch um die Beisetzung des Ehepaares Hentsch kümmern. Eine beeindruckende Frau. Mit der Drogerie und der Boutique konnte ich kurz telefonieren. Mir wurde nichts Negatives über Frau Ottersberg berichtet. Sie ist freundlich, fleißig und sowohl bei den Kolleginnen als auch bei der Kundschaft beliebt. Leider habe ich es versäumt, sie nach den Machenschaften ihres ehemaligen Chefs zu fragen.«

»Du musst sie erneut befragen«, sagte Sabine.

»Frau Ottersberg trägt teuren Schmuck, geht regelmäßig essen, besucht Veranstaltungen und kleidet sich sehr modisch. Woher hat sie das Geld für ihren aufwändigen Lebensstil?«

»Vielleicht hat sie geerbt«, erwiderte Sabine.

»Wäre denkbar.«

»Sie war doch jahrelang in der Buchhaltung der Klinik tätig. Sie müsste doch etwas von den illegalen Geschäften ihres Chefs bemerkt haben.«

»Wenn Doktor Kunert sie für ihr Schweigen bezahlt hat?«

»Möglich. Lea, du musst sie ein weiteres Mal befragen.«

»Eventuell ist sie tief in diese illegale Medikamentengeschichte verstrickt. Aus Reue und um etwas wieder gut zu machen, kümmerte Frau Ottersberg sich um ihre Freundin Andrea und deren todkranken Mann. Sie wird mir einiges erklären müssen.«

Kapitel 56

»Mensch, Sabine! Wie siehst du denn aus? Warst du nicht im Bett?«

»Nur kurz.« Gähnend lief Sabine über den Flur, in der Hand einen dampfenden Becher mit heißem Tee. »Ich war auf einer Dünenparty.«

»Wie war die Party?«

»Super. Fast 150 Leute. Ich habe bis halb fünf Uhr heute Morgen durchgehalten.«

»Willst du wieder ins Bett?«

»Es geht schon, Lea. Ein heißer Tee wirkt bei mir Wunder.«

Lea legte ihre Jacke auf einen leeren Stuhl und setzte sich an ihren Schreibtisch.

»Wie war eigentlich dein gestriger Abend?«, wollte Sabine wissen.

»Ich glaube, es war nach Mitternacht, als ich endlich die Liste vom Golfklub durchgesehen hatte.«

»Und? Bist du fündig geworden?«

»Drei Namen habe ich der Liste entnommen.«

»Was sind das für Namen?«, fragte Sabine.

»Britta Kunert, Johanna Ottersberg und Lisa Jaspers«, antwortete Lea etwas nachdenklich. Sie wuselte sich mit der Hand durchs Haar, nippte an einem Becher Kaffee und markierte mit einem gelben Textmarker Wörter. Vor ihr lag die Liste vom Golfklub, daneben ein Zettel mit Notizen. »Lisa Jaspers ist Ärztin. Klaus Hentsch wurde vor drei Jahren stationär aufgenommen und von Frau Jaspers behandelt. Näheres habe ich nicht erfahren. Ich habe das Alibi der Ärztin soeben telefonisch überprüft. Sie stand zur Tatzeit im OP. Bleiben Britta Kunert und Johanna Ottersberg. Britta Kunert kannte Andrea Hentsch nicht. Sie könnte aber in der Tatnacht ihrem Mann gefolgt sein. Immerhin war ihr Mann mit einem beträchtlichen Vermögen unterwegs, von dem sie vermutlich wusste. Geld ist immer ein Motiv. Nummer drei ist Frau Ottersberg. Ein Motiv hatte sie nicht, außer sie wäre scharf auf das Geld gewesen, was ich mir nicht vorstellen kann. Soweit ich mich erinnere, hat Frau Ottersberg für die Tatzeit ein Alibi vorzuweisen, Britta Kunert nicht.«

»Das Denken fällt mir an diesem Morgen noch etwas schwer«, sagte Sabine, »dennoch glaube ich verstanden zu haben, dass du, trotz der Namensliste vom Golfklub, keinen Schritt weiter gekommen bist.«

»Doch, Sabine. Einen kleinen Schritt bin ich vorangekommen. Ich habe die Besitzerin des Golfschlägers ermittelt. Es ist Britta Kunert. Ich werde sie gleich aufsuchen und befragen. Sie wird mir einiges erklären müssen. Wie gesagt, Britta Kunert hat kein Alibi vorzuweisen.«

LEA UNTERHIELT sich fast 30 Minuten mit Britta Kunert, die gerade vom Joggen zurückkam. Immer wieder beteuerte die Frau des Klinikchefs, dass sie am fraglichen Abend Fernsehen geschaut hatte und sie zeitig zu Bett gegangen war.

»Ich kenne diesen teuren Golfschläger«, sagte sie,

»Thomas hat ihn gestiftet und er hat dafür gesorgt, dass Johanna Ottersberg diesen Schläger gewinnt. Er war damals total verschossen in diese dumme Kuh.«

»Sie haben, wie Frau Ottersberg, an diesem Golfturnier teilgenommen.«

»Ich habe aber nicht diesen Schläger gewonnen.«

»Können Sie das beweisen? Gibt es Zeugen, die Ihre Aussage bestätigen können?«, fragte Lea.

»Ich kann Ihnen etwas zeigen. Warten Sie bitte einen Moment, ich bin gleich wieder zurück.« Britta Kunert verließ den Raum. Lea wartete. Nach einer gefühlten Viertelstunde kam sie mit einem schwarzen Aktenordner zurück. »In diesem Ordner habe ich alle Zeitungsberichte gesammelt. Alles, was mit unserer Firma zu tun hat.« Britta Kunert legte den aufgeschlagenen Ordner auf den Tisch. »Sehen Sie, Frau Hauptkommissarin, das ist ein Foto von der Siegerehrung. Ich stehe dort hinten. Ich hatte nichts gewonnen. Das ist mein Mann und neben ihm steht Johanna Ottersberg mit dem 6000-Euro-Golfschläger. Das erklärt doch alles, oder?«

»Darf ich die Zeitung mitnehmen?«

»Natürlich, Frau Hauptkommissarin.«

Lea steckte die Zeitung ein, verließ die Klinik und fuhr Richtung Weststrand. Sie wollte Johanna Ottersberg zu dem Foto befragen.

DIE WOHNUNG BEFAND sich an der Viktoriastraße unweit des Weststrandes. Eine ausgesprochen exzellente Lage für ein Appartement, zumal einige Fenster einen unverbauten Blick auf das Meer boten. Johanna Ottersberg öffnete die Tür. Sichtlich überrascht begrüßte sie die Kommissarin.

»Moin, Frau Ottersberg. Kann ich kurz hereinkommen? Ich habe noch ein paar Fragen an Sie.«

»Natürlich, Frau Hauptkommissarin. Treten Sie ein.«

Lea betrat die geräumige Wohnung. Ihr fiel sofort die ansprechende Möblierung ins Auge, modern und hochwertig, mit ausgesuchten teuren Lampen, Accessoires und Bodenbelägen. Lea war sichtlich beeindruckt von dem ansprechenden Ambiente. Sie nahm im Wohnzimmer Platz.

»Ich komme gleich auf den Punkt, Frau Ottersberg. Sie haben vor einigen Jahren bei einem Golfturnier einen wertvollen Golfschläger gewonnen. Ich habe eine Zeitung mit einem Foto. Dieses Foto belegt, dass sie bei einem Golfturnier einen 6000-Euro-Golfschläger gewonnen haben. Wo befindet sich dieser Golfschläger?«

Ohne Hast setzte sich Johanna Ottersberg auf einen weißen Lederstuhl mit glänzendem Chromrahmen, lehnte sich zurück, kreuzte die Beine und blickte fragend zu ihrer Besucherin. »Darf ich Ihnen etwas anbieten? Wasser? Tee? Kaffee?«

»Beantworten Sie bitte meine Frage, Frau Ottersberg. Wo ist der Golfschläger?«

»Gewöhnlich hängt er im Flur neben der Garderobe. Mit einem solch teuren Schläger geht man nicht auf den Golfplatz. Ich jedenfalls nicht.«

»Könnte ich den Golfschläger sehen?«

»Der Schläger ist mir gestohlen worden.«

Lea blickte verwundert zu Johanna Ottersberg.

»Gestohlen? Haben Sie einen Verdacht? Wurde hier eingebrochen?«

»Eingebrochen wurde hier nicht. Vor nicht allzu langer Zeit war meine Freundin Andrea Hentsch zu Besuch. Kaum dass sie gegangen war, stand ein Mann vor der Tür. Kurze Zeit später habe ich den Golfschläger vermisst. Andrea hat mit Sicherheit den Schläger nicht an sich genommen.«

»Bleibt ihr männlicher Gast. Wer war dieser Mann?«

»Es war Thomas Kunert.«

»Doktor Thomas Kunert? Was wollte er?«, fragte Lea.

»Das, was alle Männer wollen, wenn sie Ärger mit ihrer Frau haben.«

»Sie haben ein Verhältnis mit Doktor Kunert?«

»Muss ich dazu etwas sagen?«

»Es wäre sicherlich vorteilhaft, wenn Sie mit offenen Karten spielen.«

»Wir hatten vor Jahren eine sehr enge leidenschaftliche Beziehung. Irgendwann kam eine Neue ins Spiel. Plötzlich war alles aus. Wir sahen uns nur noch sporadisch.«

»So wie an diesem betreffenden Tag.«

»Thomas kam und wollte nur reden.«

»Er hat den Golfschläger mitgenommen?«

»Davon bin ich überzeugt. Ich stand unter der Dusche, als er die Wohnung verlassen hat. Den Verlust habe ich erst drei Tage später bemerkt.«

»Sie waren in der Buchhaltung der Klinik tätig, bevor Sie das Unternehmen verlassen mussten. Was wissen Sie von den illegalen Arzneimitteln, die dort vertrieben wurden?«

»Erst durch Andrea habe ich davon erfahren. Sie hatte die Information von einer Bloggerin.«

»Obwohl sie eng mit Herrn Doktor Kunert zusammengearbeitet haben, wussten Sie nichts von diesen dubiosen Geschäften?«

»Ich war bereits aus dem Unternehmen ausgeschieden, als Thomas den Handel mit Arzneimitteln forcierte.«

»Wie finanzieren Sie Ihren aufwändigen Lebensstil, Frau Ottersberg?«

»Muss ich das beantworten?«

»Weshalb wollen Sie sich dazu nicht äußern?«

Johanna Ottersberg überlegte kurz. »Diese Wohnung gehört Doktor Thomas Kunert. Zu sehr günstigen Konditionen darf ich hier wohnen. Eine Art Wiedergutmachung für den Rausschmiss.«

»Weiß seine Frau davon?«

»Das müssen Sie Thomas schon selber fragen.«
»Danke, Frau Ottersberg. Sie haben mir sehr geholfen.«
»Wollen Sie nicht doch einen Tee trinken?«
»Ein anderes Mal. Tschüss!«

Kapitel 57

Statt zu ihrem Auto zu laufen, lief Lea zum Weststrand. Sie zog sich die Schuhe aus und lief in Richtung Meer. Das Wasser war bereits wieder auf dem Rückzug. Die leichte Brise aus östlicher Richtung verursachte nur einen minimalen Wellengang. Lea blieb am Sandstrand stehen und blickte minutenlang auf das Meer. Sie hörte weder die kreischenden Möwen, das Rauschen des Wassers noch das Plärren spielender Kinder. Sie hatte alles ausgeblendet. Ihre Gedanken kreisten um eine Frage: Wer hatte Lügen erzählt? Sowohl Doktor Kunert, Frau Kunert, als auch Johanna Ottersberg behaupteten, nicht im Besitz des Golfschlägers gewesen zu sein. Wer hatte gelogen?

Lea lief den gleichen Weg zurück, den sie gekommen war, entfernte den Sand zwischen den Zehen, zog ihre Schuhe wieder an, überquerte die Straße und klingelte erneut an der Tür zu dem Gebäude an der Viktoriastraße.

Johanna Ottersberg meldete sich über die Gegensprechanlage.

»Hallo, Frau Ottersberg. Lea Landgraf. Ich habe noch eine Frage.«

Mit einem Summton öffnete sich die Eingangstür. Die

Wohnung befand sich in der dritten Etage. Lea nahm die Treppe.

»Entschuldigen Sie die erneute Störung«, sagte Lea, als sich die Tür zur Wohnung öffnete. »In der Nacht, als Ihre Freundin ums Leben kam, wo waren Sie da?«

»Warum wollen Sie das wissen?«

»Eine Routinefrage.«

»Das kann ich Ihnen genau sagen. Ich war auf dem Festland. In Norddeich. Ich habe meine Mutter besucht. Sie lebt dort in einem Alten- und Seniorenzentrum.«

»Kann das jemand bestätigen? Haben Sie ein Ticket von der Fähre?«

»Das Ticket habe ich bereits im Terminal entsorgt.«

»Das heißt, ihre Mutter kann ihr Alibi bestätigen.«

»Nein, das kann sie nicht. Sie ist dement.«

»Kann das jemand anderes?«

»Ich habe mit der Heimleiterin gesprochen. Sie wird meinen Besuch in Norddeich bestätigen.«

»Können Sie mir den Namen des Heims, der Heimleiterin und eventuell eine Telefonnummer nennen?«

»Natürlich. Moment, ich hole mir etwas zu schreiben.«

Johanna Ottersberg lief in die Wohnung und kam nach wenigen Minuten mit Stift und Papier zurück. Hastig kritzelte sie etwas auf ein weißes Blatt und reichte es Lea.

»Wann waren Sie wieder zurück?«

»Mit der ersten Fähre. Am frühen Morgen.«

»Wo waren Sie die Nacht?«

»In einer Pension. Dort übernachte ich öfters. Ich kann Ihnen die Quittung zeigen. Nette Leute. Immer wenn es spät wird, übernachte ich dort. Ein preiswertes Quartier. Natürlich ohne Frühstück. Ich frühstücke immer auf der Fähre.«

»Könnte ich die Quittung der Unterkunft sehen?«

Johanna Ottersberg verschwand kurz und kam mit einem postkartengroßen Beleg zurück.

»Danke, Frau Ottersberg. Ich nehme den Beleg mit. Tschüss. Schönen Tag.«

LEA VERLIESS das Haus und lief nachdenklich zu ihrem Auto. Statt zum Büro zu fahren, wendete sie den Smart und fuhr zu ihrer Wohnung.

»Hallo, Lea. Hast du Pause oder nimmst du dir einen freien Tag?« Martha Hinrichs, ihre liebenswerte Vermieterin, stand mit einem Besen in der Hand vor dem Haus. »Komm mit auf die Terrasse. Ich mache uns einen Tee. Möchtest du ein Stück Apfelkuchen oder lieber ein belegtes Brot?«

»Ich habe heute noch nichts gegessen.«

»Setz dich. Ich kümmere mich um den Tee.«

Es vergingen weniger als zehn Minuten. Lea traute ihren Augen nicht. Die alte Dame kam mit einem Tablett voller belegter Brote und Kuchen zurück.

»Der Kuchen ist selbst gebacken. Greif zu.«

Tante Martha servierte den Tee und setzte sich dann zu Lea an den Gartentisch. Die Sonne schien, wie in den letzten Tagen, von einem wolkenlosen Himmel. Lea schätze die Temperatur unter der Markise auf mindestens 26 Grad.

»Weshalb bist du so nachdenklich? Das kenne ich gar nicht von dir. Was bedrückt dich?«, fragte die Seniorin.

»Ich hatte dir von den Tötungsdelikten erzählt.«

»Das Ehepaar Hentsch. Ich kannte sie flüchtig. Anständige Leute.«

Lea erzählte in groben Zügen von ihrer Ermittlungsarbeit und von ihrer peinlichen Vorstellung mit dem kleinen Hund, den sie als Zeugen präsentiert hatte. Tante Martha hörte interessiert zu.

»Der Staatsanwalt erwartet Ergebnisse und ich befinde mich derzeit in einer Sackgasse. Weder die Spurensicherung noch die ganzen Befragungen haben mich vorangebracht.

Derzeit stehe ich mit leeren Händen da. Es ist frustrierend!« Lea blickte stumm auf den gepflegten Garten. Gerne hätte sie in diesem Moment ihrer Verzweiflung und ihrer Wut freien Lauf gelassen. »Irgendjemand lügt«, sagte sie verärgert.

Tante Martha legte ihre schmale faltige Hand auf Leas Unterarm und lächelte sanft. »Lea, solang niemand die Wahrheit ans Licht bringt, ist die Lüge die einzige Wahrheit.«

Lea trank ihren Tee aus, schob das letzte Stückchen Kuchen in den Mund und erhob sich von ihrem Platz. »Danke, Tante Martha. Du bist ein Schatz«, murmelte sie mit vollem Mund. »Danke für das leckere Essen und für deine Hilfe.«

»Ich habe doch nur ...«

»Du hast genau das Richtige gesagt. Ich muss jetzt los, sonst verpasse ich noch die Fähre. Tschüss, Tante Martha. Bis heute Abend.«

Kapitel 58

»Hallo, Biene, kannst du etwas für mich erledigen?«

»Wo bist du? Was ist los?«

»Ich bin in Eile, Biene. Ich fahre mit der nächsten Fähre zum Festland. Ich nehme das Auto mit.«

»Weshalb?«

»Die Alibis. Eines muss falsch sein. Flessner wird heute noch das Ehepaar Kunert vorladen. Ich werde das Alibi von Frau Ottersberg überprüfen.«

»Ich dachte ...«

»Biene. Irgendjemand sagt nicht die Wahrheit und wir müssen herausfinden, wer das sein könnte. Derzeit stelle ich alles in Frage. Vermutlich müssen wir wieder bei null anfangen. Stell dich bitte auf eine Nachtschicht ein.«

»Okay. Ich habe heute Abend ohnehin nichts vor.«

»Erzähle bitte niemandem etwas von dieser Aktion. Niemand muss wissen, dass ich auf dem Weg nach Norddeich bin.«

»Ich reserviere dir einen Platz auf dem Autodeck. Wann bist du wieder zurück?«

»Ich denke, in zirka fünf bis sechs Stunden.«

»Übrigens: In 12 Minuten verlässt die nächste Fähre Norderney. Du musst dich beeilen.«

»Das schaffe ich. Danke, Sabine.«

Lea sprang in ihren Wagen und sauste los. Immer wieder blickte sie zur Uhr. Mit etwas Glück und freien Straßen könnte sie noch rechtzeitig das Terminal erreichen.

Noch gerade rechtzeitig erreichte sie die Fähre. Lea folgte den Anzeigetafeln und stand nach wenigen Minuten zwischen Fahrzeugen mit vollbepackten Dachgepäckträgern, Wohnmobilen mit fremden Kennzeichen und Autos mit Fahrradträgern.

»Moin, Frau Hauptkommissarin. Sie müssen keinen Platz auf der Fähre reservieren lassen. Für Ihren kleinen Dienstwagen finden wir immer eine Lücke.« Der Mann in der schicken Schifffahrtsuniform lachte.

PÜNKTLICH, um 16 Uhr 45, legte die Inselfähre in Norddeich-Mole ab. Lea suchte sich einen Platz im Bordrestaurant, bestellte sich einen Grüntee und telefonierte mit ihrem Büro.

»Hallo, Sabine, ich bin wieder auf der Fähre. Gibt es etwas Neues?«

»Keine wichtigen Anrufe. Alles wie gewohnt.«

»In 40 Minuten bin ich wieder auf Norderney. Du kannst, wenn du möchtest, Feierabend machen. Ich bin total groggy. Vom Terminal fahre ich direkt nach Hause. Morgen früh um acht Uhr treffe ich mich mit Flessner. Ich habe etwas Bemerkenswertes in Erfahrung gebracht.«

Kapitel 59

Eine rote Sonne stieg im Osten auf. Bereits um acht Uhr zeigte das Thermometer an der Apotheke unweit des Kurplatzes 19 Grad. Der Tag würde, wie die vergangenen Tage, wieder sehr warm werden, erfuhren die Feriengäste aus der Wettervorhersage. Aus diesem Grund hatte Lea die Besprechung mit Flessner und Jan Lankow auf den Morgen gelegt.

»Moin, Frau Landgraf. Nehmen Sie Platz. Jan hat frischen Kaffee für Sie zubereitet. Wir Ostfriesen bleiben bei unserem Tee.«

Lea setzte sich auf den Besucherstuhl, holte ihre Notizen hervor und checkte schnell die Eingänge ihrer Mailbox, während Jan Lankow alle Anwesenden mit Kaffee und Tee versorgte.

»Legen Sie los, Frau Landgraf. Wir sind ganz Ohr«, sagte Flessner.

»Welchen Eindruck haben Sie gestern von dem Ehepaar Kunert gewonnen?«

»Beide waren etwas verdattert. Ich glaube, sie hatten mit einer erneuten Vernehmung nicht gerechnet.«

»Sind beide bei ihrer Aussage geblieben?«, wollte Lea wissen.

»Wir haben sie getrennt voneinander befragt. Beide haben ihre Aussage wiederholt. Nur Frau Kunert hat noch etwas zu ihrer Entlastung beigetragen. Sie erinnerte sich plötzlich an ein Telefonat. Sie telefonierte an dem betreffenden Abend gegen 23 Uhr mit einem italienischen Restaurant, weil sie plötzlich Hunger verspürte, wurde aber nicht mehr beliefert. Wir haben mit dem Restaurant gesprochen. Der Inhaber bestätigte das Telefonat. Das Telefonat wurde übrigens von einem Festnetzanschluss geführt.«

»Das bedeutet, Doktor Kunert hat nach wie vor kein Alibi und seine Frau scheidet als Täterin aus.«

»Korrekt, Frau Landgraf«, sagte Flessner, während er die Teetasse zum Mund führte.

»Dennoch können wir Doktor Kunert nicht dem Haftrichter vorführen. Die vorliegenden Fakten reichen nicht aus.«

»Doktor Kunert ist für mich der Täter. Davon bin ich fest überzeugt. Er hat als Einziger ein Motiv und er war am Tatort«, betonte Lankow, der sich an die Wand lehnte. Neben ihm auf der Fensterbank stand eine dampfende Tasse Tee.

»Wir müssen noch die Auswertung der KTU abwarten. Eventuell findet sie an der Kleidung oder am Körper der Toten DNA vom Täter.«

»Wurde im Haus des Ehepaares Hentsch etwas entdeckt?«, fragte Flessner.

»Im Flur fand die Spurensicherung einen Teilabdruck eines Schuhs. Leider reichte der Abdruck nicht, um die Schuhgröße exakt zu bestimmen. Im Schlafzimmer des Künstlers fand die Spurensicherung Erde. Sie ist identisch mit Bodenproben vom Tatort. Ebenso stammen gefundene Pflanzenreste von dort. Der Täter war sowohl im Schlafzimmer von Klaus Hentsch als auch am Tatort *Schwanenteich.*«

»Dann haben wir es mit ein und demselben Täter zu tun«, sagte Jan Lankow.

Lea stellte ihren Kaffeebecher zurück auf den Schreibtisch. »Davon gehe ich aus. Nach der genauen Auswertung der Spuren durch die KTU wissen wir natürlich mehr.«

»Somit könnte Doktor Kunert zunächst Andrea Hentsch und kurz darauf Klaus Hentsch getötet haben. Welche Rolle spielt dabei Britta Kunert?«, fragte Jan Lankow.

»Das wissen wir noch nicht. Sie wusste aber definitiv, was ihr Mann an diesem Abend vor hatte«, antwortete Lea.

»Wir sollten den Arzt vorläufig festnehmen«, sagte Flessner schroff.

»Solange keine stichhaltigen Beweise vorliegen, bleiben die Handschellen da, wo sie sind. Jeder Anwalt würde Kunert innerhalb kürzester Zeit wieder aus der Haft holen. Er wäre schneller wieder auf freiem Fuß als Sie Ihren Tee trinken können«, sagte Lea.

»Vermutlich haben Sie recht, Frau Landgraf. Es gilt nach wie vor die Unschuldsvermutung«, sagte Flessner trocken.

»Wie war deine Zeugenbefragung?«, fragte Jan Lankow. »Du sagtest, du hättest mit Johanna Ottersberg, der Freundin von Andrea Hentsch, gesprochen.«

»Ich habe sie in ihrer Wohnung besucht. Die Frau residiert sehr feudal. Drei-Zimmer-Appartement an der Viktoriastraße mit Blick aufs Meer. Davon können die meisten nur träumen.«

»Hat die Frau geerbt?«, wollte Jan wissen.

»Sie hatte ein Verhältnis mit ihrem ehemaligen Arbeitgeber, Doktor Kunert. Ihm gehört diese Wohnung.«

»Interessant. Was haben Sie noch erfahren?«, fragte Flessner.

»Frau Ottersberg war sehr gesprächig. Gesprächiger als bei der ersten Begegnung. Wir haben uns angenehm unterhalten. Ich habe sie spontan nach einem Alibi gefragt. Sie sagte, sie wäre zum Zeitpunkt der Gewalttat an Andrea Hentsch in Norddeich gewesen. Sie besucht dort regelmäßig ihre Mutter. Ich habe das vor Ort überprüft. Die Heimleiterin hat das Alibi von Frau Ottersberg sofort bestätigt.«

»Ich bleibe dabei, dass Doktor Kunert der Täter ist.« Jan Lankow fiel Lea ins Wort. »Nur er wusste von dem Treffen.«

»Wir dürfen uns nicht nur auf Doktor Kunert konzentrieren, Jan. Der Kollege vom BKA sprach von einem internationalen Schmugglerring, der hier auf Norderney illegale Medikamente umschlägt. Gut möglich, dass diese Medikamentenmafia Frau Hentsch und ihren Mann aus dem Weg geräumt hat. Warum auch immer.«

»Würden diese Profis die Tatwaffe unweit der Leiche liegen lassen?«

»Möglicherweise wurden sie gestört. Jedenfalls müssen wir jeder Spur nachgehen«, sagte Lea.

Flessner zeigte auf Leas Smartphone, das vor ihr neben dem Kaffeebecher lag. »Ihr Handy vibriert ununterbrochen. Wollen Sie den Anruf nicht entgegennehmen?«

»Es ist nur Sabine.«

»Und wenn es wichtig ist?«, fragte Flessner.

»Sabine ist seit Tagen am Einräumen. Ständig sendet sie mir eine Mitteilung. Sie will sicherlich wissen, wie die Aktenordner beschriftet werden sollen.«

»Solche Fragen müssen auch geklärt werden.« Flessner blickte amüsiert zu seiner jungen Kollegin.

»Es gibt Wichtigeres im Leben, Herr Flessner. Aktenordner gehören nicht dazu.«

»Ich denke, wir sind hier fertig. Sie können jetzt Ihrer Mitarbeiterin antworten«, sagte Flessner. Mittlerweile war der Ostfriese bei seiner sechsten Tasse Tee angekommen.

»Sie hat schon wieder aufgelegt. Vermutlich hat sich das Thema von selbst erledigt.«

»Jetzt meldet sich mein Smartphone.« Jan Lankow lachte,

stellte seine Tasse auf die Fensterbank und eilte aus dem Raum. Wenige Minuten später kam er zurück und lief zügig auf Lea zu.

»Es ist Sabine. Sie versucht dich seit geraumer Zeit zu erreichen. Sie fragt, ob dein Handy defekt ist.«

»Was will sie?«

»Frag sie selber!« Jan Lankow reichte Lea sein Smartphone.

»Sabine, wir sind hier noch in einer Besprechung. Was gibt es so Dringendes?«

Verwundert lauschte Lea den Ausführungen ihrer Mitarbeiterin. Nach drei Minuten reichte Lea Jan das Smartphone zurück.

»Was ist los, Lea? So sprachlos habe ich dich lange nicht erlebt.«

»Sabine hat für mich recherchiert und ist fündig geworden.«

»Was hat Ihre Mitarbeiterin Ihnen erzählt?«, wollte Flessner wissen.

»Wie ich bereits erzählte, war ich in der Wohnung von Frau Ottersberg. Im Flur hingen einige gerahmte Fotos. Ein Foto zeigte Johanna Ottersberg mit einer Frau. Eine ähnlich aussehende Frau traf ich gestern in Norddeich. Sie führt eine Pension und vermietet Zimmer an Feriengäste. Johanna Ottersberg zeigte mir einen Beleg. Angeblich hatte Sie dort in der Pension übernachtet, nachdem sie ihre Mutter im Heim besucht hatte. 65 Euro zahlte sie im Voraus für das Zimmer. Die Inhaberin der Pension heißt Daniela Becker und sie sah der Frau auf dem Foto verdammt ähnlich. Ich hatte die Vermutung, dass Daniela Becker und Johanna Ottersberg sich näher kennen. Jetzt habe ich die Bestätigung. Sabine entdeckte bei ihrer Recherche zufällig den Mädchennamen von Johanna Ottersberg. Frau Ottersberg hieß, bevor sie Rolf Ottersberg heiratete, Johanna Becker.«

»Was ist so ungewöhnlich an diesem Namen? Ich kannte eine Frau, die vor Ihrer Heirat Hasenfuß hieß und nach der Heirat hieß sie Hühnerbein.« Die beiden Männer lachten herzhaft.

»Unsere Zeugin, Frau Ottersberg, hat womöglich eine Falschaussage gemacht. Ebenso die Inhaberin der Pension, Frau Becker.«

»Muss ich das verstehen?«, sagte Jan und blickte verdutzt zu Lea.

»Johanna und Daniela Becker sind Geschwister. Wir haben eine Bestätigung vom Standesamt in Norden. Frau Becker hat ihrer Schwester zu einem Alibi verholfen, weil sie ihre Schwester helfen wollte.«

»Jetzt habe ich das verstanden«, sagte Lankow.

Lea erhob sich von ihrem Platz und eilte zur Tür.

»Wollen Sie schon gehen, Frau Landgraf? Weshalb diese Eile?«

»Ich fahre mit der nächsten Fähre zum Festland. In Norddeich werde ich dieser Pensionsleiterin, Frau Becker, auf den Zahn fühlen. Mir bleiben noch 23 Minuten um mich umzuziehen und zur Fähre zu fahren. Tschüss. Danke für den Kaffee.«

Sprachlos sahen die Polizisten zu, wie Lea hektisch Smartphone und Notizblock in die Jackentasche steckte und das Dienstgebäude verließ.

Kapitel 60

Kurz vor 16 Uhr stoppte ein Streifenwagen in der Viktoriastraße. Als Jan Lankow und Melanie Bruns vor der Eingangstür eines mehrgeschossigen Hauses standen und läuteten, wurden sie überraschend von hinten angesprochen.

»Zu wem möchten Sie?«, hörten sie einen älteren Mann fragen, der mit zwei Einkaufstüten um die Ecke kam.

»Zu Frau Ottersberg.«

»Die ist nicht da!«, antwortete der Rentner.

»Wissen Sie, wo Frau Ottersberg sein könnte?«, fragte Jan Lankow.

»Die ist mit einem Taxi weggefahren, gerade als ich zum Supermarkt gehen wollte. Wohin weiß ich nicht.«

»Hatte sie Gepäck dabei?«

»Eine Reisetasche und eine größere Handtasche, wenn ich das richtig gesehen habe. Was wollen Sie von ihr? Soll ich Johanna etwas ausrichten?«

»Alles okay. Danke, Herr ...«

»Mein Name ist Poppen. Dieter Poppen. Ich wohne hier. Ich bin der Nachbar von Frau Ottersberg.«

»Danke, Herr Poppen.«

. . .

DER SMART VERLIESS als eines der ersten Fahrzeuge die Fähre. Es folgten mehrere Dutzend weitere Fahrzeuge. Hunderte betraten die Insel über eine schmale Gangway, entwerteten ihr Ticket und eilten durch das Terminal zu den Ausgängen. Sie führten zum Platz *»Am Hafen«*. Dort standen Taxis und Busse um die Ankommenden zu ihren Unterkünften zu fahren. Im hinteren Bereich des Terminalgebäudes warteten bereits zahlreiche Menschen mit Taschen, Rollkoffern und Rucksäcken auf die Ankunft der Fähre. Sie wollten zum Festland reisen, unter ihnen auch Johanna Ottersberg. Sie stand in der Menge und drängte zum Ausgang, die Fähre immer im Blick. Polizeimeisterin Melanie Bruns hatte sie vor wenigen Minuten entdeckt und Lea informiert.

»Moin, Frau Ottersberg. Wollen Sie Ihre Mutter besuchen? Weshalb das viele Gepäck?«

»Frau Hauptkommissarin!« Erstaunt blickte Johanna Ottersberg zu Lea, die urplötzlich vor ihr in der Menge auftauchte. »Ja, natürlich. Ich bin auf dem Weg nach Norddeich. Weshalb fragen Sie?«

»Ich komme gerade von dort. Ihrer Mutter geht es den Umständen entsprechend gut. Das sollte ich Ihnen von der Heimleiterin ausrichten. Wir haben uns sehr nett und ausführlich über Sie unterhalten. Übrigens, ich habe auch die Pension besucht, in der Sie übernachtet haben. Sehr nett und gemütlich.«

Plötzlich wurde es unruhig. Die Menschen vor und neben ihnen setzten sich in Bewegung, als ein Mitarbeiter der Reederei eine Tür nach draußen öffnete.

»Dürfte ich jetzt ... Ich muss zur Fähre. Sie legt in wenigen Minuten ab. Ich muss meine Tasche ...«

»Keine Sorge. Um Ihr Gebäck wird sich Polizeimeister Lankow kümmern.«

»Was soll das? Die Fähre wird gleich ablegen.«

»Die Fähre wird ohne Sie ablegen, Frau Ottersberg. Wenn

Sie so freundlich wären und mich auf die Polizeidienststelle begleiten.«

»Weshalb, Frau Hauptkommissarin?«

»Wir möchten Sie als Zeugin vernehmen.«

»Ich habe Ihnen alles erzählt.«

»Nicht alles, Frau Ottersberg. Nicht alles.«

Kapitel 61

Mitarbeiter der Polizeidienststelle richteten den Urzustand des Vernehmungsraumes, nachdem für die Konfrontation mit dem Hund alles ausgeräumt worden war, wieder her. Trotz Tisch und Sitzgelegenheit bot das Vernehmungszimmer eine Atmosphäre, die an einen Gymnastikraum aus den 50er Jahren erinnerte.

Polizeimeisterin Melanie Bruns führte Johanna Ottersberg zu einem Tisch mit drei Stühlen, einem Mikrofon, einem Aufnahmegerät und einer Videokamera, die auf einem Stativ stand. Es waren die einzigen Gegenstände, die den Raum zierten. Kein Vergleich zu Johanna Ottersbergs noblem Appartement an der Viktoriastraße. Lea hatte die Technik für den Vernehmungsraum vor Kurzem besorgt. Es hatte viel Überzeugungs- und Überredungskunst gekostet, bis das Geld dafür bewilligt worden war.

Flessner nahm neben Lea Platz, ihnen gegenüber saß die Zeugin. Mit 23 Grad gehörte der Vernehmungsraum zu den kühlsten Räumen im Gebäude. Johanna Ottersberg trank das Wasserglas, das man ihr gereicht hatte, sofort aus.

»Können wir die Tür offenlassen?« Flessner, der mit zwei Gläsern Apfelschorle kam, schaute Lea fragend an.

»Lassen Sie die Tür auf, Herr Flessner. Ein leichter Luftzug wird uns guttun.«

»Der Bürgermeister könnte uns ein Klimagerät spendieren.«

»Sie wissen doch, die Kassen sind leer. Von einem Klimagerät können wir nur träumen.«

Johanna Ottersbergs Hände spielten mit dem leeren Glas. Flessner nahm es ihr aus den Händen, verließ kurz den Raum und kam mit einem gefüllten Glas zurück.

»Frau Ottersberg, wie ich schon sagte, Sie sind als Zeugin geladen. Würden Sie uns bitte berichten, was Sie von der Geldübergabe wissen? Wir sprechen von der Geldübergabe, die vor Kurzem unweit des Schwanenteiches stattfand«, sagte Lea betont freundlich. Sie war bemüht eine angenehme Atmosphäre zu schaffen.

»Was soll ich Ihnen erzählen? Ich habe Ihnen bereits alles gesagt.«

»Sie haben uns etwas verschwiegen. Sie waren an dem besagten Abend doch auf der Insel. In einer anderen Befragung erzählten Sie von einem Aufenthalt in Norddeich. Dort, in Norddeich, besuchten Sie Ihre kranke Mutter.«

»Sie bringen da etwas durcheinander, Frau Kommissarin!« Ihre Stimme bekam plötzlich etwas Aggressives. »Ich habe Ihnen alles gesagt. Zu der fraglichen Zeit war ich tatsächlich bei meiner Mutter in Norddeich. Ich besuche sie regelmäßig. Die Leiterin des Seniorenheims kann das bestätigen. Außerdem habe ich Ihnen einen Beleg ausgehändigt. Der Beleg bestätigt, dass ich zu dem fraglichen Zeitpunkt in Norddeich übernachtet habe.«

»Ich war heute in Norddeich, Frau Ottersberg. Dort sprach ich mit der Inhaberin der Pension«, sagte Lea in einem sachlichen Tonfall. »Ihre Schwester war klüger als Sie. Sie hat mir alles erzählt. Sie, Frau Ottersberg, haben Ihre Schwester, Frau Daniela Becker, zur Falschaussage angestiftet und sich damit strafbar gemacht. Frau Becker kooperiert mit uns und wird insofern mit einer nur milden Strafe rechnen müssen, im Gegensatz zu Ihnen. Frau Johanna Ottersberg, geborene Becker, reden Sie mit uns!«

»Ich habe dazu nichts zu sagen«, erwiderte Johanna Ottersberg schroff.

»Frau Ottersberg, Sie haben eine Falschaussage gemacht. Wo waren Sie an dem Tag, als Ihre Freundin getötet wurde?«

»Wie ich bereits sagte, war ich in Norddeich«, erwiderte Johanna Ottersberg gelassen.

»Das glaube ich Ihnen nicht, Frau Ottersberg. Wir haben die Aussage von Frau Becker. Sagen Sie uns die Wahrheit.« Flessner reagierte empört. »Wenn wir hier nicht zu einem Ergebnis kommen, überstellen wir Sie nach Aurich. Dort wird man Sie solange vernehmen, bis Ihnen schwarz vor Augen wird. Möchten Sie das?«

»Was soll ich dazu sagen? Meine Schwester hat Ihnen einen Bären aufgebunden. Ich weiß nicht weshalb, aber wie ich schon sagte, ich war an dem Tag in Norddeich. Meine Mutter, wäre sie nicht dement, könnte das bestätigen.«

Zurückgelehnt und mit verschränkten Armen, blickte Flessner verwundert zu der Zeugin, die immer wieder an ihrem Wasserglas nippte. »Gut, wie Sie wollen. Ihre Worte werden protokolliert. Noch heute werden Sie nach Aurich überstellt. Alles Weitere wird dort auf dem Festland entschieden. Wir können nichts mehr für Sie tun.«

Lea, die schweigend zuhörte, ergriff das Wort.

»Frau Ottersberg.« Leas Stimme hatte etwas Leises, Melancholisches an sich. »Ich möchte Ihnen helfen. Bislang sind Sie nie polizeilich in Erscheinung getreten. Es gab in der Vergangenheit weder eine Strafanzeige gegen Ihre Person, noch gab es Ihrerseits Gesetzesverstöße. Sie standen noch nie vor Gericht und Sie wurden noch nie verurteilt. Das sind

Pluspunkte für Sie. Wenn Sie mit uns reden, können Sie weitere Pluspunkte sammeln.«

»Wie oft muss ich mich wiederholen? Ich war in Norddeich. Ich habe meine kranke Mutter besucht.«

»Das ist nicht korrekt, Frau Ottersberg. Wir haben alles überprüft. Ihr Fahrzeug wurde von der Reederei nicht registriert. Sie waren an dem Tag nicht auf der Fähre. Wie Sie wissen, ist der Demenzbereich im Alten- und Pflegeheim nicht für jeden zugänglich. Man kann den Bereich nur betreten, wenn man sich bei der Stationsleitung meldet. Niemand hat Sie gesehen und niemand hat Ihnen Zugang zu diesem abgeschirmten Bereich gewährt.«

»Ich war da!«, bekräftigte Johanna Ottersberg ein weiteres Mal.

»Wir trafen Sie am Fähranleger mit einer Tasche voller Bargeld an. Woher hatten Sie das viele Geld?«, wollte Lea wissen.

»Spielbank. Ich war in der Spielbank. Das Geld habe ich gewonnen.«

»Wir werden das überprüfen, Frau Ottersberg.«

Spätestens jetzt hatte Flessner ein Aufbrausen seitens seiner jungen Kollegin erwartet. Doch Lea blieb ruhig. Entspannt, fast freundschaftlich plauderte Sie mit der Zeugin.

»Frau Ottersberg, gerne würden wir Ihnen unsere Hilfe zu Teil werden lassen. Nur wenn Sie uns alles lückenlos erzählen, können wir Ihnen wirklich helfen. Sie werden feststellen, dass eine große Last von Ihren Schultern fallen wird, wenn Sie uns alles von Anfang an berichten. Viel Zeit bleibt uns nicht. Ein Flugzeug steht in drei Stunden für den Transport nach Norddeich bereit. Dort wird die Kripo Aurich Sie in Empfang nehmen und zunächst nach Aurich bringen. Noch heute Abend werden Sie dem Haftrichter vorgeführt, der entscheidet, ob U-Haft angeordnet wird. Spätestens dann können wir nichts mehr für Sie tun.«

Mit gesenktem Kopf, die Hände vorm Gesicht, saß Johanna Ottersberg vor dem grauen Tisch. Auch das zweite Glas hatte sie geleert. Ihr rechter Fuß wippte ohne Unterbrechung, als würde sie dem Takt einer imaginären Melodie folgen.

»Frau Ottersberg, wie haben Sie den heutigen Tag begonnen?«, fragte Lea.

Johanna Ottersberg schaute zur Decke des Raumes, als erhoffte sie sich von dort oben eine Antwort. Ihre Atmung, stoßartig, heftig und unkontrolliert, zeigte ihre plötzlich auftretende Nervosität. Sie rang mit sich selbst.

Lea verließ kurz den Raum und kam nach wenigen Minuten mit einer Flasche Wasser zurück. Sie füllte das Glas der Zeugin. Johanna Ottersberg setzte sich aufrecht hin, ordnete ihre Kleidung und strich sich mehrfach über ihr Haar. Urplötzlich, als hätte sie eine himmlische Eingabe erhalten, blickte sie zu Lea und sprach Worte, die für Flessner sehr überraschend kamen: »Ich erzähle Ihnen alles.«

Johanna Ottersberg nahm das gut gefüllte Glas, verschüttete einen Teil und trank den Rest in einem Zug aus.

»Andrea war ein Luder, ein Miststück!«, sagte Johanna Ottersberg sichtlich aufgebracht. »Andrea hat mich hintergangen, Frau Hauptkommissarin. Für diese Schlampe habe ich alles riskiert. Ich dachte, sie wäre meine Freundin.«

Johanna Ottersbergs kniff die Augen zusammen und ballte die Fäuste. »Andrea wollte das ganze Geld für sich behalten. Das Geld, zu dem ich ihr verholfen hatte. Für sie bin ich in das Büro meines ehemaligen Chefs eingedrungen. Für sie habe ich die Daten gestohlen. Für sie ...«

Johanna Ottersberg starrte zum Wasserglas, das vor ihr auf dem Tisch stand. Es war leer. Eilig griff Lea nach der Flasche, die auf dem Boden stand und füllte das Glas nochmals. Sofort griff Johanna Ottersberg danach und nahm einen kräftigen Schluck. Ihre Wut wuchs, als erneut Wasser auf ihre helle Sommerhose tropfte. Ungehalten donnerte sie das Glas auf den Tisch. Erneut schwappte Wasser aus dem Glas.

»Das habe ich alles Andrea zu verdanken. Diese Frau war so naiv.« Johanna Ottersbergs Stimme wurde lauter und aggressiver. »Wissen Sie, was die doofe Nuss mit dem Geld vor hatte?«

Lea und Flessner blickten verblüfft zu der plötzlich so redseligen und zornigen Frau.

»Das Geld sollte in die Krebsbehandlung ihres Mannes investiert werden. Mit ihrem kranken Mann wollte sie zu einem Spezialisten nach Kalifornien fliegen. Liegendtransport mit einem Privatjet. Nur der Flug kostet bereits ein Einfamilienhaus. Von der Behandlung ganz zu schweigen. Die Frau war absolut bescheuert. Ihr sterbenskranker Mann hätte die Strapazen nie überlebt.«

Johanna Ottersberg griff nach dem Wasserglas und nahm einen weiteren Schluck.

»Das konnte ich nicht zulassen. Der weitaus größte Teil des Geldes stand mir zu.«

»Welche Rolle spielte die Bloggerin aus Hannover in dieser Geschichte?«, fragte Lea.

»Ich hatte die Festplatte mit den Beweisen besorgt, was gar nicht so einfach gewesen ist. Statt die darauf befindlichen Daten zu Geld zu machen, wollte Andrea sie der Bloggerin kostenfrei überlassen. Glücklicherweise ist die Bloggerin zum vereinbarten Termin nicht erschienen. Andrea war total enttäuscht. Fast verzweifelt.«

»Sie sagten, Andrea wollte das ganze Geld für sich behalten. Wie haben Sie reagiert, als Sie davon erfuhren? Schildern Sie uns bitte, wie die Begegnung mit Frau Hentsch im neuen Kurpark, unweit des Schwanenteichs, ablief.«

»Andrea saß auf einer Parkbank und telefonierte. Sie saß nur da, das Handy in der Hand und starrte zu den Büschen und Bäumen, die in der Dunkelheit kaum noch zu sehen waren. Sie telefonierte mit ihrem Mann. Als ich näher kam, sah ich den Hund, der 10 Meter entfernt in einem Maulwurfshaufen buddelte. Verwundert schaute Andrea mich an, als ich näher kam. Überglücklich kam sie auf mich zu, beendete das Telefonat, steckte das Handy in die Tasche und fiel mir um den Hals. Mit Tränen in den Augen erzählte sie mir freudestrahlend, dass sie das Geld erhalten hat. Ich sollte sie nach Hause begleiten und mit ihr den Erfolg feiern. Sie sprach nur noch von ihrem Mann und von Amerika. In dem Moment, als ich meinen Anteil einforderte, wechselte sich abrupt ihre Stimmung. Andrea war wie umgewandelt. Sie war nicht wiederzuerkennen. Sie reagierte giftig, böse und verletzend. Keinesfalls, so sagte sie, würde sie mir auch nur einen Cent von dem ganzen Geld überlassen. Sie benötige alles für die Behandlung und Therapie ihres Mannes in den USA, betonte sie immer wieder.«

»Wie haben Sie reagiert?«, wollte Lea wissen.

»Ich war wie vor den Kopf gestoßen. Ich habe auf sie eingeredet, sie angefleht, gebettelt und an die Freundschaft appelliert, die uns verband. Nichts. Sie blieb stur, nahm die Tasche mit dem Geld, rief ihren Hund und wollte gehen. Da ist mir der Kragen geplatzt. Ich sah diesen Stein und .... Ich weiß nicht, was in mich gefahren ist. Ich war wie in Trance. Ich war nicht mehr ich selbst. Ich habe einfach zugeschlagen. Immer wieder zugeschlagen.«

»Es war kein Stein, mit dem Sie zugeschlagen haben, Frau Ottersberg. Sie nutzten einen Golfschläger, den Sie mitgebracht hatten. Es war keine spontane Handlung. Sie wollten Andrea Hentsch töten.«

Johanna Ottersberg saß wie erstarrt auf dem Besucherstuhl und blickte ins Leere. Mehrere Minuten herrschte absolute Ruhe im Raum, bis Lea erneut das Wort ergriff.

»Wie kam es dazu? Erzählen Sie uns alles.«

Ihre Stimme war unerwartet leise. Verträumt spielte sie

mit einem Papiertaschentuch, das sie zwischen den Fingern zu einem Knäuel formte. Abwesend, als wäre sie an einem ganz anderen Ort, begann Johanna Ottersberg erneut zu reden. »Ja. Ja. Ich erinnere mich. Es war ein guter Schläger. Ein sehr guter Golfschläger. Er gefiel mir ausgesprochen gut. Thomas hatte mehrere solcher teuren Schläger. Jetzt erinnere ich mich. Es war sein Golfschläger. Ein wirklich schöner Golfschläger.« Gedankenversunken blickte Johanna Ottersberg zu Lea. »Den darf ich doch behalten, Frau Kommissarin?«

»Frau Ottersberg, nachdem Sie Andrea Hentsch getötet hatten, sind Sie zur Gartenstraße gelaufen und haben dort den bettlägerigen Mann von Frau Hentsch aufgesucht. Weshalb?«

»Das Handy. Andrea und ihr Mann waren während der Geldübergabe und danach über das Smartphone miteinander verbunden. Mein Gedanke war, der Mann hat meine Anwesenheit bemerkt und meinen Namen vernommen. Ich war in Panik.«

»Hatten Sie Angst, dass Klaus Hentsch die Polizei rufen könnte?«, fragte Flessner.

»Ja, das war meine Befürchtung. Ich nahm Andreas Smartphone und sprach mit ihm. Ich sagte ihm, er müsste sich keine Sorgen machen, die Geldübergabe hätte reibungslos funktioniert und wir wären jetzt auf dem Weg zu ihm nach Hause. Das war doch clever, oder?«

»Wollte er nicht mit seiner Frau persönlich sprechen?«, fragte Lea.

»Doch, das wollte er. Ich habe ihm erzählt, dass der Hund ausgebüxt sei. Andrea hätte ihn aber mittlerweile wieder an der Leine. Er war beruhigt.«

»Wurde Klaus Hentsch nicht stutzig, als er Ihre Stimme statt der Stimme seiner Frau vernahm?«, fragte Lea.

»Ich habe ihm erzählt, dass ich meine beste Freundin

begleiten wollte und deshalb früher als geplant vom Festland zurückgekommen wäre.«

»Er hat Ihnen geglaubt.«

»Ich kann sehr überzeugend sein, Frau Hauptkommissarin.« Johanna Ottersberg lachte höhnisch.

FAST DREI STUNDEN dauerte die Vernehmung, dann brachten Flessners Leute die mutmaßliche Täterin zum Flugplatz. Jan Lankow und Melanie Bruns flogen mit zum Festland. Als die Piper PA-28 auf der Piste östlich von Norddeich landete, stand bereits ein Fahrzeug der Auricher Polizei bereit. Johanna Ottersberg wurde nach Aurich gebracht.

LEA FUHR ZUM BÜRO. Es war weit nach Mitternacht, als sie ihren Schreibtisch aufräumte, die Kaffeemaschine ausschaltete, das Licht löschte und nach Hause fuhr. Ein langer, ereignisreicher Tag war überstanden. Sie schlurfte von der Wohnungstür direkt zur Küche, holte sich eine Flasche Orangensaft aus dem Kühlschrank, trank sie bis auf einen kleinen Rest leer, lief zum Schlafzimmer und ließ sich erschöpft auf ihr Bett fallen.

Kapitel 62

»Guten Morgen, Lea. Du möchtest Flessner anrufen. Er sagte, er hätte eine Überraschung für dich.«

»Flessner hat eine Überraschung für mich? Es ist doch nicht Weihnachten.«

»Ruf ihn an, dann erfährst du mehr.«

»Kann man nicht einmal das Büro betreten, ohne dass man gleich wieder ans Telefon muss? Ich hatte mich so auf eine Tasse Kaffee gefreut«, stöhnte Lea.

»Sprich mit Flessner, ich kümmere mich um den Kaffee.«

»MOIN, Herr Flessner. Ich sollte Sie zurückrufen.«

»Ich habe eine gute Neuigkeit für Sie. Unser Zeugenaufruf in der Presse hat doch noch Resonanz gefunden. Heute um 10 Uhr erscheinen hier zwei Zeugen. Sie kommen aus Köln und haben sich gestern am späten Nachmittag hier gemeldet. Lankow hat mit ihnen gesprochen. Könnten Sie um 10 Uhr hier sein?«

»Natürlich. Ich werde kommen. Bis später, Herr Flessner.«

. . .

»WAS WOLLTE FLESSNER? Und von welcher Überraschung sprach er?«

»Du erinnerst dich an die Bloggerin aus Hannover? Sie wurde in der Nähe des Wattenstegs niedergeschlagen. Jetzt, Wochen später, haben sich überraschend Zeugen gemeldet.«

»Interessant. Wieso melden sich die Leute nicht sofort? Das ist doch Bürgerpflicht.«

»Ich weiß es nicht, Biene. Ich trinke jetzt in Ruhe meinen Kaffee, werfe einen Blick auf die Post, schreibe noch einen Bericht und laufe dann zur Polizeidienststelle.«

ZWEI PERSONEN SASSEN vor dem Schreibtisch des Leiters der Polizeidienstelle Norderney. Lea verzichtete auf einen Stuhl und stellte sich ans Fenster.

Mit einem freundlichen »Moin« begrüßte Lea die Anwesenden. »Mein Name ist Landgraf. Ich bin Kriminalhauptkommissarin.«

»Das ist Frau Gabriele Oelkers«, sagte Flessner.

»Ja. Mit o, e.«

»Frau Oelkers, Sie haben den Zeugenaufruf in der Zeitung gelesen. Weshalb haben Sie sich nicht sofort gemeldet?«, wollte Lea wissen.

»Wie soll ich es sagen? Es gab ein gravierendes Problem.«

»Ein Problem?«, fragte Flessner. »Was für ein Problem?«

»An dem Abend auf Norderney war ich nicht alleine.«

»Ich nehme an, Sie waren in Begleitung von Herrn Schuster.« Flessner blickte zu dem Mann, der neben der 34-Jährigen saß.

Die Angesprochene nickte. »Das durfte niemand wissen«, sagte sie, »damals befanden wir uns noch beide in einer festen Beziehung. Seit einer Woche lebe ich getrennt von meinem Mann und Andreas hat seine Verbindung ebenfalls gelöst.«

»Sie waren an dem betreffenden Abend in der Nähe des Wattenstegs. Was haben Sie gesehen?«, fragte Lea.

»Andreas hatte seinen Wagen abseits geparkt. Aufgrund der Wärme an diesem Abend ließen wir die Fensterscheiben des Porsches hinunter. Somit hörten wir alles, was draußen geschah. Zunächst war es still. Sehr still. Wir hörten nur Gänse und Kiebitze, die sich wahrscheinlich irgendwo in der Nähe des Wassers aufhielten. Als es zu dämmern begann, wollte ich zurück ins Hotel. Plötzlich hörten wir eigenartige Geräusche. Es war ein Jammern, Stöhnen und dumpfes, gequältes Schreien. Wir dachten an ein Tier, das sich verletzt hatte, konnten aber in der Dämmerung nichts entdecken. Irgendwann war es wieder ruhig.«

»Wie haben Sie sich verhalten?«

»Wir sind aus dem Auto ausgestiegen. Ich konnte ohnehin nicht mehr sitzen«, sagte Gabriele Oelkers gelassen.

»Was passierte dann?«, fragte Flessner.

»Ich habe meine Klamotten geordnet. Andreas hat den Rest aus der Sektflasche getrunken. Es war nur eine *Piccolo Sektflasche*. Für einen Moment haben wir die Ruhe und die angenehme Luft genossen, als überraschend eine Person auf uns zugelaufen kam, wortlos an uns vorbei rannte, in ein Auto stieg und davon raste. Ich dachte nur, *Scheiße*. Jetzt hat diese Person uns *in flagranti* erwischt.«

»Sie haben eine Person gesehen?« Erstaunt sah Lea die Zeugin an.

»Ja. Eine schlanke sportliche großgewachsene Person.«

»Würden Sie die Person wiedererkennen? Immerhin war es dunkel.«

»Stockdunkel war es noch nicht.« Gabriele Oelkers blickte zu ihrem Begleiter.

»Die Person würde ich sofort wiedererkennen«, sagte Andreas Schuster.

»Was ist mit dem Autokennzeichen?«, fragte Lea.

»Habe ich mir gemerkt«, triumphierte Gabriele Oelkers. »Soll ich es aufschreiben?«

Flessner reichte der Zeugin Stift und Papier.

Lea betrachtete den Zettel. »Ich zeige Ihnen einige Fotos. Schauen Sie sich zunächst alle an. Wenn Sie alle gesehen haben, sagen Sie mir bitte, ob die Person, die Sie am Wattensteg gesehen haben, auf einem dieser Fotos ist.«

Lea nahm ihr Smartphone, ging auf die Zeugin zu und zeigte ihr ein Foto nach dem anderen.

»Haben Sie die Person vom Wattensteg wieder erkannt?«

»Ja«, sagte sie. »Es war die Person, die auf dem dritten Foto zu sehen war. Da bin ich mir ganz sicher«, betonte Gabriele Oelkers.

Lea wiederholte die Prozedur mit Frau Oelkers Begleiter, der in einem anderen Raum wartete. Er sagte das Gleiche: »Die Person auf dem dritten Foto ist an mir vorbeigelaufen. Da gibt es keinen Zweifel.«

Die Zeugen mussten noch einige Formalitäten über sich ergehen lassen, konnten danach aber gehen.

»Wo können wir Sie in den nächsten Tagen erreichen?«, fragte Flessner.

»Ich habe hier auf Norderney eine Anwaltskanzlei«, antwortete Andreas Schuster, »dort können Sie mich jederzeit erreichen.« Schuster reichte Flessner eine Visitenkarte. »Frau Oelkers wird auf jeden Fall bis Ende des Monats auf Norderney bleiben. Sie wohnt bei mir.« Gutgelaunt verließ das Pärchen die Dienststelle.

. . .

»ICH WERDE dieser Person einen Überraschungsbesuch abstatten«, sagte Lea. »Können zwei Ihrer Leute mich begleiten, Herr Flessner? «

»Selbstverständlich. Soll Jan die Handschellen mitnehmen?«

Kapitel 63

Lea betrat mit Jan Lankow und Melanie Bruns den Eingangsbereich der *Nordsand Privatklinik*. Sofort griff die junge Frau am Empfang zum Telefon, als sie die Kommissarin in Begleitung der Uniformierten sah. Wenige Minuten später saßen Lea, Melanie Bruns und Jan Lankow mit dem Ehepaar Kunert in einem Nebenraum, in dem sie ungestört vom Klinikalltag reden konnten. Lea legte einen Zettel auf den Tisch.

»Was soll das?«

»Kommt Ihnen dieses Kennzeichen bekannt vor?«, fragte Lea.

»Selbstverständlich. Das Fahrzeug gehört der Klinik«, antwortete Doktor Kunert.

»Eine Zeugin hat dieses Kennzeichen notiert. Das Fahrzeug stand vor einigen Wochen am späten Abend kaum 30 Meter vom Wattensteg entfernt. Waren Sie dort?«

»Ich war nicht am Wattensteg. Dort war ich noch nie. Das muss ein Irrtum sein. Das Fahrzeug steht jedem zur Verfügung. Der Schlüssel befindet sich in einer Schublade vorne am Empfang. Irgendjemand wird sich das Auto ausgeliehen haben.«

»Nicht irgendjemand, sondern Sie! Zeugen können das bestätigen«, sagte Lea.

»Liebling, was hat das zu bedeuten?«

»Herr Doktor Kunert, Ihre Frau muss sich wegen versuchten Totschlags verantworten.«

»Ich verstehe das nicht«, sagte Thomas Kunert entsetzt.

»Frau Kunert, woher wussten Sie von dem Treffen am Wattensteg?«, fragte Lea.

»Ich habe es ihr erzählt. Mein Fehler«, sagte Doktor Kunert fassungslos.

»Und woher hatten Sie diese Information?«

»Von Johanna. Johanna Ottersberg. Ich habe sie aufgesucht. Sie hat mir alles erzählt. Ort und Uhrzeit. Ich hätte es für mich behalten sollen.«

»Johanna ist an allem schuld! Weshalb hast du dich mit dieser Frau eingelassen? Sie hat alles kaputt gemacht«, schrie Britta Kunert unter Tränen.

»Nein, Britta. Du bist zu dem Treffpunkt gefahren. Niemand anderes. Warum hast du das getan, Britta? Warum?«

Britta Kunert schluchzte heftig.

»Unsere Klinik. Unsere Zukunft. Diese Bloggerin hätte alles zerstört. Ich habe es für uns getan, Thomas. Thomas, verstehst du? Ich habe es für uns getan. Thomas, sag doch etwas. Thomas, ich liebe dich.«

»Geh` mir aus den Augen.« Mit versteinerter Miene verließ Doktor Thomas Kunert den Raum.

»Kommen Sie, Frau Kunert. Wir bringen Sie noch heute nach Aurich.«

»Kann ich mich noch kurz umziehen?«

»Die Kollegin wird Sie begleiten. Nehmen Sie sich ein paar Sachen mit. Ihr Aufenthalt in Aurich könnte länger dauern.«

Lea und Jan Lankow warteten im Eingangsbereich. Nach

15 Minuten kam Britta Kunert mit einer kleinen Tasche und einer Jacke in der Hand zurück.

»Was wird mit mir passieren?« Ängstlich blickte Britta Kunert zu Lea.

»Das entscheidet der Haftrichter. Da Sie nicht vorbestraft sind, könnten sie eventuell bis zur Verhandlung auf freiem Fuß bleiben. Versprechen kann ich Ihnen das nicht. Seien Sie auf alles gefasst.«

Melanie Bruns und Jan Lankow begleiteten Britta Kunert zum Streifenwagen. Sie fuhren direkt zur Fähre. Lea hatte mit den Kollegen in Aurich gesprochen und Lankow mit der Reederei. Ein letztes Mal blickte Britta Kunert zurück. Sie weinte.

Noch bevor Lea das Gebäude durch die wuchtige Eichentür verließ, traf sie im Eingangsbereich der *Nordsand Privatklinik* auf einen alten Bekannten.

»Guten Tag, Frau Hauptkommissarin«, rief dieser.

»Moin, Herr Rybeck!«, begrüßte Lea den Mann vom BKA.

»Vielen Dank für den Hinweis. Ich habe meine Mannschaft aus Wiesbaden kommen lassen. Ein Durchsuchungsbeschluss liegt vor. Wir werden heute und in den nächsten Tagen mit großem Aufgebot an Personal diese Klinik gründlichst unter die Lupe nehmen.«

»Freut mich, dass ich Ihnen helfen konnte, Herr Rybeck.«

»Wo finde ich den Klinikchef?«, fragte der BKA-Mann.

»Herr Doktor Kunert wartet dort drüben. Ich denke, er ist sich noch nicht darüber im Klaren, was ihm jetzt bevorsteht.«

»Wenn wir hier fertig sind, lade ich Sie zum Essen ein«, sagte Rybeck und lächelte.

»Sie haben meine Karte. Tschüss! Und viel Erfolg.«

Kapitel 64

An der Frisiastraße parkten ungewöhnlich viele Fahrzeuge, darunter auch ein Streifenwagen der Polizei. Der Eingangsbereich war mit bunten Girlanden geschmückt, die Büros aufgeräumt und Kaffeeduft lag in der Luft, als die ersten Gäste eintrafen.

Es war 9 Uhr 58, als Lea zum Eingang lief. Es hatte geläutet. Jan Lankow stand vor der Tür, als Lea sie öffnete. Neben ihm Tante Martha mit einem großen silbernen Teetopf in der Hand.

»Kind! Kannst du die Schlagsahne holen? Sie steht hinten im Kofferraum vom Polizeiauto.« Fragend sah die alte Dame zu Lea.

»Ich kümmere mich darum«, sagte Jan und rannte zurück zum Einsatzfahrzeug, das direkt vor dem Gebäude parkte.

»Freut mich, Tante Martha, dass du gekommen bist. Endlich kann ich dir unser Büro und meinen Arbeitsplatz zeigen.«

»Sind hier immer so viele Leute?«

»Nein. Das ist nur wegen des Umzuges. Seit gestern ist alles fertig. Deshalb sind auch Vertreter der Presse anwesend. Die gehen gleich wieder.«

Lea zeigte Tante Martha die Räumlichkeiten, während Sabine sich um die anderen Gäste kümmerte. Sie waren alle gekommen. Bürgermeister Redenius, Polizeihauptmeister Flessner, Jan Lankow, Marco Doyen, Melanie Bruns, Kriminaltechniker Andreas Heyen, Doktor Kaßmann und Sven. Alle saßen im Eingangsbereich, den Sabine zu einer gemütlichen Sitz- und Pausenecke umgestaltet hatte. Es war eng, aber es wirkte auch irgendwie gemütlich.

»SETZE dich in den Sessel und trinke mit unseren Gästen eine Tasse Tee«, sagte Lea zu ihrer betagten Vermieterin und zeigte auf einen roten Ledersessel. Sie hatte zwei davon, ein Geschenk der Sparkasse.

»Lea, du siehst viel besser aus, als in den letzten Tagen«, sagte Jan, der zwischen Flessner und Bürgermeister Redenius im Sofa Platz genommen hatte. Ein Ostfriesensofa, das aus Tante Marthas Garage stammte und hier im Eingangsbereich zu neuen Ehren kam.

»Ich habe einiges an Schlaf nachgeholt. Zudem hat Tante Martha mich noch mit leckerem Essen verwöhnt. Da muss man ja wieder fit und vital werden.«

»Darf ich etwas Dienstliches fragen, trotz der entspannten und angenehmen Atmosphäre hier bei Tee, Kaffee und Kuchen?«, fragte Flessner.

»Muss das sein?«, erwiderte Bürgermeister Redenius.

»Was möchten Sie wissen, Herr Flessner«, fragte Lea mit einem freundlichen Lächeln.

»Wie sind Sie auf diese Frau Ottersberg als Täterin gekommen?«

»Ausschlaggebend war das ungewöhnliche Verhalten des Hundes. Sie erinnern sich an die Gegenüberstellung? Beim Ehepaar Kunert reagierte der kleine Hund sehr freudig. Später auf dem Flur begegnete er Frau Ottersberg. Kaum dass er diese Frau wahrgenommen hatte, wurde ‚*Buddy*' aggressiv, knurrte und bellte. Jan konnte ihn kaum beruhigen. Nachdem ich dann mit der Leiterin des Seniorenheims in Norddeich und mit der Inhaberin der Pension gesprochen hatte, wusste ich, dass Frau Ottersberg gelogen hatte. Sie konnte kein Alibi vorweisen. Sie war zur Tatzeit auf Norderney, was sie vorher immer wieder bestritten hatte. Zudem war sie im Besitz des teuren Golfschlägers gewesen. Das Tatwerkzeug. Dennoch war die Beweislage dünn. Meine Hoffnungen ruhten auf ein Geständnis von Frau Ottersberg.«

»Hat sie gestanden?«, fragte Bürgermeister Redenius.

»Sie fühlte sich im Recht und hatte kein Einsehen. Den Tod ihrer Freundin empfand sie als gerecht. Ihr war das Geld wichtiger als alles andere. Jetzt muss das Gericht entscheiden, ob die Frau für ihre Taten zur Verantwortung gezogen werden kann oder ob sie die nächsten Jahre in einer geschlossenen Einrichtung verbringen wird.«

»Die Frau hat eine Schraube locker, wenn ich das so sagen darf«, räumte Flessner ein. »Sie hat Schlimmes getan, dennoch ist aus meiner Sicht eine Justizvollzugsanstalt nicht die richtige Adresse für diese Person. Die gehört in eine Klapse. Aber das müssen andere entscheiden. Wir haben unsere Arbeit getan und ich finde, Frau Landgraf hat eine exzellente Leistung vollbracht.«

Die Anwesenden applaudierten. Lea hob plötzlich die Hand. »Moment!«, rief sie, »Ich muss zur Tür. Es hat geläutet.«

Sabine tauchte das lange Küchenmesser in ein hohes Glas mit heißem Wasser, bevor sie die Mandarinen-Sahne-Torte anschnitt. Währenddessen öffnete Lea die Tür. Überrascht blickte sie zu dem unerwarteten Besuch. Vor ihr stand ein Mann im lässigen Sakko, Poloshirt, einer beigefarbenen Hose und modischen Sneakers. Er hielt Lea einen großen Blumenstrauß entgegen.

»Moin, Frau Landgraf. Ich wollte mir die Einweihung Ihrer neuen Büroräume nicht entgehen lassen.«

»Herr Staatsanwalt. Das ist aber eine Überraschung. Ich freue mich sehr über Ihren Besuch. Kommen Sie herein. Es ist etwas beengt, aber mit Sicherheit werden wir noch einen Platz für Sie finden.«

Doktor Maibach reichte Lea den Blumenstrauß. Er begrüßte die Anwesenden und setzte sich auf einen frei gewordenen Stuhl neben Bürgermeister Redenius. Sven, der seinen Platz geräumt hatte, holte sich einen Umzugskarton als Sitzgelegenheit aus Sabines Büro.

Sabine füllte die Tassen und Lea verteilte den Kuchen.

»Darf ich kurz um Aufmerksamkeit bitten?« Lea trommelte leicht mit einem Löffel an ihre Kaffeetasse. Der helle Ton ließ das Gemurmel und Geplapper urplötzlich verstummen.

»Liebe Gäste. Vor Kurzem sind wir in diese neuen Räumlichkeiten gezogen. Mittlerweile haben wir uns hier häuslich eingerichtet. Heute feiern wir den Einzug«, begann Lea ihre kurze Rede. »Vor etwa einem Jahr bin ich mit viel Skepsis und Argwohn auf diese Insel gekommen. Damals hätte ich es nie für möglich gehalten, dass ich eines Tages mit so vielen netten, freundlichen und liebenswürdigen Menschen hier zusammensitzen würde. Es ist wunderbar. Einen großen Dank an alle!«

Alle klatschten oder klopften auf die Tische. Sabine eilte auf Lea zu und nahm ihre Chefin in den Arm und drückte sie ganz fest. »Du bist die beste Chefin, die man sich wünschen kann.«

»Entschuldigung!« Doktor Maibach hatte sich von seinem Platz erhoben. »Erlauben Sie mir, dass ich noch einige Worte an Sie richte, bevor wir uns alle der leckeren Torte widmen.« Doktor Maibach schmunzelte ein wenig, bevor er seine Ansprache begann. »Liebe Frau Landgraf, sehr geehrte Gäste.

Unsere Hauptkommissarin überrascht mich immer wieder. Kompliment, Frau Landgraf. Sie haben in einer relativ kurzen Zeit mehrere Straftaten aufgeklärt. Eigentlich sollte Hauptkommissar Eggers den Fall übernehmen, das ist jetzt nicht mehr relevant. Eggers hat ohnehin viel zu viel zu tun. Machen Sie so weiter, Frau Landgraf. Ich schätze Sie als Kriminalkommissarin, obwohl Ihre unkonventionelle Vorgehensweise nicht so ganz zur Dienstordnung der Auricher Kriminalpolizei passt. Darüber müssen wir noch reden. Im Übrigen dankt ein gewisser Herr Rybeck vom BKA für die Amtshilfe. Können Sie mich aufklären? Ich hoffe, Sie bleiben uns noch lange hier in Ostfriesland erhalten. Weiterhin viel Erfolg und bleiben Sie gesund.«

»Danke, Herr Doktor Maibach, für die freundlichen Worte. Und jetzt wünsche ich allen einen guten Appetit. Eines muss ich zu meiner Schande zugeben, ich habe den Kuchen nicht selbst gebacken. Sabine hat heute Morgen alles von der *Insel-Bäckerei* geholt. Ich habe bereits ein Stück probiert. Sehr frisch und sehr lecker. Im Kühlschrank steht noch mehr.«

»Eigentlich müsste ich auf meine Figur achten. Bei diesem Anblick mache ich eine Ausnahme«, sagte Bürgermeister Redenius, als Sabine ihm ein dickes Stück Torte reichte. »Wie sagte ein kluger Mensch«, Redenius griente, »tu deinem Leib etwas Gutes, damit deine Seele Lust hat, darin zu wohnen.« *

ENDE

- Zitat: Teresa von Ávila

Kapitel 65

Ich hoffe, Sie hatten ein paar schöne Stunden mit diesem Ostfriesland Krimi.

Was für den Künstler der Applaus ist, ist für die Autorin oder den Autor eine nette, gut gemeinte Rezension. Ich danke Ihnen im Voraus für Ihre Anregungen, für Ihre Kritik und Ihre positiven Worte.

HERZLICHE GRÜSSE aus Ostfriesland

Ella Lorenz

Bücher von Ella Lorenz

- Tod auf Norderney
- Vermisst auf Norderney
- Stumme Schreie auf Norderney
- Rache auf Norderney

Die Insel-Ermittlerin: Wut auf Norderney. Ostfrieslandkrimi.

Ostfriesland, März 2023

Cover: Meinders Design

Lektorat / Korrektorat: MM

Kontakt: Agentur MEINDERS, Lortzingstraße 9, D 26810 Westoverledingen,

E-Mail: ideenwerk24@icloud.com

Über die Autorin

Die Autorin Ella Lorenz ist eine waschechte Ostfriesin. Sie lebt mit Mann und zwei Kindern in der Nähe von Leer, unweit der Ems. Sie liebt die Deiche, das raue Klima, die Weite und die Menschen zwischen Meer, Moor und Marsch.

Schon seit frühester Kindheit fasziniert sie das Schreiben. Inspiriert von der Schönheit Ostfrieslands und seinen Menschen, verfasst sie spannende, unterhaltsame Geschichten, Romane und Krimis.

Kontakt:

E-Mail: Lorenz-autorin@web.de

Printed by Amazon Italia Logistica S.r.l.
Torrazza Piemonte (TO), Italy

76284173R00188